2022年度山东省社会科学普及与应用研究项目成果

小故事 大智慧

寻找稷下学宫

贾万刚

内容简介

本书基于史料并加以合理想象，按照稷下学宫的 4 个发展时期（桓公午、齐威王、齐宣王、齐湣王），采用文字加插图的形式记述了 30 余位已知的、有文字记载的、与稷下学宫相关的人物故事，共计48 篇。

本书通俗易懂，兼具知识性和趣味性，适合青少年阅读。

图书在版编目(CIP)数据

小故事　大智慧：寻找稷下学宫/贾万刚，陈燕，翟玮著. —合肥：中国科学技术大学出版社，2023.11

ISBN 978-7-312-05191-3

Ⅰ.小…　Ⅱ.①贾…②陈…③翟…　Ⅲ.历史故事—作品集—中国—当代　Ⅳ.I247.81

中国国家版本馆 CIP 数据核字(2023)第 148805 号

小故事　大智慧：寻找稷下学宫

XIAO GUSHI　DA ZHIHUI：XUNZHAO JIXIA XUEGONG

出版　中国科学技术大学出版社
安徽省合肥市金寨路 96 号，230026
http://press.ustc.edu.cn
http://zgkxjsdxcbs.tmall.com

印刷　安徽国文彩印有限公司

发行　中国科学技术大学出版社

开本　880 mm×1230 mm　1/32

印张　7.5

字数　220 千

版次　2023 年 11 月第 1 版

印次　2023 年 11 月第 1 次印刷

定价　45.00 元

前　言

稷下学宫作为我国最早的高等教育机构，与古希腊的柏拉图学园并称为“世界教育史上的双子星座”。稷下学宫是齐文化的典型代表，在它存在的150余年里，吸引了当时众多学派的著名人物前来，如淳于髡、孟子、宋钘、慎到、田骈、邹衍、儿说、鲁仲连、申不害、荀子等，可谓群星闪耀。

礼聘入稷下学宫的学者，被时人尊称为稷下先生，是当时自带“流量”的学术明星。在宽松自由的氛围下，他们不仅咨政议政，还讲学、辩论、著书立说，形成了百家争鸣的学术繁荣景象，对当时及后世都产生了重要的影响。然而令人遗憾的是，由于宣传力度不够，如今稷下学宫的知名度较低，大多数人不知道稷下学宫是什么，能说出几位稷下先生的人更是少之又少。

中华优秀传统文化需要结合新的时代条件进行创造性转化、创新性发展。稷下学宫有着丰富的文化内涵，稷下先生的故事蕴含着大智慧。作为社会科学工作者，我们有责任向青少年讲述那段辉煌的历史，讲述稷下先生对中华文化的影响，以增进青少年对中华文化的喜爱。

本书为山东省社会科学普及与应用研究项目“寻齐记：向青少年讲述稷下先生的故事”（2022-SKZC-27）成果。我们以寻找齐文化为缘由，以齐文化传承的新生力量——青少年为主要受众，针对历史上产生过重要影响的稷下先生，用讲故事的方式，将他们的生平履历、趣闻轶事、历史贡献，图文并茂地呈现出来，从而拉近优秀传统文化与青少年之间的距离，让他们知道，稷下学宫不仅是那块刻有“稷下学宫遗址”的石碑，它还熠熠生辉地“活”在我们心中。

作　者

2023 年 2 月

目　录

前言 …………………………………………………… （ⅰ）

1　桓公午稷门建学宫 …………………………………… （001）

2　淳于髡隐语谏齐侯 …………………………………… （008）

3　齐威王拜相邹忌子 …………………………………… （015）

4　美相国妙答丑先生 …………………………………… （019）

5　邹忌讽齐王广纳谏 …………………………………… （022）

6　黔娄子清节不斜衾 …………………………………… （025）

7　一斗亦醉一石亦醉 …………………………………… （028）

8　齐貌辩义结靖郭君 …………………………………… （033）

9　出奇谋淳于救孙膑 …………………………………… （038）

10　赛马场孙膑露头角 …………………………………… （044）

11　桂陵役孙庞初交锋 …………………………………… （049）

12　马陵道孙膑雪奇耻 …………………………………… （055）

13　淳于髡反诘楚肃王 …………………………………… （064）

14　淳于髡三会梁惠王 …………………………………… （068）

15　说仁政孟子会魏王 …………………………………… （071）

16　孟子婆心再劝惠王 …………………………………… （077）

17　会襄王孟子心黯然 …………………………………… （082）

18　讽齐宣王独不好士 …………………………………… （085）

19　六月飞雪只为邹衍 …………………………………… （089）

20　言利害劝齐勿伐魏 …………………………………… （093）

21　谏宣王勿树怨为德 …………………………………… (096)
22　宋钘遇孟子于石丘 …………………………………… (100)
23　说寓言以消除偏见 …………………………………… (103)
24　告子与孟子论人性 …………………………………… (107)
25　宋钘尹文论天论人 …………………………………… (111)
26　谒宣王孟子二入齐 …………………………………… (114)
27　孟子为齐宣王解惑 …………………………………… (122)
28　孟子愿做不召之臣 …………………………………… (133)
29　耳顺年孟子返邹国 …………………………………… (137)
30　连环计慎到巧拒齐 …………………………………… (149)
31　以梦释道慎到启学 …………………………………… (153)
32　天口骈轶事二三则 …………………………………… (157)
33　将闾葂受教于季彻 …………………………………… (161)
34　环渊劝王勿相甘茂 …………………………………… (163)
35　王斗能意盛气劝谏 …………………………………… (167)
36　颜斶力辩士子之贵 …………………………………… (174)
37　田过匡倩对答齐王 …………………………………… (178)
38　年十八闾丘勇自荐 …………………………………… (181)
39　公孙龙智辩孔子高 …………………………………… (185)
40　尹文与齐湣王论士 …………………………………… (189)
41　孔子高为齐王谏士 …………………………………… (194)
42　孔子高旅赵二三事 …………………………………… (198)
43　列精子高窥井自察 …………………………………… (202)
44　鲁仲连意气辩田巴 …………………………………… (206)
45　仲子与孟尝君论士 …………………………………… (210)
46　鲁仲连义不帝强秦 …………………………………… (213)
47　鲁仲连妙计下聊城 …………………………………… (219)
48　关门人荀子离稷下 …………………………………… (224)

1　桓公午稷门建学宫

人物简介

1. 桓公午(前400—前357),妫姓,田氏,名午,战国时期田齐的第三位君主,田齐太公和与孝太妃之子,谥号"孝武桓"。因易与春秋五霸之一的姜齐桓公姜小白混淆,故多称为"桓公午""田齐桓公""田桓公"。

2. 扁鹊(约前407—前310),姬姓,秦氏,名缓,字越人,渤海郡鄚人,战国时期名医。

田午从噩梦中惊醒。漏刻指示的时间刚过丑时,皎洁的月光透过寝宫前的一片绿竹。窗外几声虫鸣,像是梦中呓语。恍惚中,田午将月光错当成了飘浮空中的熏香,他不耐烦地挥了挥衣袖,似要将之从面前拂去。其实他本可以如往常般抽出长剑劈向空中,或者喝令门外的侍卫关严被风吹开的窗户,再挡上横木,但这次他没有。田午定住心神,抬起衣袖拭了拭额头的冷汗,拉过大氅裹住身体,深吸一口气,待胸腔胀满,屏住了呼吸,目光掠过榻外几案上的蹴鞠,然后落到角落里的鹤形烛台上。

田午的先祖是陈国的公子陈完,逃难到姜齐后更名为田完。田完及其后世的田文子、田乞、田成子,在杀伐、动乱和权力的争斗中慢慢站稳了脚跟。田氏家族懂得民心向背的道理,他们用"大斗出小斗进"等策略逐渐将齐国的人心收拢。民谣有颂:"老太太采来芑菜呀,是为了献给仁爱的田成子。"姜齐后期,政治腐败,民不聊生。田午的父亲,时任相国的田和继续培植势力,待时机成熟,以荒淫无度、祸国殃民为由将齐康公流放到一座海岛上，全权代理了齐国朝政。齐康公十八年，田和与魏文侯在浊泽会盟，请魏文侯代告周天子，增列他为诸侯。周天子见田和羽翼已丰，难以撼动，只得应允。三年后，周天子正式立田和为齐侯，列名于周朝王室，号为齐太公。

虽然田氏代齐用的是春秋时代权臣上位的常用伎俩，但到底逃不过一个“代”字，更有人将之视为“篡”。田和即齐侯位两年后过世，长子田剡即位。十年后，田剡和他的儿子田喜被田和的次子田午杀死，田午自立为齐王。名不正则言不顺。当年田和流放了齐康公，即便给了齐康公一座城的食邑，当作姜齐祖先的祭祀费用，但还是难逃一个“篡”字。如今，田午杀死兄长及本该即位的侄子，除了背负着田氏篡国的压力，还有了弑君夺权的恶名。双重压力下，任田午白昼如何不动声色，暗夜里的恐惧仿佛伏下身躯的猛兽，瞅着机会便会忽地一下跳窜出来，咬啮着他的心神。

田午夺权后的兴奋迅速被恐惧替代。自此，他长剑不离身，增加了夜间防护的兵力。他有多个房间，无人知道他在寝宫的哪个房间休息。然而，无论在哪个房间，他都不得安宁。太医安和研磨了黄县大夫进献的龙涎香[①]，掺上各种草药制成调息安神囊，塞入他的青铜枕。奈何田午心事过重，这助眠的良药疗效甚微。

气息在密闭的胸腔里打转，随着田午鼻息的开合一丝一缕地呼出。这是安和教他的调息方法，说是能安神定心。如是三次，心境稍有平息。田午弃了大氅，起身拿起几案上的蹴鞠。这个蹴鞠由四片褐色兽皮缝制而成，线疤十字交叉，内里填充羽毛、毛发、茅草，出自临淄城最有名的蹴鞠匠人檀斗之手。田午问檀斗为何他做的蹴鞠触感最好且耐用。檀斗说，他在皮子的鞣制上下的功夫是他人的数倍。田午自小沉迷蹴鞠，他的父亲田和没少为这事斥责他，说他玩物丧志。田午虽非长子，但田和对他寄予了很大期望，常将他带在身边，

---

① 龙涎香，也称龙腹香，在西方被称为“灰琥珀”，是一种呈阴灰色或黑色的固态蜡状可燃物质，具有独特的甘甜土质香味。龙涎香其实是抹香鲸肠内分泌物的干燥物，有的抹香鲸会将其吐出来，有的则会将其从肠道排出体外，仅有少部分抹香鲸会将其留在体内。排入海中的龙涎香起初为浅黑色，在海水的作用下，渐渐地变为灰色、浅灰色，最后呈白色。人们主要用它来做香水的定香剂。

亲自教他权谋之术;及长,安排他到各部门历练。田午颇有这方面的天赋,行事与思虑越来越像他的父亲。田和曾叹惜田午生非长子。因政务繁忙,田午花在蹴鞠上的时间虽然少了,但收集檀斗制作的蹴鞠的兴趣却不减,偶尔还会和亲信们玩上一把。

田午目睹了父亲当上齐侯的整个过程,他不相信父亲关于姜齐政权腐败、取而代之是为了齐国百姓的福祉的说辞。田午很想看到父亲执掌齐国后如何治国理政,可惜父亲封侯两年就过世了。田和死后,按长子继承制,由田午的哥哥田剡即位。田剡在位期间,齐国与他国的战争败多胜少。田午气不过,暗骂他的哥哥愚蠢。待田午羽翼丰满,他索性杀了田剡父子,自立为王,且以他并不相信的父亲田和的说辞作为借口。

田午终于受够了失眠的折磨,他不想像父亲那样,还没来得及证明自己就郁郁而终。他知道只有励精图治,建立一个强大的齐国才能堵住所有人的嘴。如何在强敌环伺的局势下强大齐国?尊贤尚功[①]!当时的社会出现了一个特殊的群体——士,他们恃其所学,奔走于诸侯之间。得士者昌,失士者亡,各国诸侯礼士、养士蔚然成风。"尊贤尚功",田午把玩着手中的蹴鞠,反复咀嚼着父亲生前常常挂在嘴边的这四个字。齐国屡屡战败,其根源在于人才匮乏。因此,强大齐国的第一要务是广招人才,将全天下的人才都吸引到齐国来,为齐所有,为齐所用。

田午通过这些日子的思索,脑子里那个大胆的想法,逐渐清晰起来。

"寡人必将辉煌齐国!"田午的十指将蹴鞠紧紧按住,似乎有一股强大的力量充满了他的全身。

天已放亮,正是卯时。

临淄城分大城与小城。大城为姜齐所建。为有别于姜齐,田和

---

① 尊贤尚功是齐建国以后的一贯国策。《淮南子·齐俗训》记载,姜太公吕尚和周公姬旦分别受封于齐和鲁。两人临别时见了面,太公问周公:"你将如何治理鲁国?"周公说:"用礼法。尊敬长者,男女有别,长幼有序。"太公说:"那完了,鲁国会越来越弱。"周公反问太公:"你将如何治理齐国?"太公说:"举荐贤能,崇尚功绩。"周公说:"那完了,齐国后世一定有篡权的。"

做了齐侯后，在大城的西南角建了座小城。临淄城有十三座城门，稷门即西门。田午下令："寡人将于稷门广建学宫，招纳天下贤达之士，不治而议。凡来稷下游历者，无论贵贱、门派，皆封为大夫，给予丰富供养。"

稷门外的这片空地，紧邻系水，林木繁茂，是个上好的养士之地。此处交通便利，既与热闹的市井有一段不远不近的距离，又与森严的王宫若即若离。不治而议，士子们不担任任何官职，不受官场牵绊，对于国家大事、国君得失，可以畅所欲言。

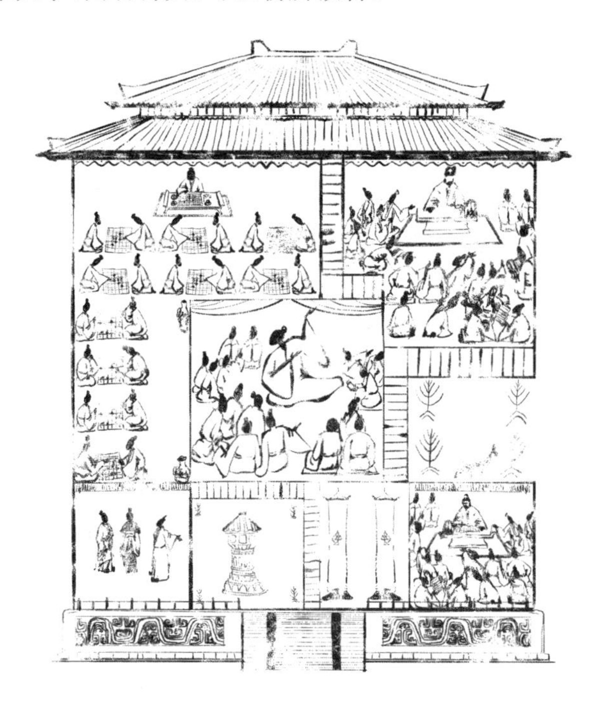

从破土动工，打下第一夯开始，田午可能就预想到，他做的这个决定会如何影响齐国的发展，但他不会知道，这一决定会对后世中国的政治、教育和文化产生怎样的影响。他更不可能知道，远在万里之外有个叫雅典的城邦，城邦里有个叫柏拉图的人，不久前刚刚建立了一所以自己名字命名的学园。这所学园与稷下学宫被后人并称为"世界高等学府的双子星"。

眼看着稷下学宫一天天起了变化，田午心中十分喜悦。一方面，令工匠加快建造进度；另一方面，令臣民将齐国诚聘贤达的消息广为传布。

扁鹊是上古时期黄帝身边的神医。

因扁鹊医术高明，故时人将"神医扁鹊"的名号赠送给他，以示尊重。

扁鹊游历四方，听说田午礼贤下士，建稷下学宫广纳人才，于是专程来到临淄城，向宫人递上刻有自己名字的木片，请求拜谒。

田午听说神医扁鹊到访，大喜，急忙步出宫门，亲自迎接。

见田午如此礼贤下士，扁鹊心中暗暗赞叹。

双方寒暄落座后，田午借失眠一事，向扁鹊询问养生之道。

"失眠是思虑过重，大王须重视养生。养生首在养心、调息。养生是本，治病是不得已而为之。善行医者多以治未病为高妙。"扁鹊就医理、医术侃侃而谈，中间夹杂着在各国行医治病时遇到的奇闻轶事，田午听后抚掌大笑。

田午招呼左右，说："今日难得，有什么疑难杂症，可以向扁鹊先生当场请教。"左右侍卫来了兴致，连同后宫妻妾，有病无病都纷纷来向扁鹊问诊。扁鹊一一作答，安慰的安慰，开药方的开药方。待众人停歇后，田午道了声辛苦。

扁鹊说："无妨，他们大都康健。"扁鹊合上药箱，喝了杯水，迟疑了片刻，拱了拱手说道："大王，臣有一言，不知当讲不当讲？"

田午身体微微前倾，右手做了个礼让的动作，说道："先生但说无妨。"

"臣方才一直在观察。大王肌肤纹理间似有小恙，若不尽早医治，恐怕会加重。"

田午听后脸色微变。

田午正当盛年，刚刚开始一番作为。他的父亲英年早逝后，田午最忌讳别人谈论自己的健康问题。但田午又不好发火，稍作调整，他哈哈大笑道："先生说笑了，寡人只是近来有些劳累，睡眠差了点，哪有什么疾病！"

扁鹊说："见人言病，虽然没有礼貌，但这是行医者的本分，请人王尽早医治。在下有小方愿献给大王，只消三服，定能药到病除。"

田午指了指扁鹊几案上的篮，说道："先生远道而来，还是多尝尝我们齐国的特产吧！"

扁鹊尴尬地吃了几颗枣，推托有些疲惫，便告退而去。

扁鹊离开后，田午对左右侍臣说："你们瞧寡人像是有病之人吗？寡人体壮如牛！一日能吃七顿饭。"众人附和。"医生喜欢为无病之人治病，以此来显示自己的能耐。"田午不屑地说道。

过了十天，扁鹊再次拜谒田午。闲聊几句后，扁鹊又说道："大王的病已经侵入肌肉，若不及时医治将更加严重。"田午摆了摆手，扁鹊话到嘴边又咽了回去，随后拱手告退。田午闷闷不乐。

又过了十天，扁鹊第三次拜谒田午。礼毕，顾不上寒暄，扁鹊急切地说："大王不好！您的病已经深入肠胃，若不及时治疗将会更加严重！"田午大怒，甩袖而去。左右侍臣埋怨扁鹊不会说吉祥话。扁鹊摇摇头，说道："都说齐侯礼贤下士，从谏如流，看来见面不如闻名啊。"

不久后，扁鹊正游学于稷下学宫，远远看到田午，扭头便走。田午纳闷，派宫人去问。扁鹊说："第一次见大王时，大王的病隐藏在皮肤纹理之间，尚未成形，用汤熨的方法就能治好；第二次，大王的病进入肌肉和皮肤里面，虽然汤熨的功效达不到，但用针灸即可治好；第三次，大王的病侵入肠胃，虽然比先前麻烦，但是用火剂汤可以治好；这次见到大王，大王的病已经深入骨髓，那是司命神管辖的范围，臣已无能为力了。五日之后，大王恐有不测。你等早作准备。"

宫人回禀田午。田午半信半疑。

不久后，田午大呼身体疼痛，派人急寻扁鹊。扁鹊早就逃到秦国了。

田午薨。他的儿子田因齐即位，号齐威王。

阅读点拨

2022 年 2 月 20 日，"稷下学宫遗址"考古队确定了一个事实：稷下学宫位于淄博市临淄区齐都镇小徐村西的齐故城小城西门外。

虽然稷下学宫的地上建筑早已荡然无存,但结合典籍记载和考古遗迹,我们可以推想当年的辉煌。中国大学的历史不过百十年,而被誉为“世界大学之母”的意大利博洛尼亚大学,已经度过了900多个春秋。稷下学宫虽然不能称为大学,但正是因为田午当年的一个念头,中国才有了与古希腊的柏拉图学园相媲美的世界级高等学府。我们在评价某个历史人物时,应根据当时的历史条件,对历史人物的是非功过进行具体的、全面的考察。可以说,田午功在当时,利在千秋,超越时代,名扬全球。

扁鹊与田午的故事出自《韩非子·喻老》。韩非说的蔡桓公,据考证应该是田午。司马迁在《史记·扁鹊仓公列传》里称田午为“齐桓侯”。

后人可以从这则故事里得到一个成语:讳疾忌医。讳疾忌医比喻怕别人指出自己的问题而拼命掩饰。

你还知道哪些讳疾忌医的故事呢?

2 淳于髡隐语谏齐侯

人物简介

1. 淳于髡(约前 386—前 310),齐国黄县(今山东省龙口市)人,齐威王、齐宣王时期稷下学宫的重要人物之一。他滑稽多辩、博闻强识,是当时著名的政治家。《王度记》据说是他所著,其主要内容是各阶层的礼节和制度等方面的规范,可惜已经失传。

2. 齐威王(前 378—前 320),妫姓,田氏,名因齐,田午之子,战国时期田齐的第四位国君,在位时间为前 356—前 320 年。齐威王薨后葬于田齐王陵(今山东省淄博市临淄区齐陵镇内),享年 58 岁。

齐国黄县,一个长衣散发的年轻人站在光滑的井沿上。

水面平静,映照着一张清俊的脸。奇怪的是,他的额头斑秃,直到头顶,寸草不生。可他并非天生如此,明显可见剃过的痕迹。他分明是一个受过髡刑[①]的人。身体发肤受之父母,不敢丝毫损坏。今受如此大辱,还有何脸面见列祖列宗?莫非他要跳井寻死?

黄县当地百姓多以打鱼为生。此年轻人是家中长子,每日辛苦劳作,却只能靠天吃饭,勉强度日。前些日子,洪三牙跑来找他,央求他帮着找个地方暂避官府的缉拿。洪三牙是他自小的玩伴,受不了

① 髡刑,中国古代的五刑之一,将人的头发全部或部分剃掉,是一种耻辱刑,主要盛行于西周至东汉时期。五刑是中国古代官府对犯罪者所使用的五种主要刑罚的统称。五刑为正刑或主刑,五刑之外的则为闰刑或从刑。

打鱼的劳苦，干起了贩卖私盐的营生。自齐桓公(姜小白)时始，管仲就制定了“官山海”政策，盐和铁实行官营专卖，致使盐价飙升至它国的数十倍。巨大的利益诱惑，驱使私盐贩铤而走险，洪三牙便是其中之一。屡次得手后，洪三牙有些松懈，居然为了赶时间，偏离了惯常的安全运输路线，使得手下被官府捉了个现行。洪三牙幸而逃脱。官府发下海捕文书，四处缉拿洪三牙。洪三牙东躲西藏，找到年轻人请求帮忙。年轻人拗不过，只得答应。刚将洪三牙安置好，官府已得到线人的消息，立马拿了洪三牙，顺便绑了年轻人。洪三牙被处死，年轻人因藏匿罪，被判髡刑加入狱半年。

“淳于兄万万不可!”一双手从身后死死地抱住了年轻人的双腿，“你不能死啊。你还有家中老母。”

“子默老弟误会了”，被唤作淳于的年轻人回头见是同窗好友范平范子默，笑着说:“在下只是照照水中模样，怎会轻生?”

“真不会寻死?”

“不会。”

范子默慢慢松开手。年轻人转身，拍了拍他的肩膀，跳下井沿，二人来到树下。

“淳于兄，你可吓死我了。”

“放心吧，子默老弟！此生不易，在下怎可轻易了断。”年轻人摸了摸光秃秃的头，“这刑法好，头一秃，更显得在下卓尔不群了。哈哈！官府还给在下改了个名，淳于髡。这名字好，贴切。哈哈哈哈!”

“淳于兄真是好度量，这事也能拿来说笑。”范子默嘟囔着。

“因为在下没有办法啊。”淳于髡双手摊开，咧嘴一笑，又似哭。

不久后，淳于髡被配给临淄城的公纪家，并招为赘婿[①]。

田午的稷下学宫虽然刚见雏形，但还是吸引了各家流派到此讲学、辩论、收徒、著书。田午给予他们丰厚的供养，但讲学这类的事，一概不过问。淳于髡在黄县时即通文墨，入赘公纪家，见其藏书丰

① 古代的赘婿不同于后世倒插门的养老女婿。据说齐国有风俗，家中长女不能出嫁，需要留在家中祭祀，否则家运不昌，这样的女孩叫作“巫儿”。她们如果要结婚，则招赘婿。不是家庭贫困，男子不会入赘，世人认为这是一种羞耻，淳于髡就属于这种。

富，大喜过望，每每翻阅，废寝忘食。淳于髡闲暇之时，多出入稷下学宫，采百家之长，融会贯通，很快便声名鹊起，引起了田午的注意。几次交谈后，田午不在意他是受刑之人，拜他为稷下先生。淳于髡不负田午厚望，数次代表齐国出使他国，从未受过侮辱。可惜的是，淳于髡的才华尚未完全施展，田午就病逝了，他的儿子田因齐即位，即齐威王。

田午薨后，韩、赵、魏三国趁齐国国丧之机，联合出兵攻打齐国的灵丘。齐威王即位时刚二十出头，还没有积累足够的政治经验。除了通宵达旦地饮酒作乐，喜欢跟人猜谜语外，这位年轻的新君，对治理国家似乎毫无兴趣。朝野上下，有人观望，有人愤愤不平，佞臣周破胡趁机专权跋扈，把持朝政。各诸侯国见齐国可欺，常来骚扰。今日攻城，明日掠地，齐国危在旦夕，却无人敢进谏。如是，三年过去。

淳于髡与御史骆叔夜关系很好，几次想进宫劝谏，都被他拦下。

“在下既受先王恩惠，怎可对国家政事袖手旁观？”

“大王性情乖张，朝廷之臣莫不畏惧。况且贤弟见劝谏者哪个落得好下场？这不好比贤弟当年在黄县时发生的事。”

淳于髡知道骆叔夜说的是他在黄县老家时的事。

某日，淳于髡与范子默散步时看到邻居家灶上的烟囱直直冲上，烧火做饭时，浓烟夹杂着燃烧不充分的火星打到檩条上，灶膛里的炭火也时常迸出来掉到堆在灶口的柴草上。淳于髡劝告邻居说：“这样隐患太大。为什么不把烟囱改成弯的？烟囱直冲着屋檐，火星容易飞到檩条上去，把灶口的柴草搬开，烧火时就算有炭火迸出来，也无妨了。”

邻居说道：“呸呸呸！你这年轻人真是个乌鸦嘴！信不信我打你！我家的炉灶用了好多年了，烟囱一直是这样，从来没有出过事！烧火的时候灶口总有人，即便有炭火掉下来，马上就扑灭了。柴草不在灶口，拿取多不方便。一看就知道你在家不干活！再说了，改烟囱费钱、费事！”

范子默挥拳想揍他，淳于髡将他拉走。

没过多久，邻居家果然失火了。左邻右舍帮忙救火，忙得焦头烂额才把火扑灭。

邻居置办了酒席，感谢乡亲们出手相助。伤势最重者坐在首席，其他人按功劳大小依次就座，就是没请建议他把烟囱改弯、把柴草从灶口搬开的淳于髡。范子默看不下去，喊道："你若当初听了我兄弟的意见，及时采取措施，就不会发生火灾了。要是不发生火灾，大伙儿就不会受伤，你家也不会遭受损失，更不用破费钱财置办酒席。要说功劳，数我兄长的功劳最大，你为什么把他忘了？"

那人听了这番话，觉得很有道理，连忙恭恭敬敬地把淳于髡请来，向他表示感谢，并请他坐了首席。

"贤弟以为，大王会像您的邻居吗？"

淳于髡放下手中的竹简，环视座下众弟子，缓缓说道："孔夫子说过'知其不可而为之'，诸位以为如何？"

弟子甲抢着说："与其在不可为处浪费时间，不如另寻他途。"

弟子乙说："若是正义之事，或许可以再坚持一下。"

淳于髡问道："何谓正义之事？"

"利国利民。"弟子丙答道。

于是，淳于髡出了稷下学宫，沿着官道前行百十步，左拐，又前行五十步，来到河边。此处绿林修竹，鸦雀乱鸣。淳于髡挽衣袖撩长袍，俯身掬起一捧清水，洗了洗脸，拍了拍早已看不出受过髡刑的宽大额头。

"知其不可而为之，大不了再受一回刑。"

王宫侍卫报稷下先生淳于髡求见。齐威王眉头一皱，刚刚打发走一个进谏者，又来一个。听闻这位稷下先生能言善辩，且听他说说。转念又想，估计又是那些陈词滥调，只要他一开口，马上逐出，看他如何应对。想到这，命侍卫召淳于髡入见。

淳于髡大步入内，见齐威王，长施一礼。

"淳于先生也是来劝谏寡人的吗？"齐威王正了正身体，威严地说道。

"劝谏大王是朝廷命官的职责。"淳于髡笑道，"臣有句隐语，一直不太懂，听说大王深谙此道，特来请教大王。"

"说来听听。"齐威王身体一松，来了兴趣。

"齐国有一只大鸟，停在王宫中，三年来，不飞不叫。请问大王，这只大鸟意欲何为？”

齐威王猛地站起身，直勾勾地盯着淳于髡。

淳于髡面带微笑，不卑不亢，看着齐威王。

齐威王迈步来到淳于髡面前，绕着他走了三圈。“此鸟不飞则已，一飞冲天；不鸣则已，一鸣惊人。”

淳于髡深施一礼，说道：“谢大王赐教。臣告退。”

淳于髡回到家中，将此事告诉妻子公纪氏。妻子边擦拭着雁足灯，边说着她的担忧。淳于髡摆了摆手笑道：“无妨。”

齐威王回了后宫，手持一柄玉如意，思索着淳于髡的话，来回踱步，不知不觉来到了九层台。

九层台软禁着齐威王的宠姬虞娟之。虞娟之十分聪慧，深得齐威王喜爱。周破胡专权弄势，虞娟之曾劝齐威王罢免这个祸国殃民之徒，并举荐北郭先生，说他贤明有能力。周破胡反咬一口，在朝堂之上说虞娟之与北郭先生有奸情，该杀。群臣无人敢驳斥。于是齐威王将虞娟之打入九层台，终身监禁，但私下时常来探望。

齐威王令左右侍卫打开九层台，召来幽闭中的虞娟之问道：“今有稷下淳于先生向寡人说了句隐语：‘齐国有一只大鸟，停在王宫中，三年来，不飞不叫。’虞姬可知此鸟意欲何为？”

虞娟之说：“臣妾娟之学识浅薄，试着为大王解说一番。此鸟三年不飞不叫，待其时也。风若起，必将一飞冲天，一鸣惊人。”

齐威王点头，说道：“虞姬聪慧，寡人之幸。”

“国有淳于先生，才是大王之幸。”虞娟之再施一礼，说道：“大王三年不执政，一定是在等风起。”

齐威王说：“父王当年离世，事出突然，寡人仓皇即位，立足不稳。虞姬说周破胡奸诈，寡人何尝不知，但寡人羽翼未丰，只能暂时将你打入这九层台中。愿你明白寡人这片苦心。三年来，寡人表面不理朝政，实则暗中观察。谁为忠臣，谁为奸臣，早已了然于胸。今日淳于先生一番语言，恰是上天送给寡人的东风。”

不几日，齐威王早朝，召见群臣及七十二县县令。朝堂之上一片肃静，当中一口大锅，熊熊的火苗舔着锅底，锅中热水沸腾。众人面面相觑，不知道他们的大王想做什么。

齐威王一改往日的萎靡，手按长剑，双眉倒竖，当堂陈述周破胡祸乱朝纲之十大罪状。群臣震惊。周破胡吓得面如死灰，像滩泥一样伏在地上。齐威王转向即墨大夫，温和地说道："周破胡天天说你的不是，寡人派人暗中调查，发现在你的治理下，农桑有时，政治清明，百姓莫不交口称赞。只因你从不贿赂周破胡，令他怀恨在心，妄图借寡人之手杀了你。寡人今日非但不杀你，还要重重赏赐，加封你食邑一万户。"即墨大夫谢恩。

齐威王又看向东阿大夫，冷笑道："先王当年赐予你东阿城，指望你继续为百姓纳福，为朝廷增收。起先你还能励精图治，不想先王薨[1]后，你竟改弦易张，贪赃枉法，致使土地荒芜，百姓怨声载道。你为了欺骗寡人，重金买通周破胡，让他为你歌功颂德。你辜负了先王的厚望！来来来，你且看那口大锅，正是为你和周破胡准备的！"

齐威王喝令左右侍卫将二人拿下。东阿大夫挣扎着说道："昏君！若不是你整日沉迷酒色，不理朝政，我等怎会到如此地步！若说辜负先王的厚望，昏君才是！若说祸乱齐国，我等怎敢和昏君比高下！"

齐威王气得脸色发白。群臣齐声喊道："无理！烹了他！烹了他！"

处理完周破胡、东阿大夫之事，齐威王释放了这些年因进谏而被关押的官员，好言相慰，给他们加官晋爵，委以重任。又从九层台接出虞娟之，恢复她的名誉。择一良日，携虞娟之与群臣，登稷下学宫，拜会稷下先生淳于髡。

阅读点拨

齐国在田午时期，逐渐摆脱了屡战屡败的战争局面，国力有所增强。稷下学宫的兴建，对吸引人才是有帮助的，出现了淳于髡、邹

---

① 薨(hōng)，原指成群的昆虫一起飞动时发出的声音。古代称诸侯或有爵位的官员死去为薨，也可指皇帝的高等级妃嫔及其生育的皇子、公主或封王的贵族死去。古人对死亡有多种描述，常见的是"卒"，早亡一般用"殇"，帝后级别用"崩"，还有一些对特殊地位的人死亡或以特殊方式死亡的描述，如"殉""没""自尽""弑"等。《礼记·曲礼下》载："天子死曰崩，诸侯死曰薨，大夫曰卒，士曰不禄，庶人曰死。"

忌、段干纶等重要人物。田午43岁病逝，他的儿子田因齐即位时只有22岁。田午自立为君时虽然只有25岁，但他政治经验丰富，手段老辣。田因齐不理朝政也许有年龄的原因，也许是阅历不够，不足以服众，但他在暗中观察，同时积聚力量。

中国古人对身体发肤的重视程度是现代人难以想象的。淳于髡受过髡刑，又做了赘婿，身份低贱，但他生性乐观，不甘沉沦，在典籍学习和人情历练中成长，终于等到机会，以隐语劝谏齐威王，名动一时。

淳于髡劝谏齐威王的故事记载于《史记·滑稽列传》。《韩非子·喻老》也讲过一个类似的故事，说的是楚庄王即位三年，不发命令，也不处理政事。右司马向楚庄王说了句隐语："南边的山丘上停着一只鸟，三年不扇动翅膀，不飞也不叫，不知是何道理。"楚庄王说："三年不扇动翅膀，是在待羽翼丰满；不飞也不叫，是在观察民情。这鸟虽然不飞，但一飞冲天；虽然不鸣，但叫起来一定会惊动天下。"半年后，楚庄王便开始上朝理政，废除了十条旧法令，制定了九条新法令，惩处了五名大臣，提拔了六名读书人。

两个故事如出一辙。读者们不需要纠结哪个是真哪个是假，把它当作古人编的"段子"，能够从中悟出些道理来就可以了。同时，这两则故事也说明了古人的语言艺术，单纯讲道理容易让人心生反感，效果甚微，若从一则故事入手，让当事人自己去感悟、体会，可能会有意料之外的效果。

3　齐威王拜相邹忌子

人物简介

邹忌（约前385—前319），齐国的美男子，于桓公午、齐威王、齐宣王三朝为官。邹忌善于运用比喻来劝谏君王，齐威王时被委任为相国，后来因功被封于下邳（今江苏省徐州市睢宁县古邳镇），号成侯。邹忌极有才干，治国理政很有一套。曾与田忌发生矛盾，迫使田忌逃往楚国。

邹忌是齐国本地人，自幼好学，博览群书，又能言善辩，纵论天下事，临淄城内，无人能及。可惜时运不济，在桓公午时只谋了个闲职。没有立功的机会，也无高官显贵的举荐，邹忌常有怀才不遇、大志未伸的感慨。齐威王刚刚即位时，邹忌原打算自荐，随即发现这位新君胸无大志，每日只知饮酒弹琴、玩蹴鞠，进谏者轻则受呵斥，重则下狱。邹忌心中黯然，却无计可施，如是过了三年。听闻淳于髡以大鸟的隐语劝谏齐威王，却未受惩戒时，邹忌忽然意识到，机会似乎来了。紧接着，齐威王烹死了周破胡、东阿大夫，赦免了戴罪的官员，却又安静了下来。邹忌料想，齐威王虽受了淳于髡的点拨振奋了起来，但国家的治理与革新，不是几句隐语就能够解决的。齐国政治关系复杂，各种力量暗中较量，若非大材，难当治国理政的重任。这种担忧，从相国一职齐威王迟迟没有委任便可推知。想通了这点，邹忌便更加确信，若不乘此东风扶摇直上，良机一旦错失，就不会再来。

齐威王不只喜欢隐语，也好弹琴。邹忌精通音律，尤善弹琴。他听过齐威王的弹奏，其水平很一般。何不用这古琴为引子，向齐威王进谏一番？若得齐威王赏识，何愁不能实现抱负？想到这，邹忌胸有成竹，右手三指当心一划，古琴铮铮。他重新将琴身擦拭干净，调好琴弦，装进布囊，一早来见齐威王。

一番高超的弹奏后，齐威王大开眼界，留下邹忌用膳。用完膳，齐威王请邹忌在右室稍作休息，过后再听他弹奏新曲。

齐威王打了个盹，醒来一时手痒，合眼默默想了想邹忌刚刚传授的弹奏技巧，右手拨弹琴弦，左手按弦取音。刚弹了几个音声出来，邹忌便推门而入，赞道："大王好音声！好音声！"

齐威王勃然大怒，双手按住琴身说道："先生还没仔细听寡人弹奏，怎么就知道寡人弹得好？这马屁拍得太不高明了吧！"

邹忌躬身行了一礼，不慌不忙地说道："虽然只有几个音，但臣听大王弹大弦的声音，庄重雄浑；臣听大王弹小弦的声音，清晰明朗。大王控弦的指法精湛纯熟，该深沉的深沉，该舒展的舒展，象征着政令；弹出的个个音符，既灵活多变，又高低协调，回旋曲折而不互相干扰，象征着四时。臣因此知道大王的琴弹得好。"

齐威王松开按住古琴的双手，觉得又好气又好笑，说道："先生真是精通音律啊。"

邹忌说："臣何止粗通音律，治理国家、安定人民的治国之道也蕴含在这音律之中。"

齐威王不悦，说道："先生扯得有点远了吧！若论五音调和的道理，确实无人赶得上先生。但这治理国家、安定人民的大事，又怎会跟这丝竹管弦扯上关系？"

邹忌说道："大王息怒，听臣慢慢道来。弹琴与治理国家并无二致，须得专心致志。七根琴弦，好比君臣之道。那大弦浑厚雄壮，如春天般温暖，是国之君主；那小弦清亮明晰，是辅佐之相国；控弦时紧，放开时舒缓，那是政令；和谐而鸣，高低相成，千回百转而又互不干扰，是四时；声音往复而不紊乱，是政治清明；上下前后连接沟通，是延续国运不致灭亡。所以说琴声调和则国家得善治，治理国家、安定人民，没有比五音的道理更加明白的了。"

齐威王拍掌大笑道："先生讲得太好了！请继续说！"

邹忌趁机将他思考多年的治国方略和盘托出。

齐威王大悦，与邹忌连着谈了三天三夜，废寝忘食。

三日后，邹忌走出宫门，心中一片澄明。

不久，齐威王拜邹忌为相国。

阅读点拨

这又是一则隐语劝谏的故事。劝谏是臣子的本分，也考验劝谏者的智慧。邹忌用弹琴来类比治国，讲得头头是道，打动了齐威王。如果只是讲得天花乱坠，没有真才实学，很快便会露出马脚。

邹忌确实有治国理政的能力，他劝说齐威王广开言路，推行改革，修订法律，澄清吏治，并举荐有能力的大臣坚守齐国四境，使齐国国力逐渐强大起来。

邹忌是三朝元老，从桓公午时入朝为官，齐威王时任相国，受封成侯，齐宣王时仍是国家重臣。邹忌是齐国著名的政治家，很有作为。虽然他不是稷下先生，但与多位稷下先生有过交集。

4　美相国妙答丑先生

秋祭当日，齐威王赐清酒于群臣和淳于髡等稷下先生。欢饮之际，相国邹忌心中却隐隐有一丝不安。宴乐完毕，邹忌以突感风寒为由，向齐威王告了假。回到府中，吃了几块妻子削好的山阳大梨，回了几封书信，读完半册《乐经》①，抬头见漏刻，已是亥时。

夜不成寐，邹忌披衣坐起，斜倚榻上，注视着刚刚擦拭过的鎏金薰炉。薰炉通高四寸，座呈圆柄，腹部饰有一对铺首衔环，口径不及三指，扣一弧形盖，顶饰环钮，周围透雕着两条盘龙，袅袅青烟中，如腾云驾雾。

邹忌的不安源于宴饮之上同僚的窃窃私语。几天前彼此还以兄弟相称，弹琴劝谏齐威王后，一跃升为相国，家也从东边的临淄大城搬到了西南隅的小城。别轻看这区区三里的挪移，大城属外，是普通官吏、平民和商人聚集之地，而这小城虽小，却是国君和重臣才有资格居住的宫城。邹忌明白昔日同僚的嫉妒。共事多年，凭什么你邹忌能一步登天？然而更让邹忌不安的，是稷下学宫那帮不治而议的先生们。他们虽然不觊觎他的相位，但嘴上却从不饶人，煽动舆论的力量十分强大。

秋祭次日一早，齐威王派太医吉贞前来探视。

吉太医与邹忌是旧日好友。礼毕，吉贞打趣道："相国虽面有倦容，却也不像染恙之人。"

邹忌笑了笑，说起昨天祭祀时，众人的暗暗嫉妒。

"不瞒吉兄，在下虽有辅佐君上之志，奈何众人不服。"

吉太医摆了摆手，说道："相国多虑了。相国高才，桓公时未得机

① 《乐经》，书名，六经之一。六经，即《诗经》《尚书》《礼经》《易经》《乐经》《春秋》。

会。如今大王虽有凌云之志却苦无良策，相国那番以琴喻政之言，正中大王下怀。只是相国初登高位，众人不服，也在情理之中。相国的一举一动，都有千百双眼睛盯着。大王更是时刻观察着相国如何治国安民。相国谨记，治国如去病，须找准病根，用药当稳，养元固本，方能健行千里。”

邹忌拜谢，再问稷下先生之事。

吉太医说道：“听闻淳于先生虽相貌不及，但滑稽多辩，博闻强识，不输相国。当年淳于先生也是以隐语劝谏大王，却不受官职，做了不治而议的稷下先生。此人大才，相国若以谦逊待之，必能得到他的尊重。有了他的尊重，其他人众，不足挂碍。”

临走，吉太医开了三服发汗散，嘱咐邹忌按时服下。

一番交谈，邹忌心头释然。将发汗散放于案头，取下七弦琴，手拨琴弦，沉吟片刻，轻拢慢捻，缓缓弹出一曲。

下人忽然来报，稷下学宫淳于髡求见。

邹忌心头一凛，双手按住琴弦，琴声戛然而止。真是怕什么来什么，淳于髡今日来访，不知何意。想来与他素无冤仇，吉太医的那番评价似乎中肯，不如迎上去，见招拆招吧。邹忌深吸一口气，起身，缓缓呼出。整理好衣冠，又照了照镜子，便令下人请淳于髡进来。

淳于髡长袍宽袖，率领稷下先生数十人，大剌剌地迈进厅堂。

“相国，听说您昨日偶感风寒，在下特来问安。”淳于髡拱了拱手。

“愚下微疾，不敢劳先生挂念。适才吉太医来瞧过，说并无大碍。开了三服药，忌还没来得及服下。”邹忌长揖到地。

“那就好。在下也有五服药，可助相国早日康复。”淳于髡昂了昂头，说道：“相国可愿闻否？”

邹忌又一长揖到地，说道：“请先生赐教。”

“将猪油涂抹在轮轴上，是为了让轮轴转动灵活，但猪油不能使穿于方孔中的轮轴运转灵活。”

“先生说得是，愚下将恭奉大王左右。只有辅佐大王，愚下才能发挥所长。”邹忌应声答道。

“用胶去粘破旧的弓杆，是因为它们能黏合在一起，但胶不能黏合疏罅隙缝。”

“先生说得是，愚下将紧密地依附民众。”

“白狐狸皮做成的大衣虽然破了，但不能用黄狗的皮来修补。”

“先生说得是，愚下将谨慎地选官取能，不让小人混杂其中。”

淳于髡轻捻胡须，说道：“三人共养一只羊，结果羊吃不饱，人也不得歇息，这样不好吧！”

“先生教诲得好，愚下将减少官吏，不扰民。”

“大车不校准，不能载重；琴瑟不校正，不能协调五音。是这样吧！”

“先生教诲得好，愚下将慎重地制定法律，依法督察贪官奸吏。”

淳于髡点头微笑，向邹忌长施一礼，说道：“相国高才，在下放心了。”

“谢先生赐药。”邹忌说道。

出了相府的门，淳于髡向跟随的其他人说：“相国微妙贯通，我抛出了五句精微隐语，他的回答如回声般迅速，此人不日将受大封赏。”

果然，一年后，齐威王将下邳封给邹忌，号曰成侯。

阅读点拨

淳于髡和邹忌都极为聪明，二人的一番对话，以隐语对隐语，十分精彩。有点类似禅宗的对答，不说破，外人听得一头雾水，问者和答者却心中了然。

第一句隐语是说猪油有润滑的作用，但只对圆形轮轴和圆形孔洞的配对有效，如果是方孔就不起作用了，暗示邹忌要好好辅佐齐威王。第二句隐语，胶能粘住弓杆是因为缝隙不大，如果缝隙过大，就粘不住了，暗示邹忌不要脱离民众，要体恤民情。第三句隐语说的是不能“狗尾续貂”，暗示邹忌要用人得当。第四句隐语是说明明只有一只羊却由三个人来养，每个养羊人为了显示自己的饲养本领，拼命折腾，导致羊吃不饱，养羊人疲惫不堪，暗示邹忌要精简机构，官吏不要扰民。第五句隐语用车和琴来暗示邹忌要制定标准，协调各方力量。邹忌的回答，精准命中，展现了他高超的领悟能力和语言技巧。

5 邹忌讽齐王广纳谏

邹忌拜相后，殚精竭虑。鼓励农桑，发展工商；修订律法，严明赏罚，选荐能臣干吏坚守四境。百官拜服，百姓称赞。今日难得清闲，妻子南史子为他从衣冠匠邱纪处定做的新衣帽送到了府上。邹忌穿戴整齐后，照了照镜子，问妻子："夫人，我和城北的徐公相比，谁更英俊？"南史子边为他整理衣领边说道："瞧您说的。夫君英俊潇洒，徐公怎么能比得上您呢！"

城北的徐公，是齐国出了名的美男子，每次驾车出游，女人们都兴奋地跟在后面跑，男人也会驻足欣赏他的美。邹忌虽说身高八尺有余，容貌光丽，玉树临风，但他不敢相信自己会比得上徐公，转头又问他的侍妾暮云："我和徐公相比，谁更漂亮？"暮云怯生生地说："大人是天下第一美男子，徐公怎么能比得上您呢！"第二天，客人常宾登门拜访。邹忌同他坐着闲聊时，故作不经意地问了一句："我同城北的徐公比，谁更英俊？"常宾竖起大拇指，毫不犹豫地说："那还用说嘛！徐公的美是媚俗之美，相国的美是天人之美。"邹忌心中有些许得意。

第二天，徐公恰来府上拜会。邹忌见过徐公多次，有了比对之心后，再仔细观瞧，心中叹服，不愧是第一美男子。再从镜子里偷偷看了看自己，就像一头垂头丧气的驴子。邹忌无意瞥见，他的妻子和侍妾，端茶送水之际，偷瞄徐公的眼神躲躲闪闪。

晚上，邹忌在榻上辗转反侧想着白天的事：他们都没有说实话。我的妻子认为我美，是偏爱的欺骗；暮云认为我美，是害怕的欺骗；常宾认为我美，是有求于我的欺骗。

次日一早，邹忌拜见齐威王，说道："大王，您觉得臣与城北的徐公相比，谁更英俊？"

齐威王大笑，说道："相国啊相国，那徐公是我国第一美男子，连寡人都自叹不如，您可真是无知者无畏呀。哈哈哈哈！"见邹忌面露尴尬，齐威王止住笑，说道："相国一大早不是来向寡人汇报此事的吧！"

邹忌说道："臣确实知道自己不如徐公美。昨日徐公到臣的寒舍做客，一比对，臣更是确信无疑。然而，臣的妻子却说臣美，臣的侍妾说臣美，臣的客人说臣美。臣知道，臣的妻子说臣美是偏爱臣，臣的侍妾说臣美是害怕臣，臣的客人说臣美是有求于臣。臣昨晚没睡好，臣想到，齐国的疆土方圆有千里之阔，城池有一百二十座之多，大王宫中的妃子、近臣，哪个不偏爱您？朝中的大臣哪个不害怕您？全国上下的百姓哪个不想有求于您？由此看来，大王您受的蒙蔽可比臣深多喽！"

齐威王站起身，高兴地说道："相国说得太好了！"

"传寡人的旨意，全国上下，大小官吏、百姓，能当面指责寡人的过错者，受上等赏赐；书面劝谏寡人者，受中等赏赐；在市井街头公开评议寡人的过失，并能传到寡人的耳朵者，受下等赏赐。"

命令刚下达，以前不敢进谏的大臣们都来进谏，宫门前庭院内聚集的百姓多得像赶集一般。言之有理者，齐威王一一采纳；言之无理者，也不加苛责。几个月过后，能提的意见越来越少。

一年后，即使有人想进谏获得赏赐，也找不出可提的理由了。

阅读点拨

《道德经》中说："知人者智，自知者明。"意思是，能够了解他人的人是有智慧的，能够了解自己的人是明智的。俗话说，人贵有自知之明。希腊德尔斐神殿上刻有一句箴言："认识你自己"。苏格拉底也说过，人生最大的智慧，就是认识你自己。这些中外的名言都说明认识自己是多么难的一件事。特别是有些人有了一定的影响力或有了权力，别人对他有所求之后，会被各种漂亮而虚假的肥皂泡包围，就无法辨别真假。邹忌从和妻子、侍妾、客人关于"我和城北徐公谁美”的对答中悟到了这一点，进而想到齐威王可能受的蒙蔽更深，这才劝谏他广开言路，听听真实的声音。果然，言路打开后，大臣和百姓敢于说话，纷纷进言。齐威王有则改之，无则加勉。没有人被封杀，没有人因言获罪，只有因进谏而获得赏赐。

6 黔娄子清节不斜衾

人物简介

1. 黔娄，号黔娄子，生卒年不详，齐国有名的隐士，曾于稷下学宫讲学。鲁恭公闻其大名，想聘他为鲁国的相国，齐威王也想拜他为卿，皆被拒绝。后来他与妻子隐居于济之南山（今济南千佛山），凿石为洞，自耕自织，终身不仕。黔娄曾著书四部，可惜已经失传。黔娄虽然家徒四壁，但却励志苦节，安贫乐道，因高洁端正的品行为世人所称颂。

2. 施良娣，齐国贵族，黔娄的夫人。

3. 曾参（前505—前435），姒姓，曾氏，名参，字子舆，尊称曾子，鲁国南武城（今山东平邑）人。孔子的大弟子之一，儒家学派的重要代表人物。曾子参与编写了《论语》，撰写了《大学》《孝经》《曾子十篇》等作品。曾子被后世尊称为“宗圣”，成为配享孔庙的四配之一，仅次于“复圣”颜渊，另外两位是“亚圣”孟子、“述圣”子思。

齐国有参与国家治理的邹忌邹相国，有淳于髡这样不治而议的稷下先生，还有黔娄这样以著书立说扬名全国的清节之士。

黔娄少时贫困，却饱读诗书，尤其对天地生成之理颇有研究。成年后娶妻施良娣，夫妻恩爱，至死不渝。与黔娄出身贫寒不同，施良娣出身于官宦之家，自幼知书达理，温柔贤淑。她的父亲官居太祝。太祝一职与太宗、卜正、太史属于同一等级，只是分工不同。太祝是掌管鬼神祭祀的官职。太宗主要管理宗庙及安排祭祀事务。卜正主要占卜吉凶。太史主要记录时事，观察天象，保护文书。

施良娣在家时曾拜读过黔娄的《黔娄子》，对其大为赞赏，不顾家人的反对，毅然嫁给了他。夫妻二人一同下地耕作，自给自足。

《黔娄子》的四篇论著以道家为法理，研究天地生成的道理，但由于与当时的社会关联不大，因而未受到众人推崇。施良娣从其家学的角度，提出了若干建议。黔娄听后，对原作加以修订、充实，重新写出了《黔娄子》四篇，并在稷下学宫讲学，立即引起轰动。齐威王听后，备下重金，请他入朝为官。黔娄谢绝后与妻子一起来到了济之南山，凿洞过起了隐居生活。后来，齐威王又亲往济之南山找他。为表示尊重，齐威王远远就下马脱靴，徒步进洞。鲁国国君也曾派人请黔娄出任鲁国的相国，并赐粟三千钟，但黔娄无意仕途，不为所动。

黔娄去世后，他的生前好友——孔子的弟子曾参前往吊祭。曾参看到黔娄家徒四壁，上无片瓦遮雨，下无立锥之地。破窗之下，黔娄身穿旧长袍，躺在烂草席上，用白布盖着。由于盖身体的白布又短又小，曾参试了试，盖住头就露出脚，盖住脚就盖不住头，不禁为之心酸，便和施良娣商量说："要不把这白布斜过来盖吧，这样就能盖住黔娄先生的全身了。"

施良娣垂泪答道："斜着盖有余，不如正着盖不足。您应该知道先生的为人，他是清清白白、生而不斜的人。去世后却为了块白布斜盖他，这必定会违背先生的生前遗愿啊。"

曾参深感惭愧，认为施良娣说得很有道理，深施一礼后问道："先生这一生，盖棺定论，应该用哪个字作为谥号①？"

施良娣答道："以'康'字为谥号吧！"

曾参听罢大惑不解，说道："先生生前衣不遮体，食不果腹，去世后连块能盖住身体的白布都没有，何况是棺板旁祭祀的酒肉。先生生前生活困顿，去世后没有获得荣耀，为什么选'康'字为谥号呢？"

施良娣正了正衣襟，郑重地说道："先生生前，鲁国国君要请他出任相国，但他辞而不为；齐国国君要聘他为卿，他同样辞而不受，这应

① 谥号是指有一定社会地位的人去世后，后人根据其生平事迹给予的或褒或贬的评价文字。文字字数不定，一般是一两个字，多者达二十余个字。

该算作余贵吧。鲁国国君愿赐他三千钟粟，齐国国君也屡次要予以厚禄，他都辞而不受，这算是有余富吧。先生宁愿做平民百姓，与天地人间共受甘苦。对于贫贱，他不耿耿于怀；对于富贵，他不汲汲索取。这些都是为了‘仁义’二字啊。以‘康’字为谥号，谁能说不合适呢？”

曾参听后，大受感动，连声赞叹道：“还是您了解先生。正因为有黔娄这样的先生，才有像您这样的好妻子啊！也正是有您这样的好妻子，才成就了黔娄先生的‘康’之一字啊！”

阅读点拨

有读者可能不理解，为什么黔娄有机会做高官而不去做，宁愿和妻子隐居起来，过着面朝黄土背朝天的清贫生活？每个人的选择不一样，做官并不是人生在世唯一的、最好的选择。有人认为当官是光宗耀祖的事，有人却认为自给自足、做做学问是最幸福的事。这种人更多地追求精神上的自洽和自由，物质上的欲望并不强烈。黔娄在研究天地生成之理的过程中获得了快乐，况且有支持、理解他的妻子，这使得他在面对生活的困苦时，能够甘之若饴。

“康”字表示健康、丰盛、安定、富足。我国所要建设的小康社会是指广大人民群众所享有的介于温饱和富裕之间的一种比较殷实的生活状态。小康一词早在西周时期就已经出现。《诗经·大雅·民劳》中有“民亦劳止，汔可小康”的句子，意思是说百姓太累了，但求稍微安歇一会。曾参不理解施良娣为什么选“康”字作为黔娄的谥号，因为按照惯常的理解，黔娄生前困顿，死后寒酸，与“康”字毫不搭边。施良娣一番解释，让曾参大为佩服，虽然物质生活潦倒，但在精神上，黔娄先生完全配得上“康”字。

另外，我们在读这个故事时，更多地要记住施良娣。史书中很少有对女性的描写，这是时代环境决定的。但从众多的男性形象背后，我们也能看到那些闪闪发光的女性。施良娣是黔娄先生的妻子，更是一位闪闪发光的女性，她有自己的认知和风骨，她不是男性的影子，而是一个拥有独立思想的个体。

7　一斗亦醉一石亦醉

人物简介

1. 苏代，生卒年不详，战国时期的纵横家，东周洛阳人。苏厉、苏秦的兄长。

2. 苏厉，生卒年不详，家中排行第四，战国时期著名的谋士，他的事迹只在西汉文学家刘向编的《战国策》里有记载。

3. 苏秦（？—前284），家中排行第二，战国时期著名的纵横家，师从鬼谷子，与张仪是同学。苏秦提出六国“合纵”以抗强秦的战略思想，曾佩六国相印，使秦国十五年不敢出兵函谷关。著有《苏子》三十一篇，收在《汉书·艺文志》中，佚失。

4. 伯乐，孙姓，名阳，字子良，又称王良，郜国（今山东省菏泽市成武县）人，生卒年不详，相传是秦穆公时期的人，也有人说他是赵简子的手下御者。

自上次交锋后，稷下先生淳于髡与相国邹忌惺惺相惜，时常纵论天下事。齐威王几次召淳于髡入朝为官，均被拒绝。淳于髡说他生性散漫，言辞放荡，常恐忤逆君王。虽不做官，但稷下学宫离王宫不远，大王若有用得着处，万死不辞。

稷下学宫在田午手中尚未完工，只建成讲堂一座，学舍若干，往来游学者虽有各家流派，但人数不多。在齐威王即位的三年中，稷下学宫的工程断断续续，供给稷下先生的俸禄不能及时发放，大部分游学之人离开了齐国。淳于髡点醒齐威王后，建议他重振稷下学宫，招引天下人才，为齐国所用。齐威王允准，拜淳于髡为上大夫，督导稷下学宫的工程建设。又昭告天下，凡有才学及有意向的学者，皆可入稷下学宫，并为之提供丰厚的俸禄。

齐威王接受邹忌的进言后，政治逐渐清明，诸侯震动。稷下学宫的建设有条不紊，各国游学之士纷至沓来，讲学声、辩论声、读书声，不绝于耳。然而，国与国之间的争夺从未间断。这一日，边关告急，楚国突然发兵，来侵齐国。齐威王召集众臣，商讨对策。

众臣献计献策，莫衷一是。邹忌进言，齐国刚有起色，出兵抗楚，势必劳民伤财，不如向赵国请救兵，可解楚军之害。齐威王问谁可当此重任。邹忌说："臣保举稷下学宫的淳于髡先生。"

齐威王点头，说道："寡人听闻，先王在时，淳于先生曾数次出使各国，从未受辱。"

淳于髡入见后，邹忌向他讲明此次出使赵国的使命。齐威王出示送给赵王的礼物，铜一百斤，四马之车十辆。淳于髡瞅了一眼，突然哈哈大笑。齐威王觉得莫名其妙，说道："先生是嫌寡人给赵王的礼物少吗？"淳于髡说："臣怎敢？"齐威王说："那先生的发笑一定是有说法了。"

淳于髡说："适才臣从东面来，看见簧阳路边有人在祭祀神灵，以祈福消灾。臣看到他拿着一个小猪蹄，一小盂酒，口中念念有词：'神灵保佑俺干旱高地的粮食装满笼，水涝低洼处的粮食装满车。神灵还要保佑俺五谷丰登，多得装满院子。'用如此少的祭品，却想获得如此多的回报，真是可笑之极呀。臣笑的是他呢。"齐威王尴尬地笑了笑，把赠送赵王的礼物改为黄金千镒，白璧十双，四马之车一百辆。

淳于髡带着礼物来到了赵国，表达了齐威王对赵王的仰慕。赵王嘉许，给了淳于髡精兵十万，战车一千乘。楚军听到赵国出兵的消息，连夜仓皇离去。

楚国撤兵的消息传来，齐威王非常高兴，在后宫摆下酒宴，召见淳于髡，赐他美酒佳肴，说今日一定要一醉方休。

齐威王双手举起酒杯，问淳于髡："寡人从来不知道先生的酒量，先生喝多少才算醉？"

淳于髡举起酒杯回敬，说道："臣喝一斗[1]酒能醉，喝一石[1]酒也能醉。"

齐威王不解地问道："先生喝一斗酒就醉了，怎么还能喝到一石呢？寡人愚钝，先生能否把这个道理说给寡人听听？"

淳于髡放下酒杯，沉吟片刻，说道："大王当面赐酒给臣，酒官站在臣的旁边监督臣是否饮尽，御史站在臣的背后随时记录臣的过错，臣心惊胆战，低头伏地地喝，照这个喝法，不到一斗就醉了。假如父母家有尊贵的客人到来，臣挽起袖子，躬着身躯，随时给客人倒酒，客人时不时地赏臣残酒，臣屡次举杯敬酒以应酬答谢，这样喝不到两斗就醉了。假如朋友之间好久不曾谋面，忽然间遇到，高兴地讲述以往的情意，说着彼此的丑事，频频举杯，频频相劝，照这个喝法，大约喝五六斗就醉了。至于邻里乡亲之间的聚会，男男女女杂坐一起，开着玩笑，彼此敬酒，夹杂着六博、投壶这类游戏，呼朋引伴，成双成对，没有男女授受不亲的约束，眉目传情也不会遭到长辈的呵斥和禁止，面前有女伴落下的耳环，背后有她们遗落的发簪。这种时候，臣最开心，喝上八斗酒，也不过有两三分醉意。天色向晚，酒也快喝完了，把残余的酒倒在一起，大家促膝而坐，男女同席不拘礼节，单底的、双底的鞋子混杂在一起，杯盘狼藉，堂屋里的蜡烛已然熄灭，主人把别的客人送走，单单留住臣。这时臣高兴到了极点，也迷幻到了极点，能轻易喝下一石酒。因此说，酒喝得过多就容易出乱子，快乐到极点就会生出悲痛之事。所有的事情大概都是如此吧，无论什么时候都不可走向极端。"

齐威王感慨良久，说道："先生所言甚善！"

听了淳于髡一番推心置腹的言谈后，齐威王停止了彻夜欢饮，并委任他作为接待诸侯来客的执礼官。齐王宗室设置酒宴时，也常常请淳于髡作陪。淳于髡声名日隆，士人多以得到他的赏识为荣。

后来，纵横家苏秦的族弟苏代为燕国的事游说齐国。他知道这稷下先生淳于髡，虽无官职，但名声巨大，能左右齐威王的言行。因此，在没有谒见齐威王之前，苏代先去拜访了淳于髡。

---

① 斗、石是古代的容量或者重量单位。十斗为一石，一百二十斤为一石。

苏代说道:“在下听说有人有匹千里马想出手,接连三个早晨守候在马市,因无人知道他的马是宝马,竟无一人前去问价。卖马人前去拜求伯乐说:‘小人有骏马想卖掉,可惜无人识此宝马,接连三个早晨守在马市,竟无一人前来问价,希望先生您能绕着我的马看一看,离开时再回头瞅一眼,不需您一句话,小人愿意奉上一天的辛苦费。’伯乐答应下来,第二天到集市上,绕着他的马看了一下,离开时回头又瞅了一眼,结果马价一下子暴涨十倍。”

淳于髡听罢,呵呵一笑。

苏代继续说道:“在下欲自比千里马去见齐威王,可惜没有替在下前后周旋的人,先生德高望重,是否愿意做在下的伯乐呢?在下愿奉上白璧一双,黄金千镒,作为您的引荐费。”

淳于髡笑道:“好说,好说。愿意听从您的吩咐。”于是进宫向齐威王推荐了苏代。

齐威王欣然接见了苏代,一番交谈后,觉得他还不错。

阅读点拨

关于酒的起源有多种说法。在中国,大家普遍认为酒起源于夏朝,由杜康发明。因此,后世多以“杜康”借指酒。曹操的《短歌行》中说道:“何以解忧?唯有杜康。”此处的“杜康”就是酒的代称。《周礼·天官·酒正》讲到三种酒,“一曰事酒,二曰昔酒,三曰清酒”。事酒指的是有事而喝的酒,昔酒指的是无事而喝的酒,清酒指的是祭祀的酒,真是无处不能喝酒。由此,我们也能看出古人对酒的喜爱。

酒是现代人与人之间的一种社交媒介,它能起到调节气氛的作用。当然,未成年人不能饮酒,酒精会影响未成年人的身体发育。成年人饮酒也要适量,长期酗酒会影响人的身心健康。

齐威王有彻夜饮酒的习惯。别人劝说可能不管用,淳于髡立了大功,以自己为例,现身说法,格外有说服力。他说自己的酒量从一斗到一石,这巨大的差距引起了齐威王的兴趣。淳于髡设计了一幕幕场景，从一斗、两斗、五六斗、八斗，直到一石，将他的酒量和酒态一一讲给齐威王听，说出了乐极生悲的道理，巧妙地劝谏齐威王饮酒要适度。齐威王听从了他的建议。由此，我们能感受到淳于髡是个极其自律的人，得意时不忘形，成功时不狂妄，这正是稷下先生的人格魅力。

8 齐貌辩义结靖郭君

人物简介

1. 儿说，生卒年不详，战国时期宋国人，为早期名家学者，是著名的稷下先生，曾做过靖郭君的门客。有人认为是他提出了“白马非马论”，因其能言善辩，而“辩”与“说”同义，又作“儿辩”或者“貌辩”。又因长期游学于齐国的稷下学宫，所以又有“齐貌辩”之称。

2. 靖郭君，生卒年不详，妫姓，田氏，名婴，亦称婴子，孟尝君田文之父。“靖郭”是封邑，指古薛城；“君”是封号。

3. 公孙闬(hàn)，又作公孙阅、公孙戍、公孙戌，生卒年不详，齐国人，做过邹忌的门客，后来帮靖郭君保住了薛城的封地，成为辅助靖郭君和孟尝君父子两代的重要门客。

靖郭君是齐威王少子田婴的封号，因多次立过战功，齐威王打算把薛地封赏给他，不料此事让楚怀王知道了。薛地的地理位置比较敏感，它虽然是齐国的领土，但与齐国本土之间隔着鲁国，向南却和楚国接境。在这里安置如此重要的人物，有时时监视楚国的嫌疑。因此，楚怀王大怒，准备出兵讨伐齐国。

齐威王不想因为此事与楚国大动干戈，打算收回封薛地给靖郭君的命令。靖郭君有些着急，想找齐威王理论此事。靖郭君的门人公孙闬拦住他说：“封地之事成功的关键，如今不在齐国，是楚国在其中作梗。臣愿意去游说楚怀王，让他想把薛地封给您的心情比齐国还急迫。”靖郭君说：“我愿将此事托付先生，有劳先生了，事成之后，必有重谢。”

公孙闬面见楚怀王，对他说道：“大王，鲁国和宋国侍奉楚国，而齐国却对楚国不理不睬，这是因为齐国强大而鲁国、宋国弱小。大王只认为弱小的鲁国和宋国对楚国有利，却为什么不担忧齐国的强大对楚国有害呢？如今齐威王想分出薛地给靖郭君，这是自削羽翼，使齐国衰弱的做法。这么好的机会，大王为什么要阻止呢？”

楚怀王认为公孙闬说得有理，也就不再阻止齐威王把薛地封给靖郭君。

靖郭君受封薛地后非常高兴，重赏了公孙闬。有了独立的封地，靖郭君打算在薛地筑城，一来在政治上自成一体，二来在军事上可攻可守，三来在经济上自给自足。城池的规模浩大，不仅耗费民力，而且容易引起齐威王的猜忌，谋士们纷纷劝谏。靖郭君一意孤行，对守门的卫士说：“我意已决！任何人都不要让他进来。”

稷下学宫的齐貌辩正在薛地游历，听说后来见靖郭君。守门的卫士说靖郭君有令在先，任何人不得进谏。齐貌辩说：“请禀报靖郭君，在下只说三个字。多一个字，在下甘愿受烹煮之刑。”靖郭君觉得很奇怪，便请齐貌辩入见。

齐貌辩见到靖郭君，远远地喊了句：“海大鱼！”说完，转身就跑。靖郭君懵了，喊道：“先生请留步！”

靖郭君来到齐貌辩面前，问：“海大鱼是什么意思？请先生说清楚。”

齐貌辩长施一礼说道：“在下可不敢把生死当儿戏！”

靖郭君忙说：“没有那事，但说无妨！”

齐貌辩回答说：“您没听说过海里的大鱼吗？渔网抓它不住，鱼钩钓它不得。大鱼以为自己神通广大，离开大海照样威武，于是跳到岸上。结果苟延残喘没多久，就成了蝼蚁的口粮。您就像那条大鱼，齐国就是您的大海啊！您一直受着齐国的庇护而不自知。如果没有齐国，就算将薛地的城墙建得比天还高，又有什么益处呢？”

靖郭君出了一身冷汗，说道：“先生说得对！”于是放弃了在薛地建城池的计划，回到临淄城，只将薛地作为临时住所[①]。

靖郭君知道齐貌辨就是稷下学宫赫赫有名的儿说先生，更是尊敬，将他招至府上，待为上宾。三日一小宴，五日一大宴，时不时地送他礼物。

儿说出名比较早，据说他善于决断。鲁国人曾送给宋王一个麻绳打成的结，说看看宋国有没有聪明人能解得了此结。宋王向全国传下号令，但无人能解得了。后来，儿说看了后说他已解开此结，此结是不可解之结。鲁国人大为佩服，说儿说先生的这个解法，正是以不解解之，儿说先生是宋国第一聪明人。

儿说虽然聪明，为人却不拘小节，还喜欢开些小玩笑。靖郭君的门客们都因嫉妒而讨厌他。有个叫士尉的门人曾为此劝说靖郭君赶走儿说，说他心高气傲，搅得大家不安。靖郭君没有接受，士尉拂袖而去。靖郭君闷闷不乐。恰在这时，他的儿子孟尝君田文听说后，也觉得得罪众人不如得罪一人，暗中劝说父亲驱逐儿说。不料靖郭君见他儿子也持这种态度，大发雷霆，骂道："你这个不肖之子！我把话撂在这！即使将来有人要铲除我们这个家族，捣毁我们这片家业，只要能对儿说先生有好处，我也在所不惜！"靖郭君不但没有驱逐儿说，还给他提供了更好的住所，并且派长子为他驾车，伺候他的饮食，朝夕不怠。儿说一句感谢的话也没有。见靖郭君如此待见儿说，众门客再也不敢多说一句，只是在背后指责儿说刻薄寡恩。

几年以后，齐威王薨，靖郭君的异母兄田辟彊即位，即齐宣王。靖郭君跟田辟彊本就合不来，见他成了齐宣王，怕他加害于己，就离开临淄城来到自己的受封之地——薛地。见靖郭君失了势，门客跑了大半。儿说一声不响，跟着靖郭君一同来到薛地。没过多久，儿说觉得消极躲避不是办法，决定辞别靖郭君回到临淄城见齐宣王。靖郭君说："大王本来就讨厌我，先生这一去，岂不是找死！"儿说笑着说："受您恩惠这么些年，臣得有所作为。臣的生死早就置之度外，所以臣一定要去。"靖郭君无法阻止，于是儿说来到临淄城面见齐宣王。

儿说要到临淄城的消息，齐宣王很早就知道了。见儿说来到他

---

① 后来的薛城由靖郭君的儿子孟尝君田文所建。

的面前，齐宣王压着满腹怒气。待儿说行过礼后，齐宣王高声问道：“你就是靖郭君门下的儿说吧，靖郭君是不是一切都听你的？”

儿说不卑不亢地回答说：“臣在靖郭君门下并不错，但要说靖郭君什么都听臣的那倒不是事实。大王当年还是太子时，臣曾对靖郭君说：‘太子长了一副六亲不认的样子，下巴太大，看起来好像一头猪。如果这种人将来当了君王，必然会违背正道，不如趁早将他废了，改立卫姬之子效师为太子。’靖郭君竟然婆婆妈妈地哭着跟臣说：‘不可以这样做，我于心不忍。’假如靖郭君当年听臣的话，就不会遭受今日之难，这是其一。靖郭君来到薛地后，楚相昭阳要用几倍的土地来换薛地。臣劝靖郭君说：‘请一定要接受这个请求。这么好的交换条件，可不是天天都有。’靖郭君却说：‘我从先王那里接受薛地，现在即使与大王关系不好，如果把薛地置换出去，将来死后我将如何向先王交代呢？况且先王的宗庙就在薛地，我难道要把先王的宗庙交给楚国吗？这是绝不可能的！’您看，他又不肯听臣的。这是其二。所以说，靖郭君今日所受的一切，实属活该！”

齐宣王听了长叹一声，既愧疚又感动，说道：“真没想到，靖郭君对寡人的感情竟然深到这种程度。寡人太年轻了，不了解这些事情。先生愿意替寡人把靖郭君请回来吗？”儿说回答说：“臣试试吧！”

回到薛地，儿说将齐宣王的期盼说给靖郭君听。靖郭君大喜，向儿说连连称谢。

次日，靖郭君穿戴好齐威王生前赐给他的衣服、帽子，佩带好赐给他的宝剑，前往临淄城。齐宣王亲自到郊外迎接靖郭君，远远看到他就开始哭泣。将靖郭君请到宫中，并拜他为相国。靖郭君坚决不受，齐宣王再拜。不得已，靖郭君接受了相国之印。七天以后，靖郭君以身体有恙为名，辞去相国之职。三日之后，齐宣王才勉强答应了他的请求。

阅读点拨

战国时期，养士之风盛行。其中有四位非常有名的士，分别是齐国孟尝君田文、赵国平原君赵胜、魏国信陵君魏无忌和楚国春申君黄歇。这篇讲的是孟尝君的父亲靖郭君田婴和儿说先生的故事。

“海大鱼”的寓意很巧妙。鱼儿离不开水，就像花儿离不开太阳，人离不开空气。但是，当鱼在水中游来游去的时候是感觉不到水的重要性的。只有鱼从水中跳出来，才会有窒息感，甚至会死亡。儿说用鱼和水的关系，来比喻靖郭君的薛地和齐国的关系。话虽不多，但击中要害。

人红是非多。靖郭君对儿说的尊重引来了其他门客的不满，但靖郭君力推众议，保护了儿说。儿说也不负信任，在靖郭君受难，众门客纷纷溜走时，不离不弃；又设法打动齐宣王，将靖郭君接回了临淄城。这就是人与人之间的义。你对我有恩，我必然会在你最需要的时候报答你。交朋友就是如此。平时说得再多，不如关键时拉你一把。

9　出奇谋淳于救孙膑

人物简介

1. 孙膑，战国时期齐国军事家，“兵圣”孙武的后代，鬼谷子的高徒。原名孙伯灵，生卒年不详，出生地也没有定论，据说他出生在齐国的阿、鄄之间。孙膑为齐国立下赫赫战功。晚年隐居鄄邑，设馆授徒，钻研兵法，著有《孙膑兵法》。

2. 鬼谷子，楚国人，生卒年不详。王姓，名诩，别名禅，又称王诩、王蝉、王利，道号鬼谷子。纵横家的鼻祖，兵法集大成者，诸子百家之纵横家创始人，被后世尊为“谋圣”，地位与孔子、老子并列。他的弟子有孙膑、庞涓、苏秦、张仪，他们都是战国时期响当当的人物。著有《鬼谷子》《本经阴符七术》，其著作被后世称为“智慧禁果，旷世奇书”。

3. 庞涓（？—前341），战国时期魏国名将，为魏国的强盛立下汗马功劳。与孙膑同为鬼谷子门下弟子。

史书上没有关于孙伯灵小时候的记载。若有，如果按照惯常的描述，大概是少小聪慧，自小对兵法有浓厚的兴趣等。他的姨夫任宏曾在稷下学宫讲授兵法。孙伯灵跟着任宏学习一段时间后，任宏觉得他是个好苗子，而他的能力已经教不了他了，于是修书一封，介绍孙伯灵去楚国云梦山找他的世交鬼谷子先生。就这样，孙伯灵拜别了任宏，远走楚国，拜在了鬼谷子门下学习兵法。与他同窗的还有他的师兄，魏国人庞涓。

鬼谷子是战国时期的传奇人物，传说他的额前有四颗肉痣，成鬼宿之象。不知道师从何人，却精通百家学问，终成谋略家、纵横家、兵法家一代祖师，因隐居在云梦山鬼谷，故自称鬼谷先生。

鬼谷子见庞涓、孙伯灵两位学生都极有天赋，心中欢喜，遂将用兵布阵之道，悉数传授。然而他知道，当今乱世，两位学生将来学成下山，各为其主，必有一战。无论谁死谁活，如同左手右手，伤及哪只都疼，却毫无办法。

"一切自有天意，造化由他们吧。"

几年下来，庞涓、孙伯灵学业突飞猛进。二人在行军布阵、纸上谈兵的日常推演比斗中，孙伯灵总是技高一筹。庞涓暗生嫉妒。

某日，鬼谷子将两位学生叫到跟前，说道："检验平生所学，还是要实战，要两军对垒，真人真马，才见真功夫。今天下大乱，正是你们的用武之地。你们学得差不多了，择日下山吧。"当时的魏国正招兵买马，庞涓听闻后，跃跃欲试。孙伯灵说他暂无好去处，想再留几年，多向师父学些本事。

第二天一早，庞涓起身拜别师父，感谢师父的教导之恩，感谢师弟孙伯灵的同窗之谊。临走前，庞涓请师父为他卜一卦。鬼谷子说："你到山上摘一朵你喜欢的花来，为师为你卜卜前程。"

庞涓急着下山，寻到一朵后，忙摘了拿给师父。

鬼谷子拈着花说："此花叫马兜铃，一开就是十二朵，预示着你的发迹年数是十二年；此花见日而萎，又采于鬼谷之中，合起来为一个'魏'字，加之你又是魏国人，据此推断，你的发迹地应在魏国。为师送你八个字——遇羊则荣，遇马则瘁，你一定要谨记在心。"鬼谷子停了停，忽然紧盯着庞涓说道："为师再送你一句话，要胸怀宽广，得饶人处且饶人。"

庞涓叩谢师父，临行前对孙伯灵承诺，将来若得重用，定向国君举荐，二人共建大业，同享荣华。庞涓到了魏国，正赶上魏王用膳，厨师刚端上一盘羊肉。魏王听说是鬼谷子的高徒，恩准庞涓一起用膳。一番交谈后，魏王大为折服，立即封庞涓为将军。

几个月后，庞涓深得魏王信任。庞涓想起对孙伯灵的承诺，修书一封，请他下山到魏国投奔他。孙伯灵本不想下山，奈何庞涓一封接一封来信催促。

孙伯灵临行前，鬼谷子要他摘一朵花，为他卜上一卦。孙伯灵见案上供有一瓶黄菊，就顺手抽出一朵，呈给鬼谷子看后，又插入瓶中。鬼谷子叹了口气，说道："你摘的这朵花，加上你的动作，已经暗示了你的命运。这朵黄菊带有损伤，表示你会身受伤残。但黄菊性情坚韧，能耐岁寒，还回瓶中，还能存活，也暗示你的栖息之处，应该还是故土。此去魏国，需要多加小心，时时隐忍。"

孙伯灵来到魏国后，受到了庞涓的热情款待，但每日除了饮酒作乐，再无它事提及。孙伯灵沉不住气，几次想走，庞涓都极力挽留。这一住，十天半月又过去了。正巧有一日，孙伯灵独自上街，不小心冲撞了魏王的车驾。魏王正要问罪，听说是鬼谷子的徒弟，大喜过望，忙邀请孙伯灵进宫，向他请教治军之道。孙伯灵高谈阔论，魏王越听越着迷，大有相见恨晚之势，打算拜他为将军。孙伯灵推辞说寸功未立，愿在庞涓将军手下效力。魏王召来庞涓，埋怨庞涓没有早早引荐孙伯灵，先将孙伯灵编到他的麾下，择机再授高位。庞涓心生忌惮，怕有朝一日孙伯灵盖过他的风头，于是便找准机会，暗中派人栽赃，诬告孙伯灵是齐国的间谍，想骗取魏王的信任，伺机绘制魏国地图。魏王大怒，欲斩孙伯灵。庞涓求情说念在孙伯灵是他同门的分上，不如饶他一命，挖去他的膝盖骨，在脸上刺字，扔到街头，以震慑其他对魏国心怀不轨之徒。

孙伯灵不曾想到，几日之内，天翻地覆，同门师兄竟能下如此毒手，精神几乎崩溃。冷静下来，他想到恩师鬼谷子的叮嘱，自己就像那朵黄菊，必须隐忍下去，等待机会回到齐国。于是收起自杀的念头，更名为孙膑，以示不忘耻辱。

"孙伯灵自此死掉，活着的是孙膑。"孙膑暗中发誓，将来一定要报仇雪恨。

将孙伯灵丢到街头后，庞涓还是不放心，派人日夜监视他的一举一动。庞涓的心腹问他为何不干脆将孙伯灵除掉。庞涓说，他就是想看着孙伯灵在屈辱中生不如死。为了骗过庞涓严密的监视，孙膑佯装发疯，赤身裸体，与狗抢食。庞涓初时不信，经过多次考验后，也相信他这位昔日同窗是真的疯了，便慢慢放松了警惕，但还是派人日夜监视着他。

稷下先生淳于髡，深受齐威王信任，主持稷下学宫的各项事务。淳于髡借学宫的金字招牌，吸纳各国人才到访。此外，淳于髡的外交能力极强，常常借出使诸侯国的机会，查看各国风土人情，拜访奇人异士。

这一日，淳于髡一行人来到楚国。淳于髡曾听任宏提起过他的外甥孙伯灵就学于云梦山鬼谷子处，算年头，也该到了出道的时间。拜谒鬼谷子时，淳于髡问起孙伯灵。鬼谷子捻须说道："伯灵高才，极善谋划。可惜先生来晚了，前些日子接到信，已投奔他魏国的师兄庞涓去了。"淳于髡心生懊恼，路上耽误了些时日，没能将孙伯灵请回齐国。出使楚国的公务完成后，淳于髡决定改道魏国，私下去见孙伯灵。淳于髡派随从井粟飞马快报齐威王他将私入魏国去见孙伯灵，并附上鬼谷子对他的一番评价。其余人等，收了使节仪仗，扮成商人模样，淳于髡装好鬼谷子捎给孙伯灵的一朵黄玉雕成的菊花，一路悄悄来到了魏国的都城大梁。

于客栈安顿好后，淳于髡派随从南山木打探孙伯灵的消息。没费多少周折，得知孙伯灵的遭遇，说他受了黥刑，更名孙膑，早已疯癫多日，成了废人。淳于髡心中悲愤，发誓要将孙膑救回齐国。但如何施救，淳于髡犯了难。他首先需要确定的是，孙膑是否真的疯了。从几日的观察来看，孙膑蓬头垢面，忽而狂笑，忽而痛哭，是真的疯了。如果是真疯，那该如何往外带。淳于髡考虑过用迷酒。神医扁鹊为鲁公扈、赵齐婴剖胸换心时，给二人饮过他配制的迷酒，二人昏迷了三日。扁鹊透露过，迷酒的主要成分是白曼陀罗花。但迷酒无处寻觅，这个方法否了。随从麻季问："既然人已经疯了，还有带回国的价值吗？"淳于髡正色道："换作你，也要救。"

"有没有另外一种可能，孙膑是装疯？"南山木问。

淳于髡想到鬼谷子的评价，觉得南山木的判断有道理。此外，可以佐证的是，既然孙膑疯了，为什么还处在监控中？看来庞涓也是心存疑虑。

趁着夜色，淳于髡派随从尚可忠接近孙膑，在他耳边说自己是齐国的使者，特来救他。孙膑抓起地上的粪便就往尚可忠的嘴里塞。尚可忠回报淳于髡："孙膑真的疯了。"但淳于髡还是不能确定，也许他是怕庞涓派人来试探。淳于髡忽然想起鬼谷子让他捎给孙膑的黄玉菊花，心中有了底。果然，孙膑见到恩师的信物后，潸然泪下。淳于髡松了口气。接下来，就要考虑如何将孙膑带出城了。

据南山木三天来的观察，发现监视孙膑的有四个人，以甲、乙、丙、丁代称，四人三个时辰一轮换；四个地点，分别为飞来鲜酒楼二楼靠窗处、南边大槐树下的茶水铺、街角的杂货店、秦人开的石子馍小吃摊。甲的当班时辰从卯时到巳时。当时的饮食习惯是“天子一日四餐，诸侯一日三餐，平民两餐”，像甲这种身份的人一天只能吃两顿饭。辰时，飞来鲜酒楼一开门，甲就迈上二楼，叫上一碗酒，耗到巳时一刻，要上一份吃食，再要上一碗酒，边吃边看着楼下来往的人，午时一到，晕晕乎乎地下楼，看到乙的身影，挥挥手，没入人群；有时看不到乙来，巳时一过，只要不在他负责的时辰内，抬腿就走人。乙的值班时辰是午时到申时。乙从不进酒楼，逛逛杂货店，看会秦人烙石子馍，却从来不买，大半时间坐在大槐树下的茶水铺，一碗接一碗地喝茶，三碗茶后，两炷香跑一次茅厕，来回约一刻；酉时到，等丙到位后，点点头，算是打过招呼，便赶回家吃饭。丙到位后，先去石子馍小吃摊上要四个馍，然后踱到撤了帐的茶水铺，从包里取出烤得焦黄的小鱼干、油炒苋菜，拔掉皮制酒囊上的塞子，边吃边喝，大概半个时辰，吃完会进杂货店，约摸一刻，咬着根牙签出来；熬到子时，等到丁上工后，打着哈欠回家。子时到寅时，本最难熬，加上已是岁末，天气转寒，可偏偏丁是个夜猫子，又不怕冷，看管孙膑尤其仔细，有时还过去戳戳他。“由此看来，子时到寅时最难下手。”淳于髡点了点头。白天，孙膑长发遮面，疯疯癫癫，好心人会给他些吃食。天冷后，也有人送些厚衣棉被。“午时前后、乙跑茅厕、丙进杂货店，只有这三个空档。”尚可忠说。淳于髡说：“后两个时间点不可，彼时城门已关，就算把人救了，也出不了城。只有午时前后可行。”麻季说道：“这个点来往的人太多，不好下手。”淳于髡说：“那就先制造一场混乱，再来个偷梁换柱。”

如何将孙膑运出城？淳于髡考虑的第一个方案是在马车上做个夹层。但改造方案难度大、工期长，淳于髡放弃了。麻季出了个主意，从棺材铺选了一口棺材，稍作改造，上下隔开，下面铺好毛毡，留出一个人的薄层，上面扣住木板，形成一个暗盒，再盖好顶层棺木。淳于髡夸麻季脑瓜子灵活。尚可忠找机会把营救计划告诉孙膑。第二天巳时三刻，南山木带着一帮随从进了飞来鲜酒楼，摸准机会与店家大打出手，引来路人围观，堵塞了酒楼。尚可忠带人驾着车，趁机迅速将孙膑抱起放入车厢，麻季早就装扮好，跳下车，伏在地上，假扮孙膑。甲沉浸在喝酒中，根本没注意到窗外的事情发生了变化。

尚可忠的车与淳于髡送葬的队伍汇合后，立即将孙膑转入棺材暗盒，淳于髡假扮死尸，躺在上层，敲敲隔板说道："在下淳于髡，委屈先生了。"孙膑笑道："好一个偷梁换柱，辛苦淳于先生了。"

顺利出了城门，将棺材藏于草丛，淳于髡一行人，马不停蹄，不出两日，进入齐国境内，远远看到一队人马，来人正是得了齐威王的命令在此等候多日的平邑大夫梨礼和孙膑的姨夫任宏。

假扮孙膑的麻季熬过两天后，趁人不备，换好衣服，将破衣烂衫扔到井边，造成自杀的假相，一个人逃回了齐国。庞涓听说后，长叹一声。他知道，孙膑并没有死，一定是被人救回了齐国。

阅读点拨

历史上有许多成对出现的人物，比如孙膑和庞涓、苏秦和张仪、诸葛亮和周瑜，人们喜欢看他们之间那种势均力敌的争斗。孙膑和庞涓同为鬼谷子的学生，两人都很有军事才能，水平相差不大。庞涓嫉妒孙膑，对他下了毒手，给他的身心造成了极大的伤害。嫉贤妒能是人性的弱点，因此需要不断修身养性，将人性中光辉善良的一面放大。

古人对淳于髡救孙膑之事有过简单的描述。本书的这段故事表现的是淳于髡的大智大勇。

10　赛马场孙膑露头角

人物简介

田忌，生卒年不详，妫姓，田氏，名忌，字子期，齐国名将，与孙膑合作，屡立军功。受到相国邹忌陷害，逃到楚国，受封江南之地。齐宣王即位时，返回齐国，官复原职。

孙膑返回齐国后，谢绝了齐威王拜他为将军的好意，说自己身有残疾，不便出面。淳于髡说不如请孙膑暂居稷下学宫，一来调养身体，二来向稷下弟子们讲授兵法。齐威王应允，派人照顾孙膑的饮食起居。

走时是四肢健全的孙伯灵，回来却成了残废。世事难料，人心叵测。当年师父为他卜了那一卦，他何曾想到受的是这种摧折，而这种摧折又无论如何想不到是来自他的同门师兄。孙膑将师父送他的那朵玉石黄菊挂在胸前，发誓有朝一日，一定要报仇雪耻。

淳于髡经常来找孙膑喝茶。几番交谈后，两人都对对方钦佩不已。淳于髡与大将军田忌关系甚好，在他的引荐下，孙膑和田忌也熟络起来。田忌出身贵族，为人豪爽，喜欢赛马，时常与齐国诸公子比赛，齐威王也是马场上的常客。这一日，田忌兴致勃勃地来到稷下学宫请淳于髡和孙膑去看赛马，说这次齐威王也参加。淳于髡正好在为弟子们答疑，抽不开身，田忌力邀孙膑去看赛马，顺便散散心。孙膑拗不过，只好跟着田忌来到了郊外遄台[①]的赛马场。

齐国自姜太公封国建邦以来，就走了一条不同于其他诸侯国的发展道路。姜太公以农、工、商为国之三宝，垦田煮盐，频繁地与周边国家进行贸易往来，甚至远达现在的日本。经济的繁荣，不仅使得齐国富甲一方，也丰富了齐人的日常生活，从上层贵族到市井小民，斗鸡、走狗、投壶、赛马等博戏已成为齐人普遍的娱乐项目。当然像投壶，特别是赛马这种活动，只有贵族才玩得起，普通人只有看热闹的分。

孙膑乘坐特制的马车，跟着田忌来到赛马场，远远就听到赛马的嘶鸣声。进了赛马场，战旗招展，参赛的贵族，看热闹的百姓，人声鼎沸，置身其中，让人感到兴奋。田忌跟到场的王公大臣们打着趣。随后，齐威王驾到，群臣和百姓高声欢呼，惹得选手的马前蹄刨地。齐威王微笑着挥手示意，见到孙膑说道："先生今日有此雅兴，实在难得。"孙膑在车上刚要施礼，齐威王忙挽住他的双臂，待他坐定，又笑着对站在一旁的田忌说道："大将军，本场打算输给寡人多少？"田忌说："跟往日一样，场上见分晓。"说话间，良时已到。裁判官宣读完比赛规则，转身向齐威王请示。齐威王长袖一挥，说道："开始！"

三轮比赛下来，齐威王大获全胜，田忌又输了个精光。回程路上，田忌并没有因输给齐威王而懊恼。第二轮比赛，他的马几乎要追上齐威王的马，但还是实力不济，差了一个马身的距离。"我的马还得好好训练，将来某天定会赢了大王。"田忌说得很有信心。孙膑思索片刻，问道："将军，下次比赛是什么时候？"田忌说了个时间。孙膑笑道："将军，臣能让您赢。"田忌说："先生也懂驯马？"孙膑说："臣不懂驯马，但臣懂兵法。下次比赛，请带臣参加，臣来指挥，将军只管下重注。"田忌既不解又满是期待地等着下次赛马的到来。

转眼又是一次赛马。

心情不错的齐威王笑着对田忌说："大将军，又给寡人送礼来了？"田忌说："这次大王下多大赌注，臣就下多大赌注。"齐威王诧异地问道："大将军得了好马？"田忌说道："非也，还是原来的那三匹。"

---

① 遄台又叫戏马台、歇马台。当年齐威王经常和贵族、大臣们在戏马台赛马，孙膑指导田忌赛马的故事就发生在这里。

“好！”齐威王说道：“这次玩个大的。一轮黄金一千两，将军敢跟否？”田忌心头一哆嗦，看了看台下的孙膑。孙膑点头，示意下注。

比赛分三轮，按照规则第一轮是头等马的比赛，第二轮是中等马的比赛，第三轮是下等马的比赛。第一轮，齐威王的头等马出场。真是一匹好马！一身雪白，四蹄健硕，吭吭打着响鼻，跃跃欲试。孙膑吩咐田忌的御马者牵出一匹马。比赛开始，齐威王的马遥遥领先，率先到达终点。全场欢声雷动，群臣一齐恭喜齐威王。齐威王笑着向田忌伸出一根手指，表示赢了一千两黄金。田忌红着脸看了看孙膑。孙膑不动声色。第二轮，齐威王的中等马出场。孙膑又吩咐御马者牵出一匹马。这次，田忌的马居然跑赢了齐威王的马。场下的百姓一阵欢呼。台上的大臣们，左右互望，想欢呼，又不敢。田忌懵了，反应过来后，笑着向齐威王伸出一根手指，表示扳平一局。第三轮，齐威王的下等马出场。孙膑吩咐御马者牵出最后一匹马。这次，田忌的马一起步就和齐威王的马拉开了距离。齐威王不由地站了起来，紧张地看着比赛。田忌和其他大臣也直直地站起，目光紧跟着两匹马。场下的百姓踮着脚，伸长脖子。全场鸦雀无声，只能听到急促的马蹄声。田忌的马率先冲向终点。这下，赛马场上上下下一片轰动。田忌笑着向齐威王伸出两根手指。齐威王一屁股坐下，说道：“寡人愿赌服输。”

回府的路上，田忌兴奋不已。这是他第一次赢齐威王，足足赢了一千两黄金，便赏了五百两黄金给孙膑。孙膑请田忌转赠给他的姨夫任宏，田忌答应。田忌好奇地问道：“先生，我虽然赢了，但赢得稀里糊涂，请先生告诉我是怎么回事。”

孙膑说：“上次比赛，臣看到将军的三匹马虽然都输给了大王，但实力相差并不大。虽说差距不大，但这个差距若想通过训练来弥补却又根本无法办到。赛马若是输了，无非输些钱财。若是两军对垒，遇此局面，将军该如何破局？”

田忌想了想，提不出好的对策，说道：“撤兵？”

孙膑摇摇头，说道：“先说赛马。赛马场上，第一轮，以将军的下等马对抗大王的头等马，如此对决，将军输得不冤；第二轮，以将军的头等马对抗大王的中等马；第三轮，以将军的中等马对抗大王的下等马。这两场，将军赢得不出意料。这样一番操作，以牺牲一轮的代价，换来三局两胜的结果，算总账，最后的胜者无疑是将军。若说有什么取胜的秘诀，臣只是破了破规则。”

田忌听后恍然大悟。

孙膑接着说：“带兵打仗也是如此。若实力不济，就不能硬碰硬。善为将者，需要打破常规思维，避实就虚，以局部的牺牲换取整体的胜利。”

田忌拍手叫好：“先生高见！先生高见！您等着，我立即进宫面见大王，向大王再次郑重地举荐您！”

田忌快步入宫，远远看见齐威王就喊道：“大王！臣给大王道喜来了！恭喜大王！贺喜大王！”齐威王不悦，心想这田忌刚刚赢了寡人千两黄金，又来恶心寡人。

“寡人还没给将军道喜呢，将军倒来给寡人道喜。请问将军，寡人之喜从何而来？”齐威王问道。

“大王，您知道您为什么会输吗？”田忌问道。

齐威王说道：“寡人正纳闷此事。寡人从未输给过将军，今日这场，可有说法？”

田忌将孙膑的一番话原原本本地说给齐威王听，随后说道：“大王，孙膑真是旷世奇才。大王得此奇人，是大王之喜啊！”

听闻此言，齐威王恍然大悟，立即赏孙膑黄金千两。

孙膑转手将黄金分给了田忌和淳于髡。

阅读点拨

这个故事出自《史记·孙子吴起列传》。故事演化出一个成语——田忌赛马，说的是如何利用自己的长处去对付对方的短处，从而获得胜利。

孙膑来之前，田忌与齐威王赛马从来没有赢过。比赛双方的马都分为三等：头等、中等、下等。正常的规则是头等对头等，中等对中等，下等对下等。孙膑经过观察发现，田忌和齐威王同等级别的马的实力相差不大。然而，按照这个顺序，田忌永远没有机会赢齐威王。孙膑调整了马的出场顺序，以三局两胜的方式为田忌赢得了比赛。但是，田忌赢得糊涂，齐威王输得糊涂。如果不作解释，可能很多人像田忌和齐威王一样，不知道为什么会出现这种结果。

常规的比赛思维是提高马的实力，赢下所有比赛。孙膑的思维是下围棋的思维，不计较局部的得失而看全局。因此，他选择牺牲一场比赛来获得两场比赛的胜利。虽然输了一场，但是算总账，他还是赢了。孙膑指导田忌赛马，是全局观和创造性思维的展现。但是，有人说比赛规则要求头等对头等，中等对中等，下等对下等，孙膑破坏游戏规则，赢得不光彩，是这样吗？孙膑是规则的破坏者吗？你怎么看？

11　桂陵役孙庞初交锋

人物简介

1. 魏惠王(前400—前319),又称梁惠王,魏武侯之子,姬姓,魏氏,名罃,魏国安邑(今山西省夏县)人。战国时魏国的第三位国君,在位时间长达五十年。

2. 太子申,梁惠王的太子。

3. 段干朋,也称段干纶、段干萌,生卒年不详,齐国上大夫。

卫国是周朝的姬姓诸侯国之一。这个国家不大,却出过不少人才,像孔子的弟子子贡、子路,军事家吴起,政治家商鞅和吕不韦,刺客荆轲,侠客聂政等。卫武公时,卫国一度强盛,后世越来越衰弱,屡被其他各国侵占。说来也奇怪,卫国却在秦统一天下后,继续存世,直到末代君王卫君角被秦二世废为庶人,卫国才彻底灭亡,但它也成为存在时间较长的诸侯国之一。

卫国弱小,夹在几个大国之间,整日提心吊胆。前372年,赵成侯派兵攻打卫国,一下就夺取了卫国七十三座乡邑。十八年后,前354年,赵成侯绕过齐国的茬丘,再次攻打卫国。赵军进攻迅猛,顺利拿下了卫国重镇漆城和富丘。卫国告急。卫国国君连夜修书,派人快马加鞭地向盟国魏国求救。

魏国的疆域比较奇特,被韩国分为东西两块。旧都安邑位于西部,靠近秦国。当时秦国的实力还无法与魏国抗衡,因此,西部国土没有大碍。东部是中原富庶之地,若由安邑向中原腹地扩张,不仅要借道韩国,而且西出这一路山林丘壑,道路崎岖,交通极为不便。梁惠王不是碌碌无为的君王，一心想建功立业，于是迁都到了东部，即黄河以南的大梁。这里水系发达，一马平川，便于问鼎中原。梁惠王的这一举动引起了其他诸侯国的不安。梁惠王也察觉到迁都后，齐、赵、宋等诸侯国有联合进攻魏国的可能，于是招贤纳才，厉兵秣马，等待出击的机会。

赵国这次进攻魏国的附属国卫国，卫国跑来寻求救援，正中梁惠王下怀。梁惠王立即召集群臣商议出兵之计。庞涓认为，与其救卫国，不如趁机出兵赵国，直取赵国国都邯郸。梁惠王说道："将军若是直取邯郸，赵军必回师救援。将军将首尾不顾。"庞涓说："可再准备一支军队，若赵军回师救援，可切断他们的退路。"梁惠王问："若赵国向齐国寻求救援，齐国出兵，该如何应对？"庞涓指着地图说："赵国回师或向齐国救援，必走茬丘。大王到时可派兵攻打此处。"

梁惠王听从庞涓的意见，回复卫国国君魏国将出兵救援，却没有帮卫国收复富丘和漆城，而是派出太子申率领魏武卒[①]径直攻打赵国国都邯郸，同时派庞涓带八万人马随时候命。

攻打邯郸的魏军与守城的赵军打得激烈。魏武卒强悍，以一当十，邯郸告急。赵成侯火速派使者分别向楚国和齐国求救。是否向韩国求救过，史书上有不同的记载。楚国答应救援后，迟迟没有动

---

① 魏武侯时，吴起为了加强魏国的军事实力，进行了一场军事改革。他首先将魏国沿用的春秋时代的动员兵制改革为募兵制，开始实施兵农分离的政策。然后将细化后的专业士兵作为魏国军队的基础，并逐渐替代了战时的临时动员兵。武卒制的核心内容就是精兵战略，以真正意义上的精锐士兵来代替原来的雇佣兵及动员兵。所有的士兵都必须接受严格的军事考核，一旦通过考核，作为专业士兵，可以享受免除全家徭役的待遇，出色者甚至立刻就能被提拔为中下级军官。考核的标准是这样的：士兵身穿三层护甲（上身甲、股甲、胻甲），头戴铁盔，腰佩剑，架长矛，操十石弓，携箭五十支，背三天干粮，半天能行军百里（约四十千米）。这样的装备，理论上应该是魏军的标准，从中不难看出吴起的用兵思路之领先。不仅如此，还以士兵在考核中的表现，将之编入各种不同作用的战术分队。例如，惯于近战的编为一队，擅长弓箭的编为一队，善于攀爬的编为一队。临战时，将各个战术分队按需要的不同临时搭配使用。把魏国的军队改造成"居有礼，动有威，进不可挡，退不可追"的无敌劲旅。吴起率领魏武卒南征北战，创下了"大战七十二，全胜六十四，其余均解"的奇功伟绩。前389年的阴晋之战，吴起以五万魏军，击败了十倍于己的秦军，创造了中国战争史上以少胜多的著名战役。后来吴起逃离魏国，到了楚国也沿用这一制度，使楚国的兵力由弱转强。

兵,而是等着双方互相消耗后再作选择。齐威王答应出兵后也一直未动。

赵成侯焦急,再次向楚、齐两国派出使者,说邯郸即将被攻破,他打算带领剩余的赵军在别处继续抵抗魏军,请求立即支援。齐威王召集群臣商议。相国邹忌认为,魏国军事力量雄厚,拿下邯郸指日可待,齐国不应该为救赵国而引火烧身。大臣段干朋说:"大王,臣以为不救赵国道义上说不过去,对我们齐国也不利。"齐威王问他为何有此担忧。段干朋说:"魏国若吞并了邯郸,下一个目标就是齐国。大王如果救赵国又不想得罪魏国,可以派军驻扎在赵国边境,迫使魏国收兵,这样就救了赵国邯郸,也不会使魏国受损。如果想有所作为,不如兵分两路,一路攻打魏国南部空虚之地襄陵,迫使魏军回防。一路北上,陈兵邯郸外围,邯郸若被攻下,魏军必呈疲惫之势,正可重挫他们。"

齐威王采纳了段干朋的建议,另外修书给了宋国国君,请他派军,两国共打魏国,利益均分。宋侯应允,派军与齐军合兵一处,共同攻打魏国的襄陵。另外一路,由田忌、孙膑率领,出兵去解邯郸之围。齐威王原本想拜孙膑为将军,孙膑推辞说自己是受过刑的人,不便出面,愿辅佐田忌将军。齐威王应允。

此时,楚国还没有动静。而魏国,庞涓率领的八万魏武卒,已经驻扎到了茌丘,准备在这里截杀齐国的援军和赵国的回师部队。

攻打襄陵的一路齐军按下不提。

田忌率领的这一路人马欲直接去邯郸救援,被孙膑阻止。孙膑说:"将军,不可。我军救援邯郸要经过茌丘,此处已有庞涓的大军拦截。就算我们突破庞涓的防线,也要面对攻破邯郸的魏军的阻挠。魏军虽然已有损伤,但战斗力还在。齐国的军士根本抵挡不住魏武卒的攻击。魏国为拿下赵国都城邯郸,势必倾全国之力,出动所有精兵强将,留守国内的不过是些老弱病残。齐军若南下进攻魏国都城大梁,魏军必然回撤救大梁,我军不费一兵一卒,即可解邯郸之围。况且邯郸的攻破已成定局,不如避实就虚,直接击打魏国的要害大梁。常言道,善于解决杂乱纠纷的人不用拳头,解救两个争斗的人不用武力,避开双方,直捣空虚之处,就能控制住整个战局,争斗自然就解开了。”

田忌哈哈大笑，说道：“先生所言极是。这就叫以其人之道还治其人之身。魏国用此法攻打赵国，我们就用此法攻打魏国。”

孙膑又说道：“大梁本来就防守牢固，如果我们贸然进攻，一来守军会誓死抵抗，二来附近的援兵会立即包抄，我们将腹背受敌。不如派出小股部队大张旗鼓地攻打大梁东面的战略要地平陵，拖住守军，再派出精锐部队悄悄奔袭大梁。这样可大大减轻攻打大梁军士的压力。”

田忌听从了孙膑的计策，派出两个都邑的大夫佯装主力，大张旗鼓地率军攻打平陵城，大部队则悄悄摸向大梁。得到齐军进攻平陵城的消息，庞涓感到有些意外。平陵兵多将广，易守难攻，且齐军的粮道有随时被切断的危险，这股进犯者必败。果然，不日之后，庞涓收到齐军溃败、两个都邑大夫被杀的捷报。庞涓大笑道：“鼠将无能，断送三军。”

这边，田忌的主力已悄然来到大梁城下。当年梁惠王迁都大梁，大梁地处平原，极易被攻破，唯一的办法是将大梁打造成一个固若金汤的独立王国，使它可以在无外援的情况下，坚守一年以上。

孙膑对田忌说道：“将军，魏国派出两路人马攻打赵国，如今城内虽然空虚，但强攻也是有相当大的难度的。再者，我们的目的也不是要拿下大梁，而是将邯郸和茬丘的魏军吸引过来，伺机消灭他们。臣建议，攻城选在夜晚，将士多备火把，摇旗呐喊，把战鼓擂得震天响，虚张声势，让魏军不知道我们有多少人马。给守城军队施加足够大的压力，梁惠王必会急召邯郸和茬丘的军队班师回救。”

田忌称善。果然，在齐军的疑兵之下，梁惠王恐惧，连发诏令，召太子申和庞涓急速回师来解大梁之危。太子申占领邯郸后，早已疲惫不堪。接到魏王的诏书后，不敢耽搁，留一部分人马，带小股部队拔营启程，却遭到了赵军的围追堵截，行军十分缓慢。

庞涓没有等到富丘和漆城的赵军回师邯郸，也没有等来齐军的增援，却传来大梁被围困的消息。庞涓急派士兵打听是哪路大军在攻城。士兵回禀说是齐国的将军田忌和军师孙膑。庞涓心中冷笑，说道：“好你个孙贼，上次让你侥幸逃脱，这次有田忌撑腰，居然学起了本将军的战略，没有增援邯郸，而是绕道去打我大梁，着实可恨。”庞涓的属下问他下一步该如何行动。庞涓说：“无妨，大梁虽无重兵把守，但城高墙厚，极难攻破。齐军这是想调我们回师，好趁机杀了我们。”

不料梁惠王急召庞涓回师的诏令传来，紧接着又是一道，说大梁危在旦夕，命他火速救援。庞涓得知太子申也在回师途中，叹了口气，说道：“孙膑阴贼，这是料定了本将军会班师回救，他一定会在路上设好埋伏。”庞涓的属下问他是否立即回师。庞涓说：“废话，在此地等待已无意义。况且大王的命令，谁敢不从？”

庞涓看了看地图，太子申若回大梁必走一条最近的线路，而这条线路比茬丘到大梁近。既然此行寸功未立，不如赶在太子申之前回救大梁，到那时本将军就是首功之臣。庞涓率领的带甲士兵是魏武卒，均身穿厚重的铠甲，是典型的重装步兵，适合两军对垒。虽说重装步兵的标准行军速度是日行百里，但是脱了盔甲行军速度会更快。庞涓传令下去，放弃辎重，脱掉甲胄，轻装出发。属下劝谏，说去了甲胄，战斗力会大大缩减，毕竟没了护身铠甲，士兵很容易受伤。庞涓说：“为了赶时间，本将军将带一队人马轻装先走，你带重装魏武卒紧跟其后，如果路遇齐军，彼此可有个照应。”

田忌得知太子申和庞涓的大队人马开始回救大梁，与孙膑商量对策。孙膑说：“太子申率领的是疲惫之师，不足为惧。庞涓为了赶进度，回师一定会选择一条最近的路。”孙膑指着地图说：“桂陵是他的必经之地，我们就在这里设下埋伏。”

庞涓回师路上，田忌派出的小股齐军不断骚扰。这股齐军也不恋战，依托有利的地形，放几支冷箭就走。庞涓不胜其烦，一边匆匆赶路，一边像轰苍蝇般对付这帮搅扰之徒。齐军越是阻挠，庞涓越是确信大梁危在旦夕，便加快了行军速度，与后面的重装魏武卒逐渐拉开了距离。

这一日，庞涓的军队来到桂陵。此地山高林密，野草足有一人高。庞涓暗叫不好，如果是他，打阻击战，必定埋伏此地。虽然人困马乏，但庞涓不敢放松脚步，催促着士兵，速速离开。果不其然，就在魏军刚要走出密林，稍一松懈时，草丛中弓弩齐发，一阵箭雨之后，厮杀声起，埋伏此处的齐军，伸出无数的长枪、长矛，见人戳人，见马戳马。魏军损失惨重，主将庞涓也被生擒。当后面的魏武卒赶来时，齐军早就撤退得无影无踪。

太子申的人马赶到大梁时，田忌和孙膑早已高唱凯歌，班师回朝。

梁惠王闻此大怒。此役魏国虽然有所损失，但并未伤了元气。随后梁惠王联合韩国，一起攻打围困襄陵的齐宋联军。齐宋联军不敌，齐威王不得不请楚国出面调停，双方停战。梁惠王和赵成侯重新修好结盟，魏军主力撤出邯郸。梁惠王向齐威王讨回庞涓，好声安慰后，依然让他担任大将军一职。

桂陵一役，庞涓虽然被俘，但绝非等闲之辈。桂陵之战后，魏国军队在庞涓的带领下，继续对赵国用兵，逐步将赵国挤出中原大地。赵国又联合秦、齐两大强国进攻魏国，结果被庞涓打到谈判桌上，致使三国同时和魏国签订结盟条约。战国时期唯一一个同时击败赵、秦、齐三国的就是魏国，而其最高指挥者正是庞涓。

阅读点拨

桂陵一役，孙膑的战术是围魏救赵。孙膑一贯的用兵之道是避实就虚，趁机歼灭敌人。一提围魏救赵，我们想到的都是孙膑。但是，从故事的叙述中可以看到，最先提出这个战术的是段干朋。孙膑解救赵国的战术与段干朋的如出一辙。庞涓解救卫国也不是与赵军面对面硬杠，而是直取赵国国都邯郸，逼迫进攻卫国的赵军回防，再伺机出兵。这也是围魏救赵的思路。由此看来，凡是善于用兵的人，战术上都有相似之处，关键是能否把握先机，后方是否稳固。如果梁惠王坚守大梁，不为孙膑所迷惑，不急于召太子申和庞涓救援，也许不至于兵败。

12 马陵道孙膑雪奇耻

人物简介

1. 申不害(前385—前337),也称申子,郑国京邑(今郑州荥阳东南京襄城)人。在韩国做了十五年相国,大大地提高了韩国国力。申不害是法家重要的创始人物之一,以“术”著称,著有《申子》,是百家争鸣中的代表人物。

2. 韩昭侯(? —前333),姬姓,韩氏,韩懿侯之子,本名韩武,战国时期韩国第六位国君。在位期间,重用申不害,推行改革。

前文我们说过,桂陵一役虽败,但庞涓决非等闲之辈。当年梁惠王即位不久,便频繁地对周边国家用兵,可惜胜少败多。庞涓从鬼谷子学成归国后,立即得到了梁惠王的重用。庞涓也不负众望,几次作战,打出了名声。赵、韩、秦三国曾联合攻打魏国,赵韩联军正面进攻,秦国从后方偷袭。魏国老将公叔痤将赵韩联军打败,却因贪功冒进,被秦国军队打败。庞涓那一路战绩斐然,大胜赵国,直逼邯郸。后来,梁惠王将庞涓调到魏秦两国交战的正面战场。庞涓大败以不怕死号称的秦国,一路追击到秦国的国都附近,迫使秦国不得不迁都以避其锋芒。

庞涓极有战略眼光,他认为魏国的大敌是当时国力并不最强的秦国,应该先彻底打垮秦国,在绝了后患后,再图中原。但梁惠王并未听从,在击败秦国之后,迁都大梁,给了秦国喘息的机会,也为后来魏国的衰败埋下了种子。

话说桂陵之战让魏国痛定思痛，在庞涓的率领下，逐步扭转战局，再次攻破了赵国的邯郸，又于前352年打败了齐、卫、宋三国联军。效命秦国的商鞅认为秦国的势力与魏国相差太大，建议秦孝公暂时不要与其争锋，用尊魏为王的方式来麻痹好大喜功的梁惠王。秦孝公听从了商鞅的建议。前344年，商鞅奉秦孝公之命游说梁惠王，吹捧他奇功盖世，不如称王，然后就可以在诸侯间发号施令。此举引起了庞涓等大臣的反对，但梁惠王不听，想效仿齐桓公、晋文公二位霸主。

同年，梁惠王邀请宋、卫、邹、鲁等十二个诸侯国，除淮泗一带的小国外，还有赵肃侯和秦公子少官在逢泽会盟，会盟后又率众觐见周天子。梁惠王试图以逢泽之会确立魏国在列国间的霸主地位。魏国的强大，引起了同盟国韩国的不安，以不参会的方式表达了抗议。齐国也是如此。于是韩国和齐国在共同反对逢泽之会的条件下越走越近。梁惠王大怒，前343年，拜太子申为上将军，庞涓为大将，起全国之兵，征讨韩国。

韩国当时执政的是第六位国君韩昭侯。韩昭侯前期，韩国政治混乱，国力孱弱。前351年，韩昭侯拜法家的申不害为相，施行变法，以“术”治国，内修政事，外富国民，韩国逐渐强盛。

说起这位申不害还有些故事。申不害是郑国京邑人。若没有后来的灭国，他可能会一辈子在郑国当着小官，研究他的“术”，成为法家的重要创始人物之一，但也就止于理论上的构想。前375年（韩哀侯二），韩国灭掉郑国后，申不害成了韩国的低级官员。前354年（韩昭侯四年），本就记恨被韩国分其国为二的梁惠王出兵伐韩，并迅速包围了宅阳。韩昭侯急召群臣商量对策。面对强魏重兵压境，打也不是，降也不是。正值众大臣束手无策之际，申不害面见韩昭侯，建议他审时度势，忍一时之辱，执玉圭（古时臣下朝见天子时所执的一种玉器）向梁惠王示弱。梁惠王自大骄狂，极好面子。此举既可以免兵刀之害，又能博得其他诸侯的同情。韩昭侯采纳了申不害的建议，亲自执玉圭去拜见梁惠王。果然如申不害所料，梁惠王十分得意，很大度地下令撤兵，并与韩国结为同盟国。韩昭侯自此注意到了申不害这个下级小官，一路提拔。申不害逐步成为了韩昭侯的重要谋臣之一。

次年，魏国再挑事端，起兵伐赵，包围了赵国的都城邯郸。赵成侯派人向齐国和韩国求援。战国时期，各国之间的结盟和敌对关系并不稳定，大多围绕利益行事，有利于本国者，敌人可以变为同盟，或者反之。韩国虽然刚和魏国结盟，但赵国求上门来，若答应了，会得罪魏国；若不答应，将来韩国可能会有求于赵国。韩昭侯一时拿不定主意，就召来申不害询问对策。申不害摸不准韩昭侯的心思，想听一下其他大臣的意见，便回答说："大王，兹事体大，容臣斟酌后再行答复。"下了殿后，申不害将此事告知能言善辩、受韩昭侯倚重的两位大臣赵卓和韩晁，请他们分别向韩昭侯进言，陈述是否出兵救赵，二人应允。申不害仔细分析了两位大臣的意见，了解了韩昭侯的心思，加上自己先前的判断，再次进谏说应当联合齐国，共同伐魏救赵。韩昭侯一听甚合心意，听从了申不害的意见，与齐国一起出兵讨伐魏国，迫使魏军回师自救，从而解了赵国之围。这就是历史上著名的桂陵之战中"围魏救赵"的另一个版本。

历史没有真相，只留存一些道理。至于"围魏救赵"的真实情况，应交由历史学家去研究。从这些故事中，我们可以看到申不害极强的外交能力。韩昭侯从申不害一系列的表现中，发现这位"郑之贱臣"是难得的治国人才，于是力排众议，破格拜申不害为相。在申不害为相的十五年间，他将法家之术施展开来，整顿吏治、整肃军兵、开荒破土、制造兵器，提升了韩国国力，使韩国成为与齐、楚、燕、赵、魏、秦并列的战国七雄之一。

人无完人，《战国策》还记录了申不害的一件趣事。申不害曾私下请求韩昭侯给自己的堂兄封个官职。韩昭侯没有答应。申不害面露怨色。韩昭侯笑着说："寡人这可是从您那里学来的治国之策啊！相国不是常教寡人要按功行赏吗？您的这位堂兄没有建过功立过业，寡人若答应了，岂不是破坏了您定下的规矩。要不寡人就答应您的请求，让规矩由它去吧。"申不害听后急忙请罪，说："大王圣明，臣愚蠢，请大王惩罚臣吧！"

韩国在申不害的治理下虽名列战国七雄之一，但与魏国相比，还是有相当大的差距，连打五次败仗后，韩昭侯派使者告急于齐，求齐出兵相救。

桂陵之战后，齐威王对田忌和孙膑愈加信任，将兵权交给了田忌。相国邹忌因建言未被采纳，加上田忌人气旺盛，怕他将来会取代自己做了相国，私下与门人公孙阅商量，想打压田忌和孙膑。魏国的庞涓忌惮孙膑，知道邹忌与田忌不合，暗中派人带着千两黄金贿赂邹忌，请他帮忙解去孙膑的军师之职。邹忌也是一时利令智昏，想出一条计策：派公孙阅假扮田忌的家人，带着十两黄金，五更天敲开占卜者的家门，说是奉了田忌将军的差使，来卜一卦。占卜者问："卜问何事？"公孙阅说："我家将军，兵权在握，想要谋大事，请你推断是吉是凶。"占卜者吓得两腿哆嗦，说："这是谋反忤逆的事，小人不敢乱说！"公孙阅威胁道："既然先生不肯推断，也不勉强，但请不要泄露此事。否则，拆了你的屋！剥了你的皮！"公孙阅前脚刚出占卜者的家门，邹忌手下的人便赶到，将占卜者拿住，说他替篡逆之臣田忌占卦。占卜者哀求说："刚才是有人来小店，但我知道这事忤逆，并没有占卜。"邹忌冷笑，一早带着占卜者入朝去见齐威王。听闻此话，齐威王半信半疑，派人暗中观察田忌的举动。田忌知道后，找孙膑商议。孙膑说这种事越分辩越遭怀疑，不如托病辞去兵权，打消齐威王的疑虑。田忌听从了孙膑的建议，交出兵权，回家赋闲。孙膑也辞去了军师之职。后来，齐威王知道田忌冤枉，斥责了邹忌，恢复了田忌的官职，也一并请回了孙膑，继续担任军师一职。

齐威王看了看韩昭侯的求救信，召集群臣，问他们韩国救还是不救。群臣的目光齐刷刷地投向了相国邹忌。邹忌说："依臣之见，不如不救。韩、魏两国相争，必有一败，胜者也会有所折损，这对我国来说是好事。"田忌、田婴都反对邹忌的意见，说："魏国若打败了韩国，下一个目标必定是我国。救韩国就是保我国。"

孙膑坐在一旁默不作声。

齐威王问道："军师不发一言，难道救与不救，这两条计策都不成？"

孙膑拱手说道："大王所言极是。魏国仰仗魏武卒，昨日打赵国，今日打韩国，明日就有可能打我国。若不救，如二位将军所言，是抛弃了韩国喂肥了魏国。因此，不救是下策。魏国攻打韩国，韩国虽说经历了五连败，但还未到危急关头。如果此时我们出兵相救，如相国所言，是给韩国作了挡箭牌，韩国坐享其安，而我国反受其危，所以说，救也是下策。”

齐威王两手一摊，说道：“救也不是，不救也不是，那该如何是好？”

孙膑笑道：“臣已为大王盘算好了。您先许诺韩昭侯说我国一定会出手相救，让他安心作战。韩昭侯知道我国会来救援，心中有底，一定会拼命抗魏。魏国见势一定也会拼命攻韩，以求速战速决。等魏国露出疲惫之相，我们再派兵慢慢前往参战。到那时，就会用最小的代价，打下筋疲力尽的魏国，保存危难中的韩国，这个办法岂不胜过前面两条计策？”

齐威王哈哈大笑说：“还是军师精明。”于是告诉韩国来使，齐国的救兵马上就到。

韩昭侯得到齐威王的承诺后，大为宽心，令将士全力抗魏。几次交锋后，韩国节节败退。韩昭侯焦急，再派使者赴齐，催促齐威王速速派兵。孙膑说：“火候可以了。”齐威王再拜田忌为大将，田婴为副将，孙膑为军师，率军救韩。

田忌问孙膑：“先生，这次我们怎么打？按照您的用兵习惯，不会是直接救韩国吧！”孙膑笑道：“知我者，将军也。我军上次救赵国，并未进入赵国领地；这次救韩国，当然也不会往韩国方向。”田婴问：“依先生之意，我们该往哪个方向前进？”孙膑说：“解决纷乱的办法，是攻打他所忌惮而不得不回防的软肋。这魏军的软肋，就是都城大梁了。再说，从地理位置上看，我们总不能绕过魏国去救韩国吧。”田忌哈哈大笑，命令三军将士直奔魏国大梁。

太子申和庞涓的大军势如破竹，打得韩国的军队毫无还手之力。就在魏军逼近韩国国都新郑时，大梁守军发来警报，说齐军入境，正向国都方向逶迤而来。庞涓一听，料定是孙膑的诡计，只得恨恨地放弃攻破新郑的机会，班师回朝。梁惠王听说又是孙膑，大怒，命太子申和庞涓立即追杀齐军。齐军望风而逃。田婴不解，说道：“魏武卒虽勇，但我国的技击士[1]也不弱，为何不战而走，灭我军士气。”

孙膑说：“善于用兵者，不以强碰硬。魏武卒素来强悍，也最瞧不起齐军，不如因势利导。常言道，行军百里与敌争利会损失上将军，行军五十里与敌争利只有一半士兵能赶到。我军深入魏国腹地，不能示强而应示弱，诱使魏军上当。”

田忌问：“如何引诱魏军上当？”

孙膑说：“请将军传令下去，今日埋锅做饭，做十万个灶，从明日起逐渐削减。魏军见我军锅灶减少，一定会以为我军怯战，出了逃兵。锅灶减到一半，魏军会以为我军逃亡过半，他们必将日夜兼程追赶。骄兵一定会放松警惕，日夜追击一定会人困马乏，到时臣再设计破了这股魏军。”

田忌听从了孙膑的意见。

田婴半信半疑。

庞涓心里十分烦闷。自带兵以来，桂陵之战，被俘；马上要拿下韩国，又被孙膑劫了后。是可忍，孰不可忍。唉，可惜了大梁这固若金汤的城池！可惜了我庞涓这一身好本事！梁惠王这次下了命令，一定要活捉田忌和孙膑。太子申这个废物，一心想立功，三天并作两天走。照这个行军法，不等追上齐军，魏军就先累垮了。

不几日，魏军追至齐军留下的安营之地，庞涓命手下士兵统计锅灶。士兵回报说有十万之多。庞涓大惊，对太子申说：“齐军来势不小，万万不可以轻敌！”第二天又追到前日齐军的安营之地，统计其锅灶有八万多。接连几天，锅灶陆陆续续减至三万。太子申笑道：“听闻齐人富裕，个个贪生怕死，这一见，果然。”庞涓摇了摇头，说道：“齐军固然胆怯，但不至于逃亡如此之众。田忌治军严格，况且还有孙膑为军师。如此反常，前方必定有诈。”太子申说：“将军是被那孙膑打怕了吧，不如让我来打头阵吧！”庞涓羞愧。太子申又说道：“田忌等人这次是来送死，待我生擒这帮祸人，为将军雪桂陵之耻。”太子申立即选出精锐万余人作为先锋。庞涓知道太子申无带兵经验，为保他平安，力争打前阵，请太子申断后。太子申无奈应允。庞涓带着这万

---

① 技击士指的是齐国的兵制，是战国时期非常著名的兵种。

余人，两日并作一日，追杀齐军而去。

孙膑知道庞涓疑心重，派探子时刻打听魏军的消息。这一日，探子来报："魏军先头部队已过沙鹿山，领头者正是庞涓。追兵甚急，日夜兼程，请军师早作安排。"孙膑听闻庞涓亲自前来，又惊又喜。掐指一算，魏军今日傍晚将路过马陵。此地只有一条小路，两边高山对峙，正是设伏兵的好地方。马陵道树木繁密，孙膑令士兵将路旁的树悉数砍倒，只留一棵大树，将大树朝向东面的树皮剥去，用黑煤写上六个大字：庞涓死于树下。并令部将袁达、独孤陈，各选弓弩手五千，左右埋伏，吩咐他们："只要看到树下火光起，一起发弩，射光所有的箭。"又令田婴引兵一万，离马陵三里密林埋伏，只待魏兵过去，从后面截杀。孙膑怕庞涓不肯上当，又选一支人马，由崔趱率领，横戴头盔歪打旗，许败不许胜，当作诱饵。安排妥当后，孙膑与田忌引兵在高处驻扎，观敌瞭阵，以便随时接应。

庞涓一路追赶，见前面有一股齐兵，心说辛苦本将军追了这些天，总算见到活的了。明知有诈，为泄心头之恨，一声令下，催兵掩杀。崔趱见状，慌忙丢了旗帜、铠甲，狼狈逃窜。庞涓追进马陵道，齐军如水入细沙，早不见了踪影。红日西坠，残阳如血，视线逐渐模糊。前军回报："前方蹊跷，路旁的树全被砍倒，只有一棵，似有字迹。"庞涓暗觉不妙，命手下取火照之，见上面写着六个大字：庞涓死于树下。大惊道："此是何处？"旁边偏将魏无涯说："马陵。"庞涓忽地想起恩师鬼谷子当年给他的八个字"遇羊则荣，遇马则瘁"，急令军士速退。说时迟，那时快，袁达、独孤陈的两支伏兵，见树下有火光，万弩齐发，箭如急雨。魏军大乱。魏无涯见状，将庞涓扑倒在地，用身体替他挡箭。可怜这魏无涯瞬间就被射成了刺猬，眼睛大睁着，死时年仅21岁。庞涓也身中数箭，自知无法逃脱，将魏无涯的双眼合拢，叹道："无涯安息吧！怪我一时心软，没有杀了那孙膑。今日断送我大军，使这小子成了名！"长啸一声，拔剑自尽。一代将星就此陨落。

一切皆是天意吗？庞涓从入将魏国到今日马陵战死，刚好十二年，应了马兜铃花开十二朵的征兆。云梦山鬼谷子的占卜之术，真是神妙莫测！

军士未被射杀往外逃者，又被田婴从后面截杀了大半。

早有探子得知前方的消息，太子申的后队急速赶来救援。慌乱之中，不想又中了田婴的埋伏。黑灯瞎火，齐军喊声震天，魏军心惊胆战，如无头苍蝇般四处逃窜。田忌和孙膑的大军也赶来，杀得魏军尸横遍野，连顿晚饭也没吃上，就一命呜呼了。太子申的马被绊倒，人被田婴生擒。袁达、独孤陈将庞涓的尸首呈上。齐军大获全胜，当夜狂欢。太子申见火光中庞涓的首级，孤零零地悬挂在旗杆上。月光隐没，树影狰狞。悔不听庞涓的劝告，致使大军覆灭，趁军士不注意，太子申挣开绳索，撞树而死。孙膑感叹不已，命俘虏的魏军包裹住太子申的尸体，并放他们回大梁。

田忌等人高奏凯歌，班师回朝。齐威王大喜，带群臣亲自迎接。当晚的庆功宴上，齐威王亲自为田忌、田婴、孙膑三人掌酒。相国邹忌想到前日受了魏国的贿赂,诬陷田忌之事,心中愧疚。今日又见他人立了赫赫战功,受到齐威王夸赞,更觉难堪,于是假装身体有恙,早早离席。不久,邹忌主动辞去相国一职。可惜了邹相国,嫉妒心起,犯下大错。齐威王也不加挽留,旋即拜田忌为相国,田婴为大将军,孙膑为军师并加封大邑。

孙膑将齐威王的封赏分赐给了手下军士,回到稷下学宫,整理出包括马陵之战在内的《孙膑兵法》上、下两篇,献于齐威王。齐威王大喜,欲再次加封孙膑。孙膑谢绝,说道:"臣本来就是废人一个,承蒙大王不弃,今日上报国恩,下酬私仇,得偿所愿,臣已无憾。希望大王赠臣一处闲养之地,了此残生。"

齐威王感叹,于是将石闾山赐给了孙膑。

孙膑在此地居住一年有余,后不知所踪。

阅读点拨

孙膑为引诱庞涓上当,用了减灶的方法,向魏军示弱,庞涓果然上当。以庞涓的军事才能,这种减灶的小伎俩不会识不破。庞涓的陨落,应该是有他违背不了的王命和宿命。庞涓和孙膑的恩怨争斗就此告一段落,历史故事中总会有好人和坏人,好人有好报,恶人自食恶果,但真实的人大多是复杂多面的,大家在看故事时,也要有一个客观的视角。

与减灶法相反的是增灶法。东汉安帝时,羌兵入侵汉武都。虞诩调任武都太守,在陈仓的崤谷被羌兵数千阻拦。虞诩放出消息说在等待援军,并令吏士每日增建军灶一倍。羌兵误以为汉军的援兵日增而不敢逼近。诸葛亮四出祁山,中了司马懿的反间计,不得不班师回朝。姜维担心司马懿会来追杀。诸葛亮借鉴虞诩的增灶法,吓得司马懿不敢来追。

减灶是示弱,增灶是示强,目的都是迷惑敌人。

13 淳于髡反诘楚肃王

人物简介

1. 晏婴(? —前500),齐国人,姬姓,晏氏,字仲,谥号平,晏子是他的尊称,夷维(今山东省高密市)人,春秋时期著名的政治家、思想家、外交家。历任齐灵公、齐庄公、齐景公三朝,辅政长达五十余年。晏婴的思想和轶事主要记录在《晏子春秋》一书中。

2. 楚灵王(? —前529),芈姓,熊氏,初名围,后改为虔。楚灵王在位期间,奢侈无度,消耗大量人力、物力兴建了章华台。此外,楚灵王还留下了"上下其手""楚王好细腰""晏子使楚""尾大不掉"等典故。

3. 楚肃王(? —前370),芈姓,熊氏,名臧,战国时期楚国国君。

战国时期,各诸侯国之间因利益争夺,关系随时会变,今天是同盟,明日可能就会翻脸。正所谓没有永远的敌人,只有永远的利益。楚国虽然侵犯过齐国,但在战国七雄的局势形成之前,两国之间隔了鲁、卫、宋,直接冲突少,倒是韩、赵、魏三国,对齐国常存虎狼之心。齐威王有意结交楚国,希望两国联手,形成东西夹击之势,共抗三国。于是向楚国派出使节的事,又落到了淳于髡的身上。然而,齐威王想到齐景公时期,晏婴出使楚国的那段旧事,心中犹豫。

齐景公即位的第二年,晋国使节来访。齐景公狂妄的外交举止,引起了晋国的强烈不满。晋国派出军队对齐国实施了震慑性的打击。在强晋的威胁下，齐景公在服软的同时也意识到，单凭齐国的力量是无法与强大的晋国抗衡的，于是将目光放到了同样强大的南方楚国，决意派晏婴出使楚国，以期两国修好，共抗强晋。不承想当时的国君楚灵王傲慢，处处刁难晏婴。

楚灵王听说晏婴身材矮小，故意在城门的旁边开了一个五尺高的小洞。晏婴到了门口，站住后，笑着对前来迎接的楚国官员说道："难道我走错地方了？听说出使狗国才从狗洞进入。我出使的明明是楚国啊，不应该从这个洞进去吧！"迎客官只好带着晏婴改走正门。

晏婴拜过楚灵王。楚灵王很不屑地说道："齐国没有人吗？竟派你这样的人做使臣。"晏婴说："齐都临淄有七千多户，衣袖展开可以遮天蔽日，汗水挥洒就像漫天飞雨，肩并肩，脚碰脚，怎么能说我国无人呢？"楚灵王说："既然如此，齐王为何派你这样的人出使我国呢？"晏婴笑道："我国派遣使臣，各有各的出使对象。贤明的使节面见贤明的君主，不肖的使节面见不肖的君主。臣最无能，只好委屈出使楚国喽。"

楚灵王讪讪地打了个哈哈，吩咐下人为晏婴斟酒。酒喝得正开心，两个小吏绑着个犯人来到楚灵王面前。楚灵王故意问："绑着的是哪里人？所犯何罪？"小吏踢了一脚犯人，回答说："是齐国人，犯了盗窃罪。"楚灵王斜着眼问晏婴："齐国人？哈哈！齐国人是不是生来善于偷窃呢？"晏婴站起身离开坐席，对楚灵王施了一礼，说道："臣听说是这样的，好吃的橘子生长在淮河以南就是橘子，生长在淮河以北就变成了难吃的枳子。两者只是叶子的形状相似，果实的味道却全然不同。这是什么原因呢？水土不同而已。长于我国的百姓从来不偷窃，到了楚国反而偷窃，莫非楚国就是一片栽培百姓善于偷窃的水土？"楚灵王笑着对左右侍臣说："圣人是不能乱跟他开玩笑的，否则，如寡人般，反受其辱。"

齐威王召见淳于髡，表达了与楚国交好的意愿，也说出了他的担忧。淳于髡请齐威王放心，说他将随机应变，定不辱使命。

淳于髡十分景仰百年前齐国的贤相晏子。他同晏子一样，身材矮小，相貌普通，还受过髡刑。这次出使强大的楚国，淳于髡满怀期待。他知道楚国人生性傲慢，这反而刺激了他，他想像当年的晏子一样，给楚国人好好上一课。

果然，楚肃王见到他后，戏谑道："泱泱齐国难道就找不出一个像模像样的人了吗？竟然派了先生你来！你有何过人之处，来来来，上前来，让寡人好好看看！"淳于髡一改往日的迂回，拔出腰间的长剑，向前一步，呵斥道："臣并无过人之处，只有腰中这七尺长剑，打算斩杀行止无状的昏君！"楚肃王惶恐地说道："先生息怒，先生息怒，寡人不过跟您开个玩笑罢了。"

按照外交礼节，楚肃王设宴招待淳于髡一行人。席间，楚肃王停杯连连叹气。淳于髡料到楚肃王没安好心，只顾喝酒吃菜，不发一言。楚肃王终于忍不住，咳嗽一声，说道："先生好食量！寡人好生羡慕！"淳于髡嗯了一声，停了停手中的筷子。楚肃王继续说道："唉！寡人有个仇人，最近跑到了吴国。此人一日不除，寡人一日寝食难安。适才见先生拔剑，如长虹贯日。先生能否替寡人除此仇人，让寡人也吃上顿安生饭？"

淳于髡心中暗笑，原来在这挖坑呢。他放下筷子，向楚肃王拱了拱手，说道："臣来郢都的路上，见到水田边有个农民提着一条小干巴鱼，跪在地上向上苍祷告。臣听了他的祷词，差点笑死。他说：'神啊，请接受我的祷告和祭品吧，保佑我来年要风有风，要雨有雨，多收稻谷，最好能有一万束，少也不要少于一千斛！'用这么少的祭品，却要如此多的回报。真是贪婪啊！大王，我们见面不到半日，您刚刚请臣喝了几杯酒，吃了几口菜，却委臣以刺杀仇人为您报仇的重任，这恐怕不妥吧！"

楚肃王赧然一笑，不知如何回答。

淳于髡此行不辱使命，与楚国定下了盟约。

齐楚两国结盟后，齐威王再派淳于髡出使楚国。除了常规的礼物之外，齐威王还特意送了一只白天鹅给楚肃王。快到郢都时，白天鹅趁着随从开笼喂食，逃出笼子飞走了。随从吓得伏在地上磕头。淳于髡搀起他说："不妨事，我来想办法。"

淳于髡提着空笼子去拜见楚肃王。楚肃王好奇地问："贵国这是什么意思？"

淳于髡放下笼子说："齐威王知道大王您喜欢珍禽异兽，派臣送大王一只白天鹅。齐国到此，路途遥远，责任重大，臣一路细心呵护，怕它渴着，怕它饿着，谁知道喂食时，这白天鹅竟逃出笼子飞走了。臣自知失职，本想自杀谢罪，又担心不明事理的人非议大王因为一只白天鹅迫使臣自杀。臣本想买一只差不多的白天鹅来代替，但欺骗大王的事，臣做不来。臣有畏罪潜逃到他国的念头，又怕齐楚两国之间的友好往来因此断绝。思来想去，臣只能提着笼子前来请罪，请大王责罚臣吧。"说完，淳于髡深施一礼。

楚肃王听了，连忙扶起淳于髡，赞赏道："区区一只白天鹅，何足挂齿！齐威王有先生这样忠信的人，才是国家之宝。"

楚肃王重重赏赐了淳于髡，所赐之物，比齐威王送来的还要多出一倍。

阅读点拨

外交是没有硝烟的战场。好的外交可以解决危机、订立盟约、换取和平。战国时期，各国都是在打打谈谈的过程中，处理着彼此的关系。淳于髡代表齐国多次出使他国，这篇讲是的他出使楚国的故事。楚国是个大国，齐国相对弱小，还没谈，齐国已经处于下风。但淳于髡并没在这种不对等的关系中低三下四，而是以他的勇气和智慧，赢得楚肃王的尊重，出色地完成了外交使命。司马迁在《史记》中曾说："三寸不烂之舌，强于百万之师。"头脑的智慧和表达的技巧是那时人们看重的才能，因此也出现了很多关于辞令的故事。这个故事中，除了话语艺术，淳于髡那种不卑不亢的态度也让我们印象深刻。

14　淳于髡三会梁惠王

梁惠王是魏国的第三位国君。魏武侯死后，他争夺君位成功。前364年，梁惠王将都城从安邑迁至大梁。

梁惠王即位后，花重金招纳天下贤能之士。淳于髡路过魏国时，大臣王钟向梁惠王推荐了他。梁惠王早就耳闻齐国稷下学宫的这位淳于髡先生，听了王钟的推荐，急召淳于髡入宫。

淳于髡入见后，梁惠王请左右侍从退下，说道："久闻先生大名，今日驻足敝国，不胜荣光，愿先生教寡人如何治国。"淳于髡拱了拱手，随即一言不发。梁惠王以为淳于髡正在深思，不敢打扰。半晌，淳于髡频频点头，似乎进入了梦乡。梁惠王有些不满，撩起衣袖，伸手轻轻戳了戳淳于髡，说："先生一路舟车劳顿，还是先去馆驿休息吧。"淳于髡仿佛如梦方醒，说道："恕臣失礼，臣确实累了，先行告退。"

次日，淳于髡自请拜见梁惠王。梁惠王很高兴，请淳于髡入座后，急忙问道："先生，如何治理国家？"淳于髡刚要闭眼，梁惠王忙提高声音说道："请先生赐教！"淳于髡面带微笑，看着梁惠王，一言不发。梁惠王恭恭敬敬地等着淳于髡开口。淳于髡只是笑，半晌无言。梁惠王的火一下上来，甩袖而去。淳于髡望着梁惠王的背影，轻叹一声，转身告辞。

梁惠王越想越气，召来推荐淳于髡的大臣王钟，呵斥道："你口口声声夸赞淳于髡才比管仲、晏婴，可他连见寡人两次，却不发一言，除了打瞌睡就是傻笑，他是在藐视寡人吗？"

王钟说道："大王息怒，臣正为此事而来。适才臣询问淳于先生进宫与大王交谈之事。淳于先生说并未交谈。臣问原因。他说第一次面见大王，看出大王的心思不在与他交流上，而在骏马上。第二次面见大王,他说大王的心思在歌姬身上。淳于先生说既然大王心不在焉,谈话何益?这才不发一言,并非藐视大王。”

梁惠王听到这话,大吃一惊,说道:“不可思议,淳于先生真是圣人啊!不错!第一次他面见寡人,刚好有人献来几匹好马,寡人正打算去试驾;第二次他来,寡人的歌姬刚学会一首新曲子,正要唱给寡人听。寡人虽然让他们退下,但心思的确还在那些人和事上。当时,无论淳于先生说什么,寡人都是听不进去的。寡人知道错了,将斋戒三日。请转告淳于先生,三日后寡人再聆听他的教诲。”

斋戒三日后,梁惠王再次邀请淳于髡入宫,淳于髡欣然答应。双方落座后,梁惠王不再急于讨要治国良策,而是先恭恭敬敬地为前两次的无礼道歉,这才恳请淳于髡教他强国富民之道。淳于髡不再客气，将其平生所学定国安邦之韬略，娓娓道来。梁惠王越听越有味，如是三日三夜，还不肯罢休。梁惠王打算拜淳于髡为相国。淳于髡婉言拒绝。临别之时，梁惠王赠予他车驾、布匹，以及黄金百镒。

阅读点拨

不知你是否有过这种体会？上课走神时，老师在讲台上滔滔不绝，你却一句也听不进去。老师敲黑板，是用声音的方式，把走神的学生从他们自己的世界里拽出来，提醒他们要认真听讲，接下来的内容会很重要。淳于髡善于察言观色，两次面见梁惠王，都看出对方的心思在别处，即便讲得再好，就像雨水落在玻璃上，根本渗透不进去，因此他宁愿得罪梁惠王也不开口。只有当梁惠王有了恭敬之心，真心想听，聚精会神了，对谈才会有效。好的交流一定是双方都在线，语言发出，会有接收，会有思考，会有回应。淳于髡的智慧就在于，他不是陶醉于自己的表达，而是更看重语言的作用、沟通的效果，否则再多的表达不过是对牛弹琴。

15　说仁政孟子会魏王

人物简介

1. 孟子，名轲，邹国(今山东省邹城市)人。战国时期哲学家、思想家、教育家，儒家学派的重要代表人物，有“亚圣”之称，常与孔子并称“孔孟”。儒家经典著作《孟子》是由孟子及其弟子共同编写的，记录了孟子的轶事和思想。南宋时期的朱熹将《孟子》与《论语》《大学》《中庸》合在一起称为“四书”。直到清末，“四书”一直是科举考试的必考内容之一。

2. 许行，战国时期著名的农学家、思想家。许行与孟子同时代，二人展开过一场历史上著名的“农”“儒”论争。因没有著作流传于世，许行的农家思想和其他事迹皆不可考。

3. 滕文公，滕国的国君，姬姓，名宏，与孟子同时代。滕文公做太子时曾受过孟子的教诲。做了国君后，推行仁政，国家大治，有“贤君”的美称。

53岁，知天命之年。孟子依然奔波在路上。

马车颠簸，孟子有些眩晕。掀开窗帘，空气潮湿。见远山如黛，近处杂草丛生。昨天，孟子破例喝了点酒，不只是因为他的生日。许行派弟子送来三袋黄澄澄的粟米，附信说这是今年的新收成，请孟子尝尝。孟子十分欢喜，心想如果全天下的百姓都能吃上这么好的粟米该有多好。

前些日子在滕国，滕文公向孟子请教治理国家的事情。孟子和滕文公是老相识，早在滕文公做太子出使楚国路过宋国时，他们在宋国的都城商丘就见过两次面。一晃数年，这次会面，孟子还是重复当年的主张，先要保障百姓的生活，然后再施以人伦教化。滕文公得意地说，他已成为国君，遵循着孟子的教诲，推行仁政，还给农家许行先生划了一块地，耕种效果非常好，今年正打算推广到全国，增加粮食产量。孟子听后很高兴。随后，滕文公派他的臣子毕战询问井田制的情况，孟子听后也一一作了回答。

孟子对许行产生了浓厚的兴趣，带着弟子万章来到许行的田地，先是见到了从宋国前来拜师学农的陈相、陈辛兄弟俩。陈氏兄弟粗麻短衣，手足皲裂，见到孟子后面露尴尬。孟子对大儒陈良的这两位前高徒倒是很客气，说人各有志，既然入了农门，那就好好种地吧。

久在太阳底下劳作，许行脸庞黝黑，身体非常健硕。孟子没想到的是，二人竟然年龄相仿。再看看自己，却虚弱苍老得多。两人聊起各自的学派主张，虽说都关心国计民生，但在路径选择上却谁也说服不了谁。两人争论的声音越来越大，孟子有些着急，说："你这怪腔怪调的南蛮子，带坏了儒家弟子。"孟子意指陈氏兄弟俩。许行大笑，说："你别嘴硬，有本事饿三天再来找我理论。等你哪天混不下去，来找我，我管你后半生的饭吃。"孟子自知失言，连忙道歉。二人虽然相互无法说服，但却惺惺相惜。临别时，孟子祝许行种出好庄稼，利于一方百姓。许行祝孟子实现抱负，救天下苍生于水火。

粟米很香，但孟子不知道滕国人还能吃多久。滕国是个小国，夹在齐国和楚国两个大国之间，尽管滕文公兢兢业业，灭亡却是早晚的事。孟子还是希望自己的仁政思想运用于大国，大国作出成绩，才能有更大的说服力和号召力。孟子八年间奔波于各国，见过多位君王，苦口婆心地劝行仁政，君王们都是开始时一股热情，最后全打了哈哈。马上要到魏国了，不知道梁惠王是他盼望的明君吗？会接受他的主张吗？孟子心中没底。

梁惠王是魏国的第三位国君。争位成功八年后，迁都大梁。梁惠王十年，其命人在荥阳成皋一带开凿鸿沟[1]，引黄河水溉田耕种，继续沿用吴起开创的武卒制度，重用鬼谷子的高徒庞涓，军事实力大增。只可惜，庞涓遇到了同为鬼谷子高徒的孙膑，兵败齐国于桂陵，再败于马陵，最后被杀。从此魏国国势衰落，与齐威王在徐州互相称王后，魏国又数次败于他国。魏国岌岌可危，几乎不保。梁惠王这才又卑礼厚币，向天下招纳贤者，以图中兴大魏。

听说大儒孟子要带着众弟子来魏国，梁惠王心花怒放。孟子是当代最大的儒者，传说他胸藏锦绣，有治国安邦之策，这次来魏国，一定要向他讨个复兴魏国的方子。吸取上次淳于髡来时的教训，梁惠王早早就派出使者，打探着孟子到来的准确消息。

临近午时，远远看到几辆车，梁惠王带着群臣，步出大梁夷门，毕恭毕敬地等候着。到了近旁，从车上下来一位头发花白的长者，身穿儒服，虽满面风尘，但精神矍铄。梁惠王赶忙迎上去，深行一礼，说道："老先生不远千里而来，这次莅临魏国，一定会对寡人大有裨益！"孟子一惊，这位君王也太性急了，心中有些不悦，又不好表露，忙回一礼，说道："有劳大王出城。大王何必要谈什么好处呢，臣到贵国只带了仁义。"梁惠王心想仁义是什么东西，话到嘴边改为："老先生一路辛苦，先请到馆驿安顿。寡人略备薄酒，稍后为先生接风洗尘。"

宴席上，梁惠王三杯酒后，终于憋不住了。"先生，寡人自即位以来，兢兢业业，以图光复大魏，然而寡人福薄，东征西战，却毫无建树，这才广招天下贤士，希望能给魏国带来利益。先生名震天下，这次来，一定会大大有利于魏国，请先生不吝赐教！"

孟子在去馆驿的路上默默琢磨着和梁惠王初次见面时他说的话。弟子万章也看出了端倪，说道："先生，梁惠王也太急躁了吧！"

---

① 鸿沟是中国古代最早沟通黄河和淮河的人工运河。梁惠王十年，为了战争需要，曾两次兴工，开挖了鸿沟。鸿沟西自荥阳以下，引黄河水为源，向东流经中牟、开封，折而南下，入颍河通淮河，把黄河与淮河之间的济、濮、汴、睢、颍、涡、汝、泗、菏等主要的河道连接起来，构成鸿沟水系。鸿沟有圃田泽调节，水量充沛，与其相连的河道，水位相对稳定，对发展航运很有利。它向南通淮河、邗沟，与长江贯通；向东通济水、泗水，沿济水而下，可通淄济运河；向北通黄河，与洛河、渭水相连，使河南成为全国水路交通的核心地区。鸿沟的开凿，为后来南北大运河的开凿创造了条件。

“是啊，可哪个君王不是这样呢？”

孟子不知道要如何说服这位君王，他已经隐约感觉到前景暗淡，但他还是要畅所欲言。“大王为何要急匆匆地谈论利益呢？臣这里有‘仁义’二字，大王治理国家，只要仁义就足够了。设想一下，如果一国之君开口闭口就是‘对我国有什么利益’，贵族大臣开口闭口就是‘对我的家族有什么利益’，百姓开口闭口就是‘对我自己有什么利益’，举国上下纷纷追求利益，那么这个国家也就到了危如累卵的地步了。大王您应该明白，一个拥有万乘的大国，作乱犯上杀其君王的肯定是家拥千乘的贵族；一个拥有千乘的国家，弑君犯上的一定是家拥百乘的大氏族。万乘之国坐拥千乘，千乘之国坐拥百乘，这富贵程度不可谓不高，但在先利后义观念的影响下，不弑君夺权独占整个国家便永远不会餍足。大王，您应该没有听说过奉行仁的人会遗弃父母、心存道义的人会做不忠于君王的事吧！您只要带头躬行仁义，就足以保国安民，光复大魏了，何必开口就向臣讨要利益呢？”

孟子一口气说完，殿堂之上，鸦雀无声。这些话，孟子已经不知道说过多少次了，但每次讲都慷慨激昂。孟子自幼师从子思门人，服膺孔子的仁政学说，45岁时开始学孔子周游列国，向各国国君宣说王者之道。先是到齐国，游说过齐威王，在稷下学宫作过短暂的讲学，收了个弟子匡章，但终因与齐威王无法产生共鸣，谢绝了价值倍于常金的好金一百镒，郁郁离开。到了宋国作了短暂停留后，不久又离开回到邹国，再后来到滕国。如今坐在这魏国的大殿上，面对眼前这位二目焦灼的梁惠王，苦口婆心地说着仁义之道，孟子忽然感觉一阵悲凉。如欲平治天下，当今之世，舍我其谁！可我的用武之地在哪？八年倏忽而过，却毫无建树，只赚了个越来越大的虚名。

“孟老先生有所不知，大王心怀慈悯，最见不得百姓受苦。”座下有大臣忍不住插话，众大臣相顾点头。

梁惠王一直沉默，听大臣说完，接过话茬，说道：“先生，说到仁，前些年魏国发生饥荒，寡人食不甘味，立即动员全国力量，把那里的一部分灾民转移到河东，又调拨河东的粮食运到河内，以赈济灾民。当河东发生饥荒时，寡人也是如此。寡人对百姓，对国家，算是尽心竭力，算是仁。寡人即位这些年，未敢一日懈怠。寡人追慕当年晋国的强大，那种号令天下、挥斥方遒的气势，普天之下没有哪个国家能比得上。但是寡人即位后，诸事不顺，与各国开战，败多胜少。向东讨伐齐国，桂陵一战，败；马陵再战，大败，太子阵亡，大将军庞涓被那孙膑射死。西边，强秦不断骚扰。南边，襄陵一战，被楚国夺了八个邑。如是等等，奇耻大辱，寡人夜不能寐。痛定思痛，寡人这才意欲重整山河，为那些为国捐躯的将士们报仇雪耻。然而政事纷乱，魏国积贫积弱，寡人不知道如何才能得偿大愿，看看邻国的君王治国理政，哪个像寡人这般尽心竭力。可是，邻国百姓并不见减少，而寡人的百姓也不见增加，这又是什么缘故呢？请先生赐教！"

孟子看着紧蹙双眉的梁惠王答道："大王东征西战，喜欢打仗，臣就以打仗来作个比喻吧。两国交战，战鼓擂得咚咚响，一方战败后，将士们抛了盔甲、拖着兵器向后溃散。有的士卒跑得快，一口气跑了一百步；有的士卒跑了五十步就停住了。那些只跑了五十步的士卒嘲笑跑了一百步的士卒说：'你们真是胆小鬼，跑得那么快！'大王您说他们嘲笑得有理吗？"

梁惠王哈哈大笑道："真是岂有此理！跑一百步是逃跑，跑五十步也是逃跑，跑五十步的干吗耻笑跑一百步的呢？寡人认为他们都是逃兵，都该杀！"

孟子说道："大王既然懂得五十步笑百步的道理，自然就不必期望看到魏国的人口增加，邻国的人口减少了。其实，您和那些君王并无两样。"

梁惠王脸色突变，双手紧紧按住面前的几案，手背青筋暴露。群臣一片哗然。

孟子不动声色，捻着胸前的三绺银须，问道："大王，您知道魏国当年为何强大吗？"

梁惠王说道："请先生讲来。"

"魏国强大，不在人口是否众多，不在兵甲是否精良，不在疆域是否广大，而在于民心向背！"孟子斩钉截铁地说道。群臣小声交谈着，不住地点头。

孟子清了清嗓子，慢慢站起身，踱着步，捻着银须，微低下颌，似在沉吟。梁惠王双膝向前挪了挪，等待着孟子接下来的话。

孟子抬起头，缓缓说道："虽然魏国现在的国土面积小了，但臣以为，拥有方圆百里之地就能称王天下，诸侯来朝。"孟子抬起右臂，声音变得响亮："大王已经有了一片仁爱之心，若能再进一步，废除那些严法酷刑，对百姓施行仁政，减免他们的苛捐杂税，督促他们除草灭荒、深耕细作。如此去做，只要不违背农时，粮食就会多得吃不完；捕鱼不用过细的网，水里打的鱼鳖就吃不绝；提着斧子进山砍伐有定时，木材就会取之不竭。粮食和鱼鳖吃不完，木材用不尽，百姓供养活人绰绰有余，安葬死人也不会有什么得不到满足。百姓生活和送葬都了无遗憾，这便是王道的开始！接下来，大王要做的是，倡导青年人在闲暇时修习孝、悌、忠、信这些美德，知道在家要孝养父母，出门在外要侍奉尊长。大王，您若有了这样的百姓，就算他们手执木棒也足以打败秦、楚这些强国的坚甲利兵。相比之下，那些霸占百姓农时的国家，他们的百姓无法安心耕种以养活自己的父母，父母挨冻受饿，兄弟分开，妻儿离散，百姓陷入水深火热之中，大王若出兵征讨他们，又有谁能和大王对抗呢？所以说施行仁政的国家，才能无敌于天下。大王啊！请您不要犹豫了！快快施行仁政，千万不要再推迟了！"

阅读点拨

孟子与梁惠王的几次对谈在《孟子》一书中有比较详细的记载。梁惠王急功近利，一见面就问孟子千里而来对魏国有什么好处。如果是和平年代，那么梁惠王可能不会如此急切。战争期间，各国君王都想在短时间内提高军事力量，以便在与其他各国的作战中，扩充国土面积，获得更多的利益。但孟子所秉持的仁义思想，最反对的就是通过战争的手段获利。他认为国君只要施行仁政，让百姓衣食无忧，再加以道德教化，凝聚了民心，国家自然会强大，自然会无敌于天下。可惜，梁惠王并没有被打动。当孟子在国君面前知无不言地阐述自己的治国主张时，并没有因为国君的不配合而愤然离席，这是孟子动人的坚持，为宣传自己的仁政思想，可谓万苦不辞。

16 孟子婆心再劝惠王

人物简介

1. 公孙丑，齐国人（今山东省寿光市圣城街道公孙村人），孟子的弟子，《孟子》一书的重要撰稿人之一。

2. 万章，孟子最重要的弟子，一生追随孟子，《孟子》一书的重要撰稿人之一。

孟子对他的父亲几乎没有印象。父亲去世后，他的母亲仉氏一边操持着家，一边把他拉扯大。孟子自小就知道他的理解力和模仿力远超同伴。7岁那年，他学会了哭丧。孟子家住的地方比较偏远，附近全是墓地。那些吹吹打打送葬的，孟子觉得好玩，和小伙伴们跟在后面看，看着看着就学会了，表演起丧葬、痛哭这些事，惟妙惟肖，惹得小伙伴们哈哈大笑。母亲见到后，叹了口气说这个地方不适合孩子居住，就搬到了街上的闹市区。孟子喜欢这个地方，比墓地好多了，人来人往，热热闹闹，有杀猪宰羊的，做小买卖的，还有游手好闲的。孟子很快认识了新伙伴。他在人群中钻来钻去，看人家吆喝、讲价，跟小伙伴们玩做生意的游戏，有时爬上树看屠夫们拿着尖刀，在磨刀石上来回蹭蹭，扑哧一下，插进猪羊的脖子，血喷涌而出。孟子兴奋地尖叫，自己做了把木头小刀，嚯嚯地学起了屠杀的营生。母亲见到后摇了摇头，觉得这个地方还是不适合孩子居住，又将家搬到学校旁边。每月初一这一天，官员陆续进入文庙，行跪拜礼，揖让进退，举手投足，合乎仪轨。孟子学会后，回家做给母亲看。孟母笑着说，这才是我的孩子应该居住的地方。

人是需要影响的，无论是儿童还是一国之君。在和梁惠王的第一次长谈后，孟子陷入了深思。梁惠王看着魏国由强变弱，有着强烈的复兴魏国的决心。这一点和过去接触过的君王不同，梁惠王成功的欲望强烈，只要入了心，他会从善如流。但恰恰又是由于复兴魏国的决心太过强烈，梁惠王需要立竿见影的治国策略，而儒家的仁政最忌讳的就是操之过急。这仁政如水，需要慢慢渗透，长时期地施加影响，才会看到变化。梁惠王恐怕等不了。但孟子不死心，他相信人心都是向善的，梁惠王怀有仁爱之心，只要不断地劝谏，接受仁政只是时间问题。

弟子公孙丑却没有孟子那般乐观，说道："先生，弟子不认为梁惠王会采纳您的建议。弟子看到他当时拿起酒杯又放下，他是压着性子在听先生讲话的。"弟子万章说："先生，这都快一个月了，好吃好喝招待着，偶尔有官员过来问候，梁惠王却一直没有再召见您，这个态度明摆着，他是想把您供起来，摆出一副敬贤的姿态。"孟子叹了口气说："再等等吧，如果三天之后还是没有消息，我就进宫面见梁惠王。"

三天之后，依然没有等来梁惠王召见的消息。弟子们劝孟子离开魏国。孟子说，有始有终，再去见一面吧。

孟子来到宫中，太监说梁惠王在后宫苑囿游玩。孟子本想告退，太监笑嘻嘻地说来都来了，见见大王吧。孟子无奈，只得跟随太监来到后宫。

远远见到一群嫔妃围着梁惠王欢声笑语，孟子心想这么些年还未曾见到哪位君王听了仁义后开怀大笑的。梁惠王见是孟子，好像有点吃惊，待孟子走近，问了一下孟子的饮食起居是否习惯，是否还有其他需求。孟子拱手谢过，说吃得好住得好，不敢劳大王挂念。梁惠王指着苑囿中的飞雁驯鹿，得意地问道："老先生，你们这些贤达之士也能享受这种快乐吗？"

孟子正色道："大王，据臣所知，贤达之士先是修养自己高尚的品德，然后才去享受这种生活的乐趣；品行配不上的人，即使有条件享受这样的生活，也不会感到真正的快乐。当年周文王建灵台的时候，百姓自发地出工出力，没几天就盖好了。周文王仁慈，没有劳役百姓，百姓却踊跃参加。周文王来到苑囿游览，看到的是鹿群安逸地休憩，白色的大鸟扇动着光洁的翅膀；周文王去水塘，看到的是成群的鱼儿欢腾跳跃。周文王借助百姓的力量修筑楼台，挖建池塘，百姓发自内心地欢乐，为有这样的楼台池塘而倍感荣幸，尊楼台为灵台，尊池塘为灵池，为他们大王的苑囿中有这么多鸟兽虫鱼而高兴。大王，您问贤达之士也能享受这种快乐吗？像周文王这样的古代贤者，能够与民同乐，所以才能真正体会到拥有楼台池塘的乐趣啊。《尚书·汤誓》里说，太阳啊，你什么时候死去，我们宁愿与你同归于尽！像夏桀这种百姓怨恨到宁愿与他同归于尽的君王，即便他拥有再多的水榭楼阁、鸟兽鱼虫，又如何能享受其中的快乐呢？”

梁惠王摸着鹿苑的栏杆。半晌，他缓缓地吐出一句话：“寡人还是那个志向。自寡人即位以来，四面受辱。寡人要报仇雪恨，与那些侵我大魏者彻底清算。先生您就帮寡人想个最快的办法吧！寡人等不了那么久！”

孟子虽然已经清楚地看到这场谈话的结局，但还是诚恳地说道：“大王愿意听臣的意见吗？”

梁惠王面无表情地说：“寡人一向从善如流，乐意接受先生的指教。”

想起上次的交谈，孟子向梁惠王提出仁政后，梁惠王从感兴趣到犹豫再到不耐烦，急转直下的情绪让孟子有些措手不及。这次又听到这番话，堂堂一国之君，急功近利到如此地步。难道施行仁政就这么难吗？那就去杀人好了。

“大王，您觉得杀人用木棒与用刀剑有什么不同吗？”

孟子这一问，大出梁惠王所料。他左手比划木棒，右手比划刀剑，想了想说：“寡人看不出有什么不同。”

孟子又问：“大王，用刀剑杀人和用政治手段害人，有什么不同吗？”

梁惠王犹豫了一下回答说：“好像也没有什么不同。”

孟子说：“大王，魏国与他国交战的这些年，百姓没有得到休养。今年又是灾年，臣来大梁的路上，狼犬横行，百姓卖儿卖女，哀嚎遍野，苦不堪言。臣来到宫中看到大王这，佳丽三千，莺歌燕舞，厨房里有成垛成垛的粮食，吃不完的大鱼大肉。马厩里的马养得个个膘肥体壮、毛皮油亮。那些高高在上的地方长官，不行仁义，龇牙咧嘴，盘剥起百姓来，毫无底线，这不就是另一种吃人吗？甚至比那些吃人的野兽还要残忍。试问，身为父母官的他们当官的意义何在？孔老夫子当年说过，第一个发明土俑、木俑殉葬的人，一定会断子绝孙！夫子仁慈，忍受不了用人形样貌的土俑、木俑去殉葬。照这样看，身为一个城池的地方长官，一个国家的执政者，又怎么能忍心让自己的百姓饥饿而死呢？看看吧！猪狗吃着应该配给百姓的粮食，道路上却随处可见饿殍的人。百姓苦啊！他们都饿死了，执政者却辩解说这不是他的过错，是由于年景收成不好。大王，这种说法和用刀杀死人却说‘这不是我杀的，是兵刃杀的’有什么不同呢？相反，大王您如果认识到这一点，肃清吏制，施行仁政，这样，全天下的百姓就都会来投奔您了。到那时，大王何愁不能光复大魏呢？”

梁惠王等孟子说完，扔了块肉脯给猎犬，不耐烦地说道："那依先生之见，应该如何施行仁政呢？"

孟子的心凉了半截，上次的话算是白说了。心想这是最后一次，讲完立即离开这个不良之地，便说道："大王，施行仁政比带兵打仗容易得多。给百姓休养生息的时间，让他们在自家的五亩地里种上桑树，这样50岁以上的老人就可以穿上丝织的衣服了。家里的鸡、狗、猪等禽畜，不要错过配种繁殖的时机，这样70岁的老人就都能吃上肉了。百姓有百十亩地，不要妨碍他们生产，这样几口之家就可以不至于挨饿受冻了。办好学校，好好地施行教化，向百姓讲授孝悌之道，尊重父母，爱护兄弟，这样须发皆白的老人就不会肩扛、背驮着重物奔波在路上了。大王啊，魏国的百姓，70岁以上的老人能穿上丝织的衣服，能隔三差五地吃上肉，百姓饿不着冻不着，如果这样还不能称王天下的话，那就没有天理了！"

梁惠王听孟子说完，轻描淡写地说道："孟老先生您说得太好了，寡人知晓了。您年纪大了，一定累了，请回去好好休息吧。这边有上好的鹿肉，一会给您送过去。这鹿肉，味道绝了！"

阅读点拨

周文王是孟子心中的理想君王，施行仁政，与民同乐，得到人民的拥护。孟子周游列国，也希望能找到一位这样的君王，辅佐他，成就一番事业。但是他的愿望屡屡落空。上一次的交锋，孟子大概知道了梁惠王的态度，也许孟子知道梁惠王不会采纳他的治国之策，但还是苦口婆心地再三劝说。有人说孟子不识时务，但孟子的可贵之处就在于，他继承了孔子"知其不可而为之"的精神，为理想孜孜以求，虽九死其犹未悔。

17　会襄王孟子心黯然

人物简介

魏襄王（？—前296），姬姓，魏氏，名嗣，又名赫，梁惠王之子，战国时期魏国的第四位国君，前318年即位，前296年薨，其子魏昭王即位。

孟子回到馆驿后，弟子们见他脸色难看，纷纷过来劝慰。

“梁惠王本不是轻易听进劝谏的君王，先生不必自责。”

“是啊，先生。当年相国公叔痤临终前，劝梁惠王重用他门下的公孙鞅，说此人虽然年轻，却有经天纬地之才，可以为相；如果不用，最好杀掉以除后患。梁惠王虽然嘴上答应，但没有采纳。公叔痤死后，大夫公子卬再次举荐公孙鞅担任相国，梁惠王还是没有采纳。梁惠王之固执，可见一斑。”

“先生，在梁惠王眼里，贤士甚至还不如一颗珠子。听说梁惠王与齐威王有次一起打猎，梁惠王问齐威王齐国有何宝物。齐威王说没有。梁惠王得意地说他有能照亮十二辆车子的夜明珠。梁惠王嘲笑齐国这个地大、人多、兵力强盛的大国却没有拿得出手的宝物。齐威王说他的宝物与梁惠王的大不一样。梁惠王的夜明珠再亮也是死的，他的宝物是活的；梁惠王的宝物会引起国家混乱，他的宝物能保国安民；梁惠王的宝物有价，他的宝物无价。梁惠王问齐威王是何宝物如此厉害，能否拿出来观赏一番？齐威王说：‘我有大臣名檀子，镇守下陲，强楚不敢犯境，泗上诸小国争相来朝；有能臣名朌子，镇守高唐，赵人不敢到黄河东边捕鱼；有贤臣名黔夫，镇守徐州，吓得燕人北门祈祷，赵人西门祈祷，祈求神灵保佑，还有千余户他国百姓归顺我国；有良吏名种首，治理国内，临淄城夜不闭户，路不拾遗。这四位能臣贤相，就是我国的宝物，岂止照亮十二辆车子，甚至能光照寰宇。’”

听弟子说到齐威王，孟子叹气，心想齐威王也算明君，可惜与我无缘。齐威王重用人才，却单单不用我。

“梁惠王也是有雄才大略的君王。”孟子不愿说梁惠王的不是，便说：“可惜我的仁政打动不了他，我们还是走吧。”

“先生，马上过年了，我们过完年再走吧。天气寒冷，弟子担心您的身体。”

“好吧。也许……也许梁惠王还会召见我。”

孟子没有等到梁惠王的再次召见，却等来他薨的消息。接替梁惠王的是他的儿子赫，即魏襄王。等到国葬结束，魏襄王坐稳王位后，孟子打算见见这位新君。众弟子劝孟子不要抱太大希望。孟子笑了笑，说道：“见见也无妨。好推测推测魏国的国运，再决定我们的去留。”

巳时一刻，孟子进宫面见魏襄王。晌午时分，孟子回到馆驿。众弟子围上来端茶送水，捏肩捶背，问这番进谏如何。

孟子说：“这么短的时间能谈出什么？这位新君，远远看上去没有君王的样子；走近看，没有什么让人敬畏的地方。抓耳挠腮，还没等我问候，突然就问：‘怎样才能使天下安定？’比他爹梁惠王还要急躁。我说：‘天下统一就能安定。’他又问：‘谁能统一天下？’我对他说：‘施行仁政，不喜欢杀人的国君就能统一天下。’他说：‘不杀人的国君还叫国君吗？杀人才能树立威信，不杀人谁会来归顺呢？’我说：‘杀人的国君，人皆远之；不杀人的国君，天下人会蜂拥而至地来归顺他。大王您大概知道禾苗生长的情况吧，七八月间，天气炎热，若遇上大旱，禾苗必会枯萎。然而一旦乌云四合，天降大雨，禾苗立即就会欣欣然地挺立起来。这种勃勃的生机，没有任何力量能够遏制。正是因为现在的国君，没有不喜欢杀人的，如果出现一位施行仁政、不滥杀无辜的君王，那全天下的百姓都会伸长脖子像久旱的禾苗盼望雨水一样盼望着他。真有这样的君王出现，百姓怎么会不归顺呢？这就像水往低处流，那种汹涌澎湃之势，又有谁能阻挡得了呢？可惜啊，可惜。’”

果然，孟子的一番话，魏襄王根本没有听进去。

众弟子收拾好行囊，问孟子下一站去哪里。孟子说：“淳于髡来信说，齐威王薨，齐宣王即位，希望我到齐国看看。”

阅读点拨

与梁惠王的儿子魏襄王的一番对谈，彻底让孟子的希望破灭了。从见第一面起，孟子对魏襄王就没有好印象。儒家重视礼仪，坐要有坐相，站要有站相。君王贵为一国之主，要有君王的气势，但魏襄王抓耳挠腮，说话粗俗，将杀人作为显示国君威严的利器。孟子当然非常不满意。道不同不相为谋，孟子与魏国的缘分已尽。

18 讽齐宣王独不好士

人物简介

齐宣王(约前350—前301),妫姓,田氏,名辟彊,田齐的第五位国君,齐威王田因齐之子。齐宣王执政期间,继承祖父桓公午、父亲齐威王的事业,不断发展稷下学宫,为齐国招来各方人才,使得齐国国力继续提升。

齐威王薨后,他的儿子田辟彊即位,即齐宣王。

经过桓公午、齐威王两代君王的努力,稷下学宫无论是建筑规模,还是集聚而来的士人的数量,都有了长足的发展。齐宣王即位后,见各诸侯国招纳贤士的力度越来越大,再发昭告,凡是有才学者,皆可来稷下学宫,齐国已经铺好了平坦畅达的大路,修好了高门敞亮的屋宅,就等着金凤凰到来。一时之间,各国有德有能之士,均汇集到了稷下学宫。除了元老淳于髡,列为上大夫者,多达几十人,另有游说之士上百人。

齐宣王吸纳各方人才的举措,与淳于髡不无关系。齐宣王即位之初曾与淳于髡有过一次对话。

某日,齐宣王莅临稷下学宫,闲聊中,问淳于髡:"先生可否谈一谈寡人有什么喜好?"淳于髡说:"古代君王喜欢的有四样,而大王喜欢的有三样。"齐宣王有些不解,问道:"先生,此话怎讲?"淳于髡说:"古代君王爱宝马,大王也爱宝马。古代君王爱美味珍馐,大王也爱美味珍馐。古代君王好妇人之美色,大王也好妇人之美色。古代君王尊崇贤达之士,而大王却不尊崇贤达之士。"

齐宣王听后，不以为然地说道："并非寡人不爱良才俊杰，放眼四海，除先生外，哪有什么德才兼备之士，否则寡人定会尊崇他们。世无良才，怎能说寡人不尊崇有才德的人呢？"

淳于髡说："臣之才不足挂齿！古代有骏马，如今虽说没有，但大王您仍然会从众多马中挑选，可见大王您是真的喜欢骏马呀；古代有豹胎、象胎[1]这样的美味，如今虽说没有，但大王您仍然会从众多美味

---

① 意指豹、大象的胎盘，为珍贵的肴馔。出自《韩非子·喻老》："昔者纣为象箸而箕子怖，以为象箸必不加于土铏，必将犀玉之杯；象箸玉杯必不羹菽藿，必旄、象、豹胎"。意思是，纣王有了一双象牙筷子，箕子感到恐惧不安，认为象牙筷子必定不能放到泥土烧成的碗、杯里去，必然要使用犀牛角、玉石做成的碗、杯；用着犀牛角、玉石做成的碗、杯，就必定不会吃豆子饭、喝豆叶汤，则必然要吃牦牛、大象和豹的胎盘。

中挑选，可见大王您是真的喜欢美味呀；古代有毛嫱、西施这样的美女，如今虽说没有，但大王您仍然会从众多美女中挑选，可见大王您是真的喜欢美色呀。大王，如果您真的爱良才俊杰，也一定能找到。”

齐宣王听后，陷入深思。

次日，齐宣王备好礼物，再次登临稷下学宫，向淳于髡深施一礼后说：“先生昨日所言极是，请先生向寡人举荐人才吧！”

淳于髡见齐宣王从谏如流，心中喜悦，一日之内，向齐宣王推荐了七位贤达之士。齐宣王先是高兴，旋即对淳于髡如此快速地推荐人才产生了怀疑。思来想去，齐宣王将淳于髡召到宫中，忐忑地说道：“淳于先生，寡人信任您，但寡人心中有个疑问。寡人听说，能在方圆千里的范围内找到一位贤达之士，那么天下的贤达之士就多得可以肩并肩地排成行了；能在古今上下近百代的范围内出现一个圣人，那么世上的圣人就多得可以脚跟挨着脚跟了。如今，先生您在一日之内就给寡人推荐了七位贤人，如此看来，贤人岂不遍地都是。这是不是有点太多了？”齐宣王说着说着有点尴尬地笑了。

淳于髡听完齐宣王的话，笑了笑说：“大王您多虑了。大王听臣解释。物以类聚，人以群分，大王应该明白这个道理吧！”齐宣王点头。

“同种类的鸟，总喜欢栖聚在一起；同种类的野兽，总喜欢行走、生活在一起。设想一下，有人想要柴胡、桔梗这类药材，若到低洼潮湿的地方找寻，别说短短几日，就算几辈子也找不到；但若到山上去找，那就多得可以用车来装了。万物都是同类相聚。臣向来与贤达之士为伍，臣交的朋友个个都是德行高尚、才智超群的人。大王您要臣推荐贤士，对臣来说，就像从河里舀水，用火石取火一样，易如反掌，而且取之不竭，您怎么还嫌臣一日之内给您举荐的贤士太多呢？不瞒大王，臣周围的贤士数不胜数，岂止这七个人。如果大王愿意，今后，臣还要继续向大王推荐。大王，您是愿意还是不愿意？”

齐宣王抚掌大笑道：“太好了！太好了！寡人知错了，请先生继续为寡人举荐人才吧！”

阅读点拨

历经桓公午、齐威王、齐宣王三代，齐国国运不断昌盛，这与三位国君对人才的重视不无关系。在齐宣王手中，稷下学宫得到了空前的发展。战国时期的重要流派以及代表性人物，几乎都在稷下学宫留下了足迹。

淳于髡作为稷下学宫的元老级人物，继续发挥着劝谏君王、为齐国举荐人才的作用。在与齐宣王的某次对谈后，淳于髡一口气推荐了七位人才。这让齐宣王大为困惑。淳于髡用鸟、兽、药材作类比，说出了“物以类聚，人以群分”的道理。从另外一个角度我们也可以得到启示：你是什么样的人，就会交什么样的朋友；你想成为什么样的人，就要交什么样的朋友。这说明了交友的重要性。

19　六月飞雪只为邹衍

人物简介

1. 邹衍（约前324—前250），齐国（今山东省济南市章丘区相公庄街道郝庄村）人，稷下学宫的著名学者。阴阳家代表人物、五行创始人，著有《邹子》一书。邹衍提倡五行说、五德终始说和大九州说，又因他尽言天事，被称为“谈天衍”，又称邹子。

2. 燕惠王（？—前272），姬姓，名不详，燕昭王之子，战国时期燕国国君，前279—前272年在位。

在稷下学宫这个百家争鸣的舞台，各学派思想大师竞相登场，可谓繁花绚烂，各俱其芳。在这人类群星闪耀的星空中，有一位被誉为诸子之首者，那就是邹衍，司马迁称赞他：“邹衍之术，迂大而闳辩。”

诸子百家，影响最大者共有十家，分别是儒家、法家、道家、墨家、阴阳家、名家、杂家、农家、小说家、纵横家，邹衍便是阴阳家的开创者，他知识丰富，尽言天事，当时被叫作“谈天衍”。他提出五德终始说和大九州说，认为整个物质世界是由金、木、水、火、土构成的，事物的发展变化是通过五行相克和五行相生来实现的。人类社会的改朝换代与自然界一样，也是一种客观必然。自开天辟地以来，人类社会都是按照五德转移的次序进行循环的，每一朝代都主一德，每一德都有盛有衰。盛时，它对应的那个朝代就兴旺发达；衰时，这个朝代就要灭亡。人类社会的历史变化遵循着五行相生相克的规律进行着循环。此学说一产生就受到各国的推崇。邹衍在当时受到了最高的礼遇。犹记得，孔子在周游列国宣扬仁道时，别人说他如丧家之犬；孟子一生也周游列国,四处碰壁。唯有邹衍周游列国,各国国君人人待之如上宾。他到大梁,梁惠王亲自到郊外迎接,毕恭毕敬地三跪九叩;他到赵国,平原君让他位列主位,自己则在一旁陪坐;他到燕国,燕昭王亲自拿笤帚扫街以待,还专门为他盖了一座碣石别墅,且以尊师之礼侍奉。这天壤之别的待遇真让人徒生感慨。

然而人生的际遇如浮云来去,不可得亦不可追。备受世人尊崇的邹衍也有过一次跌落谷底的人生境地。当他身居燕国时,燕国有着来自各方的贤能之士。赵国的剧辛、洛阳的苏代、卫国的屈庸、魏国的乐毅,大家来自五湖四海,均做了燕昭王的客卿,为燕国鞠躬尽瘁。燕昭王亦视之为心腹,君臣一心,前路可期。然而好景不长,燕昭王还未等到自己的宏图大志实现的那天便薨了。太子乐资即位,即燕惠王。燕惠王不信任先王曾经的股肱之臣,齐国便借此机会加以离间,使燕惠王换下曾为燕国攻下齐国七十多座城邑的乐毅。乐毅为脱身免祸,也为了不负先王的知遇之恩,逃到了赵国。其他的贤士受到冷落,便各寻退路去了。可邹衍并没有选择明哲保身地离开,而是留了下来。他相信自己对燕国的忠诚终会感化新君,获得和以往相同的待遇。而燕惠王终不是燕昭王,即便是父子,也有着截然不同的两种人生选择和态度。所以,这次赌注,邹衍押错了。

前线捷报频传,燕惠王有些被胜利冲昏了头脑,觉得自己不日便可登上霸主之位,君临天下,为永保此霸主之位,必先保住霸主之身。他派一个人四处学习长生不老之术,没想到的是,长生不老之术还没学成,那个自称要教长生不老之术的人却先死了。燕惠王大怒,那感觉就像到嘴的鸭子又飞了,恼羞成怒无处发泄,必须要治这个将学未学之人的罪才能稍息震怒。臣子们都对此无动于衷,这种关头,谁也不会多说一句,那纯粹是没事找事。天子之怒,伏尸百万,流血千里,要杀一个小小的无名之辈更是如踩死一只蚂蚁一样简单。而此时,唯有邹衍站出来,劝阻燕惠王说:“人们都担心自己会死,所以最珍视自己的生命。那个自称会长生不老之术的人连自己的命都保不住,又怎么可能保住大王的命呢?”

此番话并非为那个死罪之人辩解,纯粹出于对客观事实的执着,就像皇帝的新装中说出真话的那个孩子,那个孩子的结局如何,安徒生并没有说，但邹衍说真话的结果是锒铛入狱。当众指出君主的不明，这不是自寻死路吗？

燕惠王不仅没改前令，同时也把邹衍送入了大牢。

时值炎夏，天热难耐，大牢之中更是不胜其苦。一堵高墙为界，将邹衍的世界分成两半，曾经的辉煌已遁入往昔，当下的苦难亦无法排解。想年轻时，自己致力于阴阳之学，写下《终始》《大圣》等著作十万余言。又想起当年燕昭王在易水旁修筑黄金台，广招天下人才，邹衍正是看重燕昭王这份招贤强国的决心，才毅然来到燕国。在燕国，他主要负责发展生产的工作，尽心竭力，不负国君重托。而其后几年，燕国联合其他诸侯国一起伐齐，作为一个齐国人，邹衍自是对这次征伐持保留态度，而这也成为日后燕国朝堂之上许多人的眼中刺，只等合适的时机，必拔之而后快。所以，今时今日的结局，似是早已注定。

念及此，邹衍一阵脊背发凉，为人心之叵测险恶，更为真理之不得伸张。他踱到牢狱的铁窗前，窗外烈日当头，艳阳高照，晴空万里无一丝云，除了树上不要命嘶鸣的夏蝉，万物俱寂。正午的阳光直射进邹衍的眼眶，刺得他睁不开眼睛。

老狱卒走进来，看到憔悴的邹衍，心生怜悯。老狱卒轻轻敲了敲牢门，将食物和一壶酒送进来，说道："先生您已经三天没有吃东西了，请吃点吧。这酒是老奴平日里喝的，先生若不嫌弃，可以尝尝。先生放宽心，也许过些日子大王想明白了，还会起用先生。"

邹衍的嘴唇动了动，但并没有说话。

老狱卒叹了口气，说："连我们这些人都知道先生是冤屈的，但这牢狱之中，又有谁不是冤屈的呢？"说罢转身就要走。邹衍睁开眼，说："多谢老人家这些天的照顾。"老狱卒拱了拱手，道了声保重，转身离去。

一口酒下肚，燃起了邹衍满腹悲愤。

"苍天啊！何以至此啊！"邹衍仰天恸哭，借着酒的力量，积蓄太久的悲愤倾泻而出，如万马奔腾，山呼海啸，席卷了这世上所有的不平与不甘。

此时，风云突变，方才的晴日转瞬不见，黑云聚集笼罩，天空突降霜雪，在这盛夏的六月。

六月飞雪，天降异象，燕国人议论纷纷，燕惠王更是心有余悸，他害怕这是老天对蒙冤入狱的邹衍的警示，便很快放了邹衍。

几经辗转，邹衍离开燕国，最终回到了齐国。

阅读点拨

元代戏曲家关汉卿创作过一部杂剧《窦娥冤》。民女窦娥受冤屈被处斩，临刑前她向苍天发下三大誓愿：如果她是冤枉的，一是热血溅到白练上，二是天降大雪，三是楚州大旱三年。当时正是六月，窦娥死后，竟然狂风大作，天降大雪。六月飞雪表示有冤情，这个典故正出自邹衍。在这个故事中，邹衍没有及时离开燕国，你可以说他没有识人之明，但也有可能是他不到最后一刻还是不想放弃，这份孤勇让人感叹。

20 言利害劝齐勿伐魏

战国时期，各国之间的关系如同游戏：今天你打我，明天我打你，后天咱俩联合起来再打他。

齐国与魏国在结盟一段时间后，因某次齐国攻打楚国，魏国作壁上观，致使齐国兵败。齐王迁怒于魏，准备讨伐背信弃义的魏国。

齐国兵败，魏国稍弱，虽然两国交锋，胜负难说，但魏王不愿与齐王发生冲突，问有谁能向齐王陈述利害，罢兵和好。座下大臣车构说："臣听闻稷下先生淳于髡，能言善辩，深得齐王信任。若能得他进言，兵困可解。"魏王说："好。"车构带着白璧一双、良马八匹来见淳于髡，恳请他向齐王说情："魏国的安危，就系于先生之言了，请万勿推辞。"淳于髡爽快地答应下来。

次日，淳于髡入宫，开门见山地对齐王说："臣听说大王要攻打魏国，臣以为此事欠妥。"

齐王说："愿听先生高见。"

淳于髡说："韩子卢是全天下跑得最快的狗。东郭逡是全天下最狡猾的兔子。平常想捉住它们不容易。大王设想一下，如果韩子卢追逐东郭逡，环绕高山追三圈，再翻越五个山头。东郭逡在前面窜得极其疲惫，韩子卢在后面追得气喘吁吁，追到最后，二者必会力竭而死。如果恰好有农夫看到，得到这二者，岂不是唾手可得。"

"魏国是齐国的盟友，秦国、楚国才是齐国的仇敌。齐国攻打魏国，若无速战速决的把握，必将长久对峙。战争是最不吉祥的事，会导致国库匮乏、士兵疲困、民众惶恐，届时，强大的秦、楚必会像农夫那样轻松获利。因此，伐魏之事，请大王慎重考虑。"

齐王讨伐魏国，本就是气迷心窍，听了淳于髡这番分析，就坡下驴，放弃了讨伐魏国的打算。

淳于髡前脚刚走，齐王的近臣谷殇前来禀告："大王，臣听说淳于先生之所以劝您不要讨伐魏国，是因为他暗地里收了魏国大臣车构敬送的白璧和宝马。他根本不是从齐国安危的角度来劝您，全是出于个人私利啊。大王如若不信，可召他来，一问便知。"

齐王不悦，急召淳于髡回宫对质。

齐王一见淳于髡，劈头盖脸地问道："寡人待先生不薄，无案牍之事劳烦先生，俸禄堪比上大夫，听闻先生劝寡人是收了魏国的白璧和宝马，可有此事？"

淳于髡说："有。"

齐王脸色一沉，追问淳于髡："先生是生活困顿吗？寡人可以为先生追加俸禄。先生若是受魏国使臣托付才阻止寡人出兵魏国，这事办的似乎不妥吧！"

淳于髡不动声色地说道："臣只是给大王分析出兵讨伐魏国的利害，这与魏国使臣无关。即使没有魏国来使，臣也会这样说。为大王讲明道理是臣的职责，是否采纳是大王您的权力。如果大王认为攻打魏国有利于齐国，魏国即使因为臣说情无功而刺死臣，对大王来说也毫无影响。如果大王知道攻打魏国真的不利于齐国而罢兵，魏国因此赏赐了臣，大王也没有什么损失。况且不攻打魏国，大王就不会落得攻打盟国的恶名，魏国也免除了被灭的危险，百姓更不会遭受战争之祸，这等好事，即便臣收了白璧和宝马，对大王您来说又有什么损失呢？"

齐王听完淳于髡的解释，窘迫地笑道："先生一席话，倒显得寡人小气了。先生勿怪！先生勿怪！"

阅读点拨

这个故事的焦点在于淳于髡收下了车构送的一双白璧、八匹良马,这种行为是礼尚往来还是受贿?谷殇认为是受贿,淳于髡则认为是礼尚往来。谷殇的理由是,淳于髡收了礼物后,劝谏就不是出于公心而是出于私利。淳于髡的理由是,收不收礼物都不会影响他的劝谏。至于采纳不采纳,是由齐王来决定的。故事有意思的地方就在于各人对相同一件事有不同的观点。故事中的人各执己见,故事外的你怎么看?

21 谏宣王勿树怨为德

人物简介

1. 燕昭王(前335—前279),姬姓,燕氏,名职,燕国蓟城(今北京市)人,战国时燕国的第三十九位国君。在位期间,重用人才,将燕国带入鼎盛时期。

2. 郭隗,燕国(今河北省涞水县隗家庄村,也有说法是河北省满城县)人,纵横家代表人物。

3. 乐毅,生卒年不详,子姓,乐氏,名毅,中山灵寿人,杰出的军事家,辅佐燕昭王振兴燕国。

4. 剧辛,上谷容城(今河北容城县)人。燕国将领,兵家代表人物,辅佐燕昭王大破齐国。著有《剧子》一书。

齐国与燕国相邻,两国自周天子时,就惺惺相惜,也争斗不断。

前318年(燕王哙二年),燕王哙将燕王的君位禅让给了相国子之,同时把俸禄三百石以上官员的玺印全部收回,交由子之任命。这样,燕国一切事务都落在了子之手里。但是,子之不得民心。前314年(子之三年),太子平与将军市被起兵攻打子之。兵败后,市被死于乱军之中。齐宣王借为燕国平乱之名,趁机派将军匡章率军伐燕。中山国也趁火打劫,出兵攻占了燕国的部分城池。五十天后,燕国亡,燕王哙和子之被杀。

齐宣王见到将军匡章为他掠来的财宝和燕国的俘虏非常高兴,选了个良辰吉日,在朝会上举行了献俘仪式。在仪式结束后的庆功宴上,齐宣王喜形于色,双手举杯向他的臣子炫耀道:“寡人讨伐燕国，救燕国百姓于水火之中，只用了短短五十天，兵不血刃，没有枉杀一个人。来来来，我们君臣同饮共庆。”群臣举杯，纷纷争颂齐宣王的功德。

不久，燕国残留的军民奋起反抗，加之韩、赵、秦、楚等国联合施压，齐国不得不仓皇退兵，投降的燕国人也叛齐归了国。齐宣王听闻后，恼羞成怒，召集群臣和几个德高望重的稷下先生朝议此事。

“寡人对燕国人可谓仁至义尽，给他们提供衣食、庇佑，他们却反叛。早知今日，寡人当时对他们就不应该施以仁德！一帮忘恩负义的贱民！”

群臣虽然听出了齐宣王的这番话有问题，但都沉默不言。

淳于髡仰天大笑，声振朝堂。

齐宣王强压怒火，待他笑声停止，问道：“先生是在取笑寡人吗？”

淳于髡拱手说道：“臣不敢。臣取笑的是臣的邻居汤翁。”

齐宣王说：“汤翁何许人也？说来听听。”

“臣的邻居汤翁前段时间生病，用过各种药都不见起效。他家里有钱，他的儿子颇有些孝心，请巫医向神灵祷告。巫医转告神灵的话说：‘你若能救活万条生灵的性命，我就会向天帝为你的父亲求情，祛除他的病患，延长他的寿命。’汤翁的儿子答应下来，派家丁到山上搜捕，到林中网罗，到湖沼里捕捞，捉到的各种活物数以万计。向神灵祷告完后，汤翁的儿子把这些鸟兽鱼虾放生。这些被捕时折了翅膀、断了腿的生物，在仓皇逃窜中踩踏、相撞，哀嚎和惨叫声弥漫了整片天地。第二天汤翁就一命呜呼了。汤翁的儿子非常恼火，边哭边质问巫医：‘神灵也会骗人吗？该做的善事我都做了，为什么我的父亲还是去世了？’巫医听了汤翁儿子的叙述后，笑着说：‘我刚才还纳闷你的父亲为什么会突然去世，原来如此！你所谓的放生是自欺欺人的杀生罢了，哪里是放生？自己不反思，却来怪罪神灵。你这罪过大了！’”

淳于髡稍微停顿了一下，见齐宣王低着头若有所思，群臣面露狡黠，冲着他轻轻点头，继续说道：“燕国君臣上下不行正道，然而百姓是无辜的。他们的罪愆，自有上天惩罚，但大王您却用平乱之名征伐、掠夺了他们的财物，迁移了百姓的居所，致使燕国上下怨声载道，哀哭之声，上达天庭，鬼神听了不得安宁，上帝听了怒不可遏，大王您却说没有杀一个人，还自比商汤、文武，岂不是自欺欺人！大王难道不知，人身脆弱，挨饿会死，受冻会死，哪里是加受刀枪的死才算被杀呢？常言道，做下怨仇之事却当作积德行善。大王所为，即是如此。您不知反思，却责怪燕国百姓不懂感恩，臣不敢苟同。”

齐宣王听了冷汗直冒，忙站起身，向淳于髡深施一礼，说道：“先生教训的是，寡人知错了。”

自此之后，齐宣王对淳于髡愈发倚重。见太子一天天长大，齐宣王想让淳于髡做他的老师，说唯有淳于髡的德行和能力能担得起这一重任。淳于髡推辞道：“万万不可！臣年纪尚轻，德不高，望不重，能力不足以担此大任，大王您还是挑选德高望重的长者担此重任吧。”

齐宣王正色道：“先生过谦了，请勿推辞。寡人不是要求您将太子培养得像寡人这般贤明。寡人的贤明是天生的。先生只需把太子培养得像尧帝那般便好，退而求其次，或者像舜帝那样也行。”淳于髡以为齐宣王在开玩笑，但见他一本正经的样子，倒是惊得目瞪口呆，心想这齐宣王哪来的自信？

再说被齐国讨伐过的燕国。

此后，赵国拥立在韩国当人质的公子职，并派兵将他护送至燕国。燕国相国子之死后两年，燕国人共同拥立公子职为王，即燕昭王。

燕昭王在易水[①]建都城武阳城，发誓要复兴燕国，报仇雪耻。他

---

① 易水，在今天的河北省西部。源出易县境，入南拒马河。后来，荆轲入秦刺秦王，燕太子丹在此为他饯行。高渐离击筑，荆轲和而歌曰：“风萧萧兮易水寒，壮士一去兮不复还。”后人称其为《易水歌》。

采纳了郭隗的建议，拜郭隗为师，给予优厚的待遇，以“千金买骨”[①]表露招贤纳士的决心，筑黄金台，亦称招贤台，引得各国贤士们争着奔往燕国。燕国很快聚集了一大批各方面的人才，其中最著名的有三位：乐毅、邹衍和剧辛。

燕昭王吊唁祭祀死难者，慰问孤儿，和臣子们同甘共苦，后又任命乐毅为亚卿，改革国政，励精图治，使得原本弱小的燕国逐渐成为一时的强国。燕国殷实富足了，士兵都乐于出击，不再惧怕战事。

阅读点拨

齐宣王的好大喜功和盲目自信，不只表现在讨伐燕国的态度和为太子找老师上。齐宣王喜欢射箭，他平时所用的弓的力量不过三石，却喜欢听别人说他能用硬弓。每次他将弓拿给左右侍从，侍从都装作使出全力试拉这张弓，拉到一半就停了下来，摇头喘气道：“大王天生神力！这张弓的弓力绝不低于九石，除了您，全天下谁还能用得了这样的弓！”齐宣王一辈子都自认为用的弓是九石。齐宣王真的不知道自己有多大臂力吗？也许他真的不知道，也许他即使知道，也愿意沉浸在周围人的吹捧中。这就是权力给权力拥有者带来的快感吧！而危险的地方在于，听惯了这样的吹捧，国君日复一日地沉溺在这些虚幻的假象中，渐渐失去了认清真相的能力。

---

① 这是郭隗为燕昭王讲过的一个故事。有位国王，一心想得到千里马，就派人在全国各地张贴布告，说他愿出千两黄金购买。可三年过去了，一匹马都没有买到。国王身边有个侍臣说他愿意带上一千两黄金外出寻找千里马。国王同意了。于是，侍臣带着一千两黄金，四处奔走寻千里马。他花了三个月的时间，才打听到一点消息，可等他赶到时，那匹千里马已经死了。侍臣毫不犹豫地拿出五百两黄金，买下了那匹千里马的尸骨，带回来献给国王。国王斥责道：“我要的是一匹日行千里的活马，可你却白白花掉五百两黄金，买回一堆千里马的尸骨，这有何用呢？”侍臣不慌不忙地答道：“大王，您买了好几年的千里马都没买到，并非是世上没千里马，而是人们不相信您真的会出千金买马呀！如今我花掉五百两黄金，为您买了一堆千里马的尸骨，消息传开后，天下人都知您珍爱千里马，过不了多久，就会有人把活的千里马给您牵来。”果然，不到一年，就有好几匹千里马被送到了国王那里。

22 宋钘遇孟子于石丘

人物简介

宋钘(jiān)(约前370—前291),又称宋子,宋国人。战国时期著名的哲学家,宋尹学派创始人及代表人物,是战国时期道家学派的先驱。他继承了老子的思想,提出“情欲寡”“见侮不辱”等学说,主张“崇俭”“非斗”。孟轲与庄周都尊他为“先生”。在齐威王、齐宣王时,宋钘曾游学于稷下学宫。

天高云淡,孤雁南飞。一乘车马,自南向北,疾速而行,车后尘土飞扬。坐在车里的是位穿着灰袍的长者,白面银须,二目微闭,眉头轻锁。

“先生坐稳了,这段路不好走。”车夫提醒道。

“前方是何处?”

“马上到石丘了。”

远远见到前方有几辆马车,四个人站在路边。车夫有些紧张,现在正是战乱时期,路上很不安全。到了近前,路边站立的四人中,有位年轻人拱手说道:“敢问这位兄弟,可有多余的水?我家先生口渴难耐。”车夫松了口气,转身去车厢取水,说:“先生,顺便下来活动活动腿脚吧。”

长者下了车。四人向长者行了个礼。车夫将水囊递给年轻人。年轻人将水递进车厢,说:“先生,遇到好人了。请先生用水。”车厢窗帘一角伸出一只苍白的手,接过水囊后,迅速缩回,只听里面有轻微的吞咽声,似乎还打了个饱嗝。

“谢谢仁者的水。”水囊从车厢里递出。

“先生，天色尚早，出来活动活动吧！”年轻人对车内人说。

“也好。”话音刚落，车帘撩动，探出半个身躯，此人头发灰白，虽一脸疲惫，但两眼有神。此人与车外的长者四目相对，说：“啊，这不是宋钘先生吗？恕轲无礼，恕轲无礼。”忙下车，一躬到地。

“好久不见，孟兄别来无恙。”宋钘拱了拱手，叹了口气说道：“孟兄也见老了。”

“还好，还好。”

二人找了块空地，寒暄一番，孟子问：“先生要到哪里去？”

宋钘说：“听闻秦、楚两国要交战，我准备去面见楚王劝说他罢兵休战。如果楚王不答应，那我就面见秦王游说他休战罢兵。这两个君王，我总会遇见意见相合的吧。”

孟子说：“轲不打算问先生详细情况，只想知道先生将如何劝说他们？”

宋钘说：“我将向二位君王剖析战争的危害。”

孟子沉吟片刻，犹豫地说道：“轲有一言，不知当讲不当讲。”

“但说无妨。”

“先生的志向无疑很大，但轲以为，先生以战争的利害关系劝说秦、楚二位君王，秦、楚两王若因心悦于利害关系而被先生说服，从而停止军事行动，这就使双方的三军将士从此将是否愿意罢兵与利害关系关联起来。如果臣子以利害之心侍奉国君，儿女以利害之心侍奉父母，弟弟以利害之心侍奉兄长，那么君臣、父母与子女、兄弟之间最终会舍弃相互之间的爱，代之以利害关系来交往，这种交往最后不消亡，是从来没有的事。”

“那依孟兄之见呢？”宋钘未作评判，捻动银须，平静地问道。

“依轲愚见，先生若以仁义劝说秦、楚两位君王，秦、楚两王就会悦于仁义而停止军事行动，三军将士也会将乐意罢兵与仁义关联起来。如果臣子心怀仁义侍奉国君，儿女心怀仁义侍奉父母，弟弟心怀仁义侍奉兄长，就会使君臣、父母与子女、兄弟之间抛弃利害关系，心怀仁义地相互交往。对于君王来说，如此这样还不能称王天下，是没有的事。因此，先生何必讲利害关系呢？讲仁义多好！”

“这些年，孟兄还是主张仁政啊。虽说不合时宜，四处碰壁，但难得的是孟兄一以贯之，在下佩服得很。”宋钘捋了捋胡须，哈哈大笑道：“不知孟兄要到哪里去？”

孟子说，他打算到宋国，看看自己的这套主张能否有用武之地。又说几乎不抱希望了，年纪大了，没了原来的心气。

“愿孟兄得偿所愿。”

“也愿先生马到成功。”

两位花甲老人，作揖别了，朝着各自的目标继续上路。

阅读点拨

宋钘是否见到了楚王或秦王，二人是否听从了他的建议，史书上没有记载。孟子到了宋国后，游说宋国国君施行仁政。弟子万章问：“如果宋国施行仁政遭到齐、楚两个大国的厌恶，那该怎么办？”孟子从商汤王说到周武王，旁征博引，断言如果宋国施行仁政，普天下的人都会仰起头来拥护宋君做自己的君王。齐、楚两国再强大，也不足为惧。在战国混乱的时局下，孟子的这番言论几乎就是一片空话。最后，宋君赠送孟子七十镒黄金，打发他走了。此时的孟子，心中一定五味杂陈。

23 说寓言以消除偏见

人物简介

吕不韦(前292—前235),姜姓,吕氏,名不韦,卫国濮阳(今河南省安阳市滑县)人。战国末年卫国的商人,后从政,成为秦国丞相。主持编纂《吕氏春秋》(又名《吕览》),包含八览、六论、十二纪,汇集了先秦诸子各派学说,“兼儒墨,合名法”,史称“杂家”。

去尤是指消除偏见。这个词语,出自吕不韦主持编写的《吕氏春秋》,里面包含《有始览·去尤》这篇,据说是宋钘所作。文中宋钘用六个寓言故事来讲为何要消除偏见。

寓言一:失斧疑邻

有个丢了斧子的人,怀疑是他邻居家的儿子偷了。自此,他非常注意邻居家儿子的举动。看他走路鬼鬼祟祟,像偷斧子的样子;看他躲躲藏藏,像偷斧子的样子;听他讲话畏畏缩缩,也像偷斧子的样子。他的一言一行,无不表明斧子是他偷的。后来,丢斧子的人在山谷刨地时,找到了他的斧子。第二天,他再看邻居家的儿子,忽然发现他的一言一行都不像偷斧子的人了。

邻居家的儿子并没有改变,只是他的怀疑心改变了。

寓言二:邾君改组

制作皮革战袍(皮革制的战袍。腰以上谓之甲衣,腰以下谓之甲裳），郳国[①]原来的方法是用帛来连缀，这种方法叫作“组”。公息忌发现，用丝绳连缀比用帛更结实耐用，于是禀告郳君说：“大王，臣以为不如用丝绳来连缀。战袍之所以牢固，是因为战袍连缀的缝隙都塞满了，这才增加了承受力。现在我们制作的战袍，连缀的缝隙虽然都塞满了，但是所能承受的力量只有应承受的一半。如果改用丝绳来连缀就不会这样，只要把缝隙填满，战袍的耐拉扯程度就能达到最大。”

郳君认为公息忌说得有理，问道：“从哪里获得丝绳呢？如果动工生产，那工程量太大了。”公息忌答道：“只要君王下令使用它，百姓自然就会主动生产它。”郳君说：“很好。”于是命令官吏制作战袍时一定要用丝绳来连缀。公息忌见他的建议得到采纳，就吩咐他的家人赶紧制造丝绳。

有人见了眼红，向郳君举报说：“大王，公息忌有私心！臣暗查得知，他建议您用丝绳，是因为他在家里制造了大量丝绳。”郳君听后很不高兴，马上再次下令，命令官吏制作战袍时，一律不得使用丝绳。

这就是郳君的偏见了！如果制造战袍用丝绳有好处，那么公息忌制造许多丝绳，又有什么妨碍呢？公息忌制造丝绳与不制造丝绳，都不足以推翻制造战袍用丝绳有好处这个事实啊！

寓言三：鲁国丑人

鲁国有个相貌极其丑陋的人，他的父亲出门偶遇商咄，上下打量一番，回来后告诉他的邻居说：“商咄可不如我的儿子好看。”邻居虽一脸错愕，但当着他的面又不好说什么。其实他的儿子是极其丑陋的，商咄是极其漂亮的美男子，他却认为极漂亮的商咄不如极丑陋的他儿子，这就是偏见。所以，如果能看到美中之丑，也能看到丑中之美，心无偏见，那么就能全面地分辨美丑了。

庄子说：“以赌博为例，如果用瓦片作为赌注，赌博的人就能泰然自若，谈笑风生；如果用镰刀作为赌注，赌博的人就不免有些顾虑；如果用黄金作为赌注，赌博的人就要担心得要死了。实际上，赌技始终

---

① 郳国，又称郳娄国、邹国。

如一，并不会因为赌注变了而变化。赌徒之所以担心得要死，是因为其内心有所偏倚。只要心有偏倚，心就不会平静下来，也就不能泰然自若了。”

寓言四：惠王愚钝

墨家学派有个叫谢子的人，要去拜见秦惠王。秦惠王不了解此人，想到同为墨家学派的唐姑果正好在身边，于是向他打听谢子的情况。唐姑果有些小心眼，怕秦惠王见了谢子后，会重用谢子而冷落自己，就回答说：“大王，虽然臣与谢子同为墨家，但臣不敢为了本学派一家之私而欺瞒大王。说实在的，谢子是最会花言巧语的人。此人非常狡诈，此次他来，肯定会找机会竭力游说太子，以博取太子的欢心，为他将来的前程铺路。请大王明鉴。”

听了此话，秦惠王心怀愤怒地等待谢子的到来。谢子进宫后，先拜见秦惠王，对秦惠王进行了一番恳切的言说。秦惠王左顾右盼，根本听不进去。谢子见话不投机，起身拱了拱手，连太子也没见，就离去了。

通常来说，听他人的言论是为了获得好的建议。所听到的建议如果好，就算想竭力讨得太子的欢心，也没有什么损失。秦惠王不因他人的建议好而觉得他诚实，只因他人想讨得太子的欢心而觉得他悖逆，真是愚蠢啊！

寓言五：威王学书

荆威王[1]向大书法家沈尹华学习文献典籍，大夫昭厘心生嫉妒。荆威王喜欢法制，有个担任中谢官的人协助他学习法制，此人与昭厘关系密切，私下对荆威王说：“大王，臣听全国上下的人都在议论，说您是沈尹华的徒弟。”荆威王听了很不高兴，为此疏远了沈尹华。担任中谢官的那个人，一句话就让荆威王不再学习文献典籍，有学问的人不能施展才华，使昭厘的私心得以实现。所以，小人的话，不可不防。他们会多次激怒国君，为奸佞的人扫清道路，治国不就更困难了吗？激怒射箭的人会使箭射得很远，激怒水神会导致旱灾，激怒君主

① 荆威王，即楚威王。古时楚地亦称“荆”。

就会让他违背治国之道，治国之道一违背就没有贤能的君子辅佐他了。无法激怒的，大概是心中早就有法度的人吧。

寓言六：邻父之疑

邻居家的父亲郭老曾经跟一个人做邻居。二人起先相处愉快，后来发生了一件事，致使二人反目。事情是这样的：郭老院子里有一棵枯死的梧桐树。他的邻居靳老说枯死的梧桐树在院子里不吉利。郭老听后觉得有道理，马上就把枯树砍掉了。靳老见枯树被砍倒，请求郭老把这棵枯树给他当柴火。郭老很不高兴，心想：老家伙用心险恶！劝我砍树原来是为了讨要柴火。这样的人，怎么能和他做邻居呢？这就是郭老在认知上有局限。一码归一码，是否请求把枯树要来当柴烧，是不能用来判断枯树的好与不好啊。

阅读点拨

人或多或少都有偏见。带着偏见看问题，就像戴着有色眼镜，任何事物都会蒙上一层不真实的色彩；带着偏见看问题，就会一叶障目，不见森林；带着偏见看问题，就会先入为主，不太容易听取不同的意见。因此，无论待人接物，都要多渠道、多角度，尽量客观地去评价，才不会出现很大的偏颇。多看多听多感受，你看待世界的眼和心会宽广很多。

24　告子与孟子论人性

人物简介

告子，人物不详，有各种说法。

告子是何许人也？有不同的说法。说法一：告子是法家人物，曾受教于墨子；说法二：告子是孟子的学生；说法三：告子本人无著作流传，因此是杜撰的人物；说法四：告子是游学于稷下学宫的一位士子，其他资料不详。至于告子是法家人物还是儒家人物，或者纯属杜撰，我们不作分析，只将有关他的文字记载，特别是他与孟子关于人性问题的几次辩论摘选出来，看看他们是如何看待这个问题的。

如果告子曾受教于墨子或孟子，那告子应该不是个听话的“好”学生，因为他很有个性，又很有想法。《墨子》记载了如下故事：

有几个弟子私下对墨子说：“告子在背后说老师您的坏话。他说：‘墨子嘴上说仁义其实行为不佳。’请开除他吧。”墨子笑着说：“不行！告子赞誉我的言论而诽谤我的行为，总比没有任何毁誉好吧。假如有人说：‘墨子不行仁义，嘴上天天讲尊重上天，侍奉鬼神，爱护百姓，行为却很恶劣。’这胜过什么毁誉都没有。告子讲话虽然有失偏颇，却不曾诋毁我讲仁义。告子的诋毁仍然胜过没有任何毁誉呀。这样的学生，怎么能开除呢？”

又有几个弟子对墨子说：“告子说行仁义的事他能胜任。”墨子说：“未必能行吧。告子行仁义，如同踮起脚尖使身高增加，这是暂时的，是不可能长久的。”

一天，告子得意地跑来告诉墨子：“我有能力治理国家，管理政务。”墨子说：“政务，嘴上说说容易，要身体力行才知道到底行不行。现在你只是嘴上说了说，却不去实行，这是你自己的问题。你连自己尚且管不好，怎么有能力治理国家呢？你啊，还是先老老实实地把自己打理好吧！”

这一日的稷下学宫，花团锦簇，人来人往。辰时一过，众弟子垂手端坐，开始听孟子宣讲人性。人性问题是春秋战国时期诸子百家各个流派经常拿出来讨论的话题。孟子持人性本善的论断。他望着众弟子，娓娓道来：“恻隐之心，人皆有之；羞恶之心，人皆有之；恭敬之心，人皆有之；是非之心，人皆有之。恻隐之心，仁也；羞恶之心，义也；恭敬之心，礼也；是非之心，智也。仁义礼智不是外部强加给我们的，而是我们所固有的。”弟子们频频点头。

孟子接着说：“每个人都有怜悯体恤他人的情感，不管这个人与你是否有关系。诸位想象一下，如果突然看见路过玩耍的孩子掉到井里，你一定会出于本能地想救那个孩子。这是因为你想结交孩子的父母吗？不是。是想在邻里和朋友中博取好的声誉吗？不是。是因为厌恶那孩子的哭叫声才产生同情心的吗？也不是。是你的天性如此。这种天性，人人都有。人如果没有同情心、羞耻心、谦让心、是非心，简直与禽兽无异。同情心是仁的发端，羞耻心是义的发端，谦让心是礼的发端，是非心是智的发端。有了这四种发端，就像人有了四肢。但仅仅有这四种发端是远远不够的。火刚刚开始燃烧，要让它燃烧得更旺；泉水刚刚开始流淌，要让它喷涌起来。人要不断扩充这四种发端。如果能够扩充它们，便足以安定天下，如果不能扩充它们，连赡养父母都成问题。”

孟子以古喻今，侃侃而谈。讲完后，神清气爽。弟子们如沐春风。只有一个学生，眉头紧锁。这个学生就是告子。孟子来到告子的身边说：“你可有疑问？”

告子说：“人的本性好比杞柳，仁义好比杯盘。依照人的本性躬行仁义，好比用杞柳做成杯盘。这样理解对吗？”

孟子说：“你是顺着杞柳的本性做成杯盘，还是扭曲杞柳的本性做成杯盘？如果扭曲杞柳的本性才能做成杯盘，那不就意味着也要扭曲人的本性才能施行仁义吗？”

“难道不是这样吗？”告子接着说道：“人性好比流水，东边开了口子便朝东边流，西边开了口子便朝西边流。人性不分善与不善，好比流水不问东西一样。”

孟子说：“水诚然不分东流西淌，难道也不分向上流和向下淌吗？人性的善良，就好比水是向下淌的。人没有不善良的，正如水没有不向下淌的。比如有一池子水，拍打它让它涌起来，力量若是足够，水花可以高过额头；用桔槔汲水可以使水倒流，可以将水引到山顶。这难道是水的本性吗？是某种力量让它这样罢了。人受胁迫做坏事，人性的改变就像这水一样，是受到了外力的作用。”

告子又问道：“天生的叫作本性吗？”

“对！”孟子继续启发告子：“天生的叫作本性，是不是好比所有白色的东西颜色都相同？”

告子答道：“我看是这样。”

“白羽毛的白色如同白雪的白色，白雪的白色如同白玉的白色吗？”

告子答道：“我觉得是这样。”

“那么，狗性如同牛性，牛性如同人性吗？”

告子说：“人性不同于动物性。吃喝以及男欢女爱，是人的本性。”

“那么仁和义呢？”孟子问。

“仁是内在的，不是外在的；义是外在的，不是内在的。”告子回答。

孟子说：“为什么说仁是内在的而义是外在的呢？”

告子从袖中掏出一块白绢擦了擦鼻尖的汗，答道：“就像邻家的老汉，因为他年纪大，我才尊敬他，尊敬长者之心不是我固有的；正好比这白绢是白的，我就叫它白绢，是因为这个白是它自己表现在外的，所以说这白是外在的。”

孟子说：“白马的白和白皮肤的白或许并无不同，但是不知道你对老马的怜悯和对长者的尊敬有没有不同？你说说看，所谓义，是在于老者，还是在于尊敬长者呢？”

告子答道：“是我家的兄弟我便爱他，秦人的兄弟我便不爱他，这是因为我自己高兴这样做，所以说仁是内在的。我尊敬楚国的长者，也尊敬我家的长者，这是因为他们年长，所以说义是外在的。”

孟子说："喜欢吃秦人做的烤肉和喜欢吃自己做的烤肉并无不同，万事万物都有这样的情形。那么，难道喜欢吃烤肉也是外在的吗？这不和你说的吃喝是人的本性的论点相矛盾了吗？"

告子说："我有点晕。我回去再琢磨琢磨。"

告子走后，在一旁的公都子也听晕了，他问孟子："老师，刚才告子说：'人性没有什么善，也没有什么不善。'弟子听人说，本性可以让人做好事，也可以让人做坏事，所以当周文王、周武王兴起时，百姓便一心向善；周幽王、周厉王兴起时，百姓便变得残暴。弟子还听人说，有些人本性善良，有些人本性不善，所以，以尧为君，也有象这样的百姓；以瞽瞍为父，也有舜这样的儿子；以纣王为侄儿，也有比干这样的仁人。如今老师说本性善良，那么他们的说法都错了吗？"

孟子说："从人天生的资质看，是可以做好事的，这便是我所说的人性善良。而有些人做坏事，不能归罪于他的资质。正如之前所说，同情心、羞耻心、谦让心、是非心，人人都有。同情心属于仁，羞耻心属于义，谦让心属于礼，是非心属于智。这仁义礼智，不是从外部强加给我们的，而是我们本身固有的，只是人们不用心领悟罢了。所以说，探求它，就得到它；放弃它，就失去它。"

公都子恭恭敬敬地说："弟子明白了。"

孟子感叹道："希望告子也能明白。不要再钻牛角尖了。"

阅读点拨

人性是人类共有的基本特性。人性问题是自古以来，中西方思想家普遍关注的问题，也是比较复杂的、争论比较大的问题。战国时期三种比较有名的人性观是，孟子的性善论、荀子的性恶论、告子的人性非善非恶论。孟子认为人生来就是善的，任何人生来就有同情心、羞耻心、谦让心、是非心。告子对此有不同的看法，这才有了与孟子的这几场对话。思想家关注着人之为人的本质问题，不断地争论、交流、融合，也是在诸多思想光芒的引领下，我们开始慢慢地了解我是谁，我从哪里来，要到哪里去。

25 宋钘尹文论天论人

人物简介

尹文(前 360—前 280),被尊称为尹文子,齐国人,稷下学宫的著名学者,与宋钘齐名,二人共同开创了宋尹学派。

宋钘是宋国人,尹文是齐国人,两人相遇于稷下学宫,共同开创了宋尹学派。还有种说法是尹文早年从学于宋钘,宋钘去世后,尹文对宋钘的思想产生怀疑,彻底改造了他的学说,把宋钘的基本思想从以老子、墨家为基础转换到以名家、法家为基础的新学派。

战国时期,人们的思想不像后来那样禁锢,可以说那是中国知识分子的黄金时代,他们可以研究任何感兴趣的事物,只要形成自己的一家学说,就可以广收门徒,四处奔走,为君王演说,若得采纳,自然会名扬天下,求官得官,求禄得禄;也有人不屑于参与政事,询天问地,探究宇宙人生的真相,以求自洽。学派与学派之间,经常性地展开辩论,在脸红脖子粗的争论中,暗暗吸收对方所长,补己之短,形成中国历史上前无古人、后无来者的百家争鸣的热闹景象。

这一日,宋钘、尹文两人吃完饭,出了稷下学宫,像往日那样,沿着河往上游走去,边走边聊。空中几声雁叫传来。尹文抬起头,天空蔚蓝,一排南飞的大雁,悠悠荡荡,点点如浮萍。宋钘伸了个懒腰,随手摘了一片嫩绿的竹叶,含在嘴里。尹文见状,也摘了一片,含在嘴里,吹出一段小曲。

行到尹文戏称"卧虎"的岩石处,宋钘爬上去,站稳后,双手上举,一边做了个托天的动作,一边嘟囔着。尹文将口中的竹叶贴在了"卧虎”的额头，笑着说道：“宋兄嘟囔些啥，请把竹叶拿出来再说话。40多岁的人了……”

宋钘吐出竹叶，用托举的双手画着圈，并缓缓将手放下，说道：“尹兄，你看这天地，它至大无外，至小无内；向上通到苍穹之上，向下深入厚土之下，就像一个巨大的包裹。”

尹文点了点头，说：“宋兄说得很对。上天养育万物，飞禽走兽，多得无法计量；大地生出万物，草木鱼虫，多得没有边际。天地生出万物，是响当当的造物之主。”

宋钘又说：“尹兄，天地不只是一个巨大的能生出万物的包裹，它还有一定的规律，有一定的时序，即天道。一年分为四季，一月分为三旬，日有朝暮，夜有昏晨，天上星辰的运动遵循一定的规律，连流星的滑落都是有迹可循的。你说是不是这样呢？”

尹文思考片刻，点了点头，答道："宋兄说得对。天地之大，不是只有一种事物；人有四肢，不限于只做一件事情。事物有多种，事情有多样。一种事物有一种事物的规律，一件事情有一件事情的做法。但它们都遵循一定的规律。"

"那么人呢？"宋钘问。

尹文说："人要追求自由，不要受累于世俗的羁绊，不要用外物来掩饰自己；不苟从别人，不违逆众志；不抛弃天道，不违背自然。平安是福，知足常乐。"

宋钘接着说："可惜啊，一般人往往屈服于他所厌恶的，而失掉他喜好的；或者被他所喜好的诱惑，连厌恶的都忘掉了。人只有遵循天道，才不会堕入主观臆断的陷阱；天人合一，才不会犯下重大的错误。你说是不是这个道理呢？"

尹文说："宋兄说得对。天不坠，地不沉，或许正是有股力量在维系和支撑着吧。那么人呢？人也是有某种力量在支配着，就像锣鼓被敲击之后才会发出声响，凡是不能自我推动的事物，就必然有种力量推动着它们。这种力量是什么呢？就是我们前面所说的天道了。"

阅读点拨

稷下学宫不只为齐国的君王提供政事咨询，它集合了众家，为各学派之间的交流提供了平台，它的伟大也正在此。宋尹学派，是战国时期以宋钘、尹文为代表的学派。宋钘、尹文曾同游学于稷下学宫。据《汉书·艺文志》记载，宋钘著有《宋子》十八篇，尹文著有《尹文子》一篇，如今都已遗失。他们主张"不累于俗，不饰于物，不苛于人，不忮于众，愿天下之安宁以活民命，人我之养毕足而止"，他们二人也是按照这个思想准则来行事的。宋钘能做到当整个社会都赞美他时，他不会因此而更加努力；当整个社会都批评他时，他不会因此而沮丧。这是因为他能认定内我和外物的区别，能分清光荣与耻辱的界限。而尹文对世俗的声誉不积极去追求，对耻辱也不时时去厌恨。他们为救民而说教，为反对战争而呼号。

26　谒宣王孟子二入齐

离开了魏国大梁，孟子受老友淳于髡的邀请，与众弟子悄然踏上去齐国临淄的旅途。

淳于髡说，齐威王薨后，他的儿子齐宣王即位。齐宣王承续齐威王的礼贤下士之风，扩建了稷下学宫，各家学派都来讲学，很是热闹，不妨来看看。孟子本不想再到齐国。当年齐威王在位时，孟子苦口婆心地劝说，齐威王只表示仁政是个好东西，但不适合现前这个虎狼环视的齐国。如今，齐国已成为强国，若齐宣王施行仁政，或许可以成为一个好榜样。看看其他诸侯国，也就只剩齐国似乎还有这个希望。思来想去，离开魏国又没有更好的去处，孟子这才答应了淳于髡的邀请，一路颠簸，来到了齐国的都城临淄。

临淄道路宽阔，道路两旁店铺林立。人来人往，做生意的、游学的，操着各种口音。孩童在街上追逐打闹，大人们喝茶的喝茶，斗鸡的斗鸡，踢蹴鞠的踢蹴鞠，满脸荣光。弟子们兴奋不已，问老师可否到处转转。孟子说："转转吧，咱们也好好感受一下临淄的风土人情。"

弟子们四散而去，一会儿就买回了一堆吃食和小玩意。孟子笑着对弟子们说道："人们都说临淄繁荣昌盛，衣袖展开能遮住日光，一人一把汗，能下一场雨。今日看这摩肩接踵的街景，比当年第一次来齐国时有过之而无不及。"

万章说："老师，一进临淄就见您气色不错，一扫往日的阴霾。好久不见您这么开心了。"

孟子说："想我们在魏国时，路上的百姓面有菜色，街上行人稀少，见到陌生人就神色紧张。那样的国家怎么会有希望？再看这临淄，百姓安居乐业，目光坦然。虽说玩斗鸡不是我们儒家所喜好和倡导的，但是国富民安了，百姓才有这份闲心，玩玩也无妨。”

公孙丑说：“老师，那您觉得齐宣王会接受您的仁政吗？”

孟子抚着下颌长须，笑而不答。

来到下榻的梧宫，齐宣王的近臣胡龁(hé)和老友淳于髡早已等待多时。二人向孟子道过辛苦，等孟子和弟子们收拾妥当，请他们来到宴饮之地。

胡龁和淳于髡向孟子频频举杯。孟子也不客气，边吃边聊。说起对临淄的第一印象，孟子赞不绝口。淳于髡含笑说道：“稷下学宫那边还安排了活动，改日若到那边看看，会更为惊喜。”

孟子说：“明日要面见齐宣王，想先听二位聊聊这位君王的故事，好心中有数。”

胡龁已经喝得面红耳赤，手搭在几案上，向孟子这边侧了侧身，说道：“听说孟老先生主张仁政，那您算来对地方了。我们大王算得上宅心仁厚。我给您讲件事，前几日，大王正与我们几位大臣商议秋祭之事，见有人牵了头牛过去，就叫住他问牵牛要作何用。牵牛的说新铸的大钟需要牛血衅钟，幼小的牛正在成长，青壮的牛还要耕种，选来选去就选中了这头老弱的牛。大王看到牛可怜巴巴的样子，于心不忍，命令把牛牵回去，让它颐养天年。牵牛人问那用什么来衅钟？大王想了想说换只羊吧。老先生，您说我们大王是不是符合儒家仁君的标准？”

孟子笑了笑，点了点头。

淳于髡又讲了些齐宣王礼贤下士的事。

二人走后，孟子早早安歇。他要为明日的觐见养足精神。

第二天，胡龁一早来请孟子。见孟子衣冠整洁，精神矍铄，胡龁暗暗称赞，心想这个年龄的人还有如此精力，真是了不得，忍不住夸道：“孟老先生有如此精神，真是难得！常听人说老先生善养浩然之气，请问这浩然之气是何物？又该如何存养？”

孟子笑道：“浩然之气这种东西很难用一两句话概括清楚。这种气，至刚至阳，浩大无边，外人看不到它 。有这种浩然之气的人能随心所欲，将之运转到四肢百骸。这种气不容易获得，需将仁义道德常存心中，经过长时间的涵养才能生成。如果想靠偶尔的正义行为获取，那就想得太容易了。这种浩然之气得之不易，却很容易失去，一旦你的行为问心有愧，这种气就会变得绵软，甚至完全消失。此外，用正直之心去培养它而不加以伤害，它就会充塞天地间。说到底，这种气必须与仁义道德相配，否则就会缺乏力量。”

胡龁挠挠头，一脸不解。

二人说话间来到了王宫。齐宣王与众臣早就在宫门外恭候多时。远远见到车驾，齐宣王下了台阶，紧走几步。车停稳后，车夫将布帘挑开，齐宣王忙伸手扶着孟子走下车，说道：“久仰先生大名，今日有幸得见，是寡人之福，齐国之福。”

孟子见齐宣王面如银盘，额头宽阔，二目和善，满脸谦卑，心中赞叹，顺着说了几句谦虚的话。

进入堂屋，孟子四下观望，但见堂顶高挑，榫卯严密，雕梁画柱，不禁夸赞王宫气象辉煌。齐宣王拱手说道：“先生去过不少诸侯国，见多识广，也看到了寡人的齐国。与其他诸侯国相比，先生作何评价？”

孟子说：“齐国民风淳朴，百姓安居乐业，官吏务实清廉。大王治国有方，有成就大业、一统天下的王者之气。”

齐宣王兴奋地脸部发红，忙又上前说道：“寡人虽然不才，却时时以齐桓公为鞭策。寡人立下宏愿，愿在寡人治下，重现齐国当年的辉煌。先生博闻强识，能否给寡人讲讲当年齐桓公、晋文公春秋争霸的故事，一来让寡人长长见识，二来学学他们的治国经验。先生请上座。”

孟子端坐后，直了直腰，拱手说道：“孔夫子门下弟子不讲齐桓公、晋文公的霸业，所以后世没有传说留下来，臣孤陋寡闻，也没有从其他渠道听说过。大王想听昔日霸主的故事，无非是想听听一统天下的道理。如果大王想了解治国之道，臣就讲讲，大王意下如何？”

齐宣王说：“好。”又示意群臣竖起耳朵好好听听。

孟子问：“大王，您认为君王治国的根本是什么？”

齐宣王思索片刻，怕言语有错，谦卑地说道：“寡人不敢乱言，请先生教我。”

孟子说：“德行。”

孟子的回答完全出乎齐宣王的意料。

齐宣王心中的疑惑脱口而出："德行？为什么是德行？"

"大王的意思是，治国的根本是武力？"

齐宣王忙说道："那倒不是，那倒不是。请问先生，君王要有什么样的德行才能一统天下？"

孟子说道："很简单！安抚百姓，使他们安居乐业；不要轻易地劳役他们，让他们衣食无忧。"

齐宣王问："像寡人这样的人能一统天下吗？"

孟子斩钉截铁地说："能！"

齐宣王大喜，旋即又疑惑地问道："先生第一次见到寡人，怎知寡人能做到呢？"

孟子说："臣进入齐国境内，一路观察。临淄的气象是臣在他国未曾见到的。昨日又听胡龁讲了大王的一件轶事，说有一次大王正在与几位大臣议事，见有人牵着牛经过，便问道：'牵牛作何用？'牵牛的人答道：'要杀它衅钟。'大王见牛可怜，心生怜悯，便说：'把它放了吧，牛无罪却把它往死地里送，着实让寡人不忍。'那人问：'那用什么来衅钟？'大王想了想说：'你换只羊来替代吧。'不知有没有这事？"

齐宣王点点头，说："确有此事。不过，这件小事与一统天下能有什么关联呢？"

孟子说："大王有这样的仁慈之心就足以一统天下了。岂不知有多少国君穷兵黩武，以杀人为乐。所以，当齐国的百姓以为大王是出于吝啬换牛为羊时，臣却不以为然。臣知道您是于心不忍。"

群臣频频点头。齐宣王说："先生能看到这点，寡人很欣慰。寡人确实听说有不少百姓是这样想的。齐国虽然是小国，物产没那么丰富，但区区一头牛还是出得起的，寡人怎么会舍不得一头牛呢？寡人只是不忍心看它可怜的样子，不忍心让它白白送命，所以才以羊代之。"

孟子呵呵笑道："昨日听胡龁说起此事，臣便知道是大王心有不忍。但大王也无需责怪百姓以为您是出于吝啬才以羊替牛，他们怎么会知道大王的真实心意呢？只是，如果百姓知道大王的心意，会不会说大王可怜牛无罪不该杀，那么羊有什么罪该受那一刀呢？如果牛和羊都没有罪，不该拉去衅钟，那又应该牺牲哪只动物呢？"

群臣看着齐宣王。齐宣王尴尬地笑道："先生这一发问，真是让人左右为难。寡人是真不忍心啊！先生如果处在当时的情景，也会如寡人这般行事。寡人哪里是吝惜那点钱财而用羊代牛呢？怪不得齐国的百姓都在背后调侃寡人吝啬。"

孟子拱手说道："大王不必介意，确实如大王所说，臣若见当时的景象也会如大王这般以羊代牛。这正是恻隐之心的显露啊！恻隐之心是仁德的开端。恭喜大王，您已经做到了仁德的第一步。"

这一通话，让齐宣王极为受用。

孟子接着说道："什么是恻隐之心呢？恻隐之心就是对动物只能见其生，不能见其死；听到它哀鸣，就不忍心吃它的肉，所以君子远离厨房，是为了保全自己的恻隐之心。这才是君子所为。大王只见到了牛没见到羊，所以才说出以羊代牛的话。大王并不是不知道羊无辜，只是见到了牛。这就是仁君所为。"孟子反思过和梁惠王的对谈，虽然滔滔不绝，但太不注意察言观色，说话直来直去，让对方下不来台。昨日宴罢，淳于髡私下跟他聊起和君王对谈的一些技巧。孟子觉得看对方的脸色说话不是大丈夫所为，但淳于髡的一番话也不无道理，从他侍奉齐国三代君王游刃有余来看，便可印证。

果然，听了孟子这席话，齐宣王高兴地拍手，说道："先生说得太好了！寡人习惯对做过的事反思，反思事情的意义，便是你们儒家所说的'吾日三省吾身'吧。以羊代牛这件事，招来百姓对寡人的嘲讽，寡人百思不得其解，经先生这一讲，寡人一下明白了。但寡人不明白的是，这件小事怎么会与王道仁政相吻合呢？"

孟子说："若有人对大王说：'我能举起几千斤重物，但拿不起一根羽毛；我的视力好到能看到秋天鸟儿新长出的细毛，但看不见眼前满满的一车木材。'大王您能相信这种说法吗？"

齐宣王说："当然不会。"

孟子站起身来，踱着步说道："大王您一片仁心，但百姓却没有受到您的丝毫恩惠，这是为什么呢？说拿不起一根羽毛的人是因为不愿用体力，说看不见一车木材的人是因为不愿用眼力。百姓得不到安抚，是因为大王不愿广施恩惠。所以，广行王道，一统天下，是肯不肯做的问题，并不是能不能做到的问题。"

齐宣王问道："那不肯做与做不到，有什么区别吗？"

孟子说："如果胳膊挟着泰山跨过北海，对他人说我做不到，这确实做不到。替老年人折根树枝，对他人说我做不到，这就不是做不到，而是不肯做。所以大王不广行仁政，统一天下，不是属于挟着泰山跨过北海这种难而做不到的事，而是属于为年长者折取树枝这种俯仰之间就能办到却不去做的事。"

齐宣王低头深思。

孟子停下脚步，拱手对齐宣王说道："尊敬自己家的老人，推广到尊敬他人家的老人；爱护自己家的孩子，推广到爱护他人家的孩子，懂得这个道理，治理国家就如同运转掌中之物般容易。像周文王那样，在家先做妻子的榜样，然后给兄弟们也做好榜样，再推向治国安邦。说的不过是以这样的仁心，由近到远地来施恩给天下人罢了。所以，广施恩泽，君王就能保有天下，否则就连自己的妻室儿女都保全不了。古时候贤明的君王之所以能胜过世人，没有什么秘诀，只不过善于推己及人罢了。只有用秤称了才知道轻重，用尺子量了才知道长短，天下万物莫不如此。人心的长短轻重尤是如此，更需要仔细度量。大王，您不是喜欢自我反省吗？请细加衡量。"

齐宣王若有所思地拿起几案上的水晶杯，又轻轻放下。瓶底与几案相碰，发出清脆的声音。

宫门外，万章等弟子焦急地等待，不知道老师此番面见君王会是何种结果。公孙丑不安地问道："齐宣王会不会不给老师好脸色啊？"万章说："你个乌鸦嘴，快去街上武大娘那儿买个炊饼堵住。"公孙丑嘟囔了几句，不再说话。

孟子坐下，拿起水杯，轻呷一口，见齐宣王虽不说话，却脸无愠色，便又说道："大王在想什么？容臣猜一猜。大王是在想，这仁政虽好，不过也太慢了吧！还是战争来得快。"

齐宣王惊讶地问道："先生怎么知道寡人心中所想？"

孟子说："臣不光知道大王心中所想，还知道大王做这一切的目的。大王无非是想开疆拓土、征服秦楚等其他诸侯国而一统中原，安抚四方边远部族而一匡天下。但是，恕臣直言，凭大王这样的做法，想要达到您的目的，简直就像爬到树上抓鱼一样难。"

齐宣王不安地问道："事情有那么严重？"

孟子正色道："不是臣吓唬大王，事情恐怕比大王想象得严重。爬到树上抓鱼，鱼虽然抓不到，但不会有什么灾难发生。大王想以战争一统天下，不但费尽心思达不到目的，必定还会带来灾难！"

齐宣王往孟子这边挪了挪，说道："为什么会这样？可否劳烦先生把道理讲给寡人听？"

孟子问道："邹国与楚国交战，大王认为哪方胜算大些？"

齐宣王说："那还用说，当然是楚国。邹国太小了。"

孟子说："大王所言极是！小国不敌大国，双拳难敌四手，弱势不能抗击强势。当今天下方圆千里的土地共分九块，齐国只占九分之一，以一块地去征服八块地，这与以邹国之力对抗楚国又有什么不同呢？大王，醒醒吧，您那条路是行不通的，是极其危险的！您为何不从根本上解决问题呢？现在大王如果施行仁政，使天下那些想做官者都愿来大王这里任职，那些想耕田者都愿来齐国耕种，那些商人都愿来齐国经商，那些游学者都愿来齐国游学，那些对自己君王不满的人都愿投奔齐国。若真做到如此，普天之下，又有谁敢与大王为敌呢？"

齐宣王急切地说："寡人生性愚钝，不能完全理解先生所说，劳烦先生再给寡人讲讲，告诉寡人具体该如何做。寡人虽然不够聪明，但也想试一试。"

孟子松了口气，前面的一番口舌没有白费，对面这位君王终于主动说出想要尝试的愿望。孟子站起身，边走边低头沉吟。齐宣王伸直了身体，群臣也竖起了耳朵。片刻，孟子抬起头，声音依然洪亮，说道："没有固定的资产和收入，却能保持高尚的情操，只有那些有修为的君子才能做到。至于普通百姓，如果没有固定的资产和收入，他们就会失去人所应该具有的最基本的道德观念。人一旦道德沦丧，就容易放纵自己的私欲和邪念，任性妄为。等到他们犯了事再用刑法去惩治他们，就如同故意设下陷阱，等着他们掉进去。有德的君王是绝不会做这种设下陷阱等着百姓自投罗网的事情的。臣去过不少诸侯国，他们对百姓横征暴敛，恨不得把百姓逼死。百姓惨到上不能赡养父母，下不能养活妻儿。生亦苦，死亦苦，丰年吃不饱，灾年只能等死。这种国度里的百姓连自己都养不活，怎能指望他们有心思去提高自身的道德修养呢？而贤明的君王，他们让百姓有恒定的产业，百姓用这些产业，对上可以赡养父母，对下可以养活妻儿。年成好的时候，暖衣饱食，遇到灾年也不致饿死。有了这样的物质基础，再对百姓施以教化，百姓便容易听从。百姓安，则社稷安；社稷安，何愁天下不定？”

“大王啊！”孟子想到曾对梁惠王的那番规劝，想到魏国那些衣衫褴褛、骨瘦如柴的百姓，想到齐宣王是最有希望接受他的治国良策的君王，殷切地说道：“仁政不难啊！请立即施行仁政吧！”

齐宣王站起来，激动地说道：“先生说得太好了！恳请先生在齐国长期住下来吧。”

阅读点拨

孟子曾三次游齐，在临淄居留了十几个年头。第一次到齐国来，是在齐威王二十八年，这时他44岁。孟子来到齐国以后，齐威王立即授予他卿位，位居三卿之中，任正卿之职。这时的孟子雄心勃勃，对管仲的霸术不屑一顾，建议齐威王要“以德行仁”。当时诸侯列国都在争霸，正是齐威王任用孙膑、田忌大振国威之际，故齐威王对于孟子的“仁政”理论没有完全采纳。齐威王三十一年，孟子47岁，他离开齐国去了宋国。孟子第二次来齐国，是在齐宣王元年，此时孟子54岁。这时的孟子，意气风发，才华横溢，他产生了在齐都临淄久居的念头，在他55岁这年，也就是齐宣王二年，孟子把他的母亲从邹国接到了齐国。次年，即孟子56岁的时候，他离开齐国到滕国去吊唁滕文公，但随即回到了齐国。这年，孟母卒于齐国，孟子扶柩返邹，居家守丧三年。孟子在他59岁(齐宣王六年)时守丧三年完毕，随即第三次来到齐国。孟子为实现王道，奔走天下几十年，将人生大部分时光都奉献给了齐国。孟子游齐，传播了儒家思想，同时也吸收了齐国稷下学宫各学派之长，他的到来，为本就鼎盛的稷下学宫更添光彩。

27　孟子为齐宣王解惑

首次会面后，孟子的激动程度不亚于齐宣王。从前日一进临淄城，孟子就对齐国心生好感，这是齐宣王治国有方的结果。昨天一番对谈，虽有些疲惫，但想到自己的理想就要在齐国实现，孟子难掩兴奋。齐宣王想授予孟子官职，孟子婉拒，说愿居稷下学宫，齐宣王若有困惑，可随时入宫面谈。另外，孟子也想与其他学派的稷下先生交流切磋，使本门学派更趋完美。齐宣王应允，赐孟子上大夫之禄，门下众弟子也有不同的封赏。

孟子在齐国一住就是六七年，其间数次入宫，与齐宣王谈论各种问题。这些对话在《孟子》一书中有详细记载，我们选取数篇，加以改编，以飨读者。

庄暴是齐宣王的近臣，最近有些烦恼，不知如何解决。听说孟子善于读懂他人的心思，于是来到稷下学宫，向孟子请教。

庄暴见到孟子说："暴前日被齐宣王召见。闲聊中齐宣王告诉暴，他喜欢音乐。齐宣王喜讲隐语，不知道齐宣王这话是何用意，暴不敢贸然回答，含含糊糊说了声好。齐宣王大笑，说暴是个老实人。"庄暴不安地搓着手中的杯子，接着又说道："依先生之见，齐宣王喜欢音乐究竟是好还是不好？"

孟子笑着说："如果齐宣王非常喜欢音乐，那齐国就差不多有希望了。这是好事呀。等哪日见到齐宣王，轲来替您把话说完。"

次日，孟子恰好被齐宣王召见。话赶话中，孟子对齐宣王说道："大王，前些日子，您曾对庄大夫说过您喜欢音乐，有这事吗？"

"确有此事。不过……"齐宣王不好意思地说道："可能会让先生失望了。寡人喜欢的不是高雅的音乐，寡人只是喜欢世间流行的那些低俗音乐罢了。"

孟子说："大王，您如果真心喜欢音乐，那齐国差不多就有希望了。今天的音乐其实也就是古代的音乐。"

齐宣王不解地问道："为什么今天的音乐就是古代的音乐呢？"

"对于君王来说，听什么样的音乐不是重点。"孟子岔开话，问道："大王，独自一人快乐，和他人一起快乐，哪种更快乐？"

齐宣王回答说："同他人一起乐更快乐。"

孟子说："大王，与少数人一同快乐，与众人一同快乐，哪种更快乐？"

齐宣王说："与众人一起快乐更快乐。"

孟子说："大王说得好！既然大王有如此认知，那臣就可以同大王讲讲音乐的事了。假如有位国君在宫中欣赏乐师们的演奏，百姓在墙外听到钟鸣琴鼓声，他们都直起弯曲的腰，蹙紧愁苦的眉说：'唉！为什么我们大王只顾自己享乐，却让我们百姓流离失所，困顿不堪？我们父子不能相见，妻儿兄弟离散，过着猪狗不如的生活，难道他不知道吗？'假如大王在外狩猎，劳作的百姓听到大王驾车的嘈杂声，见到旌旗飘展，随从衣着华丽，趾高气扬，他们都直起弯曲的腰，蹙紧愁苦的眉说：'唉！为什么我们大王只顾自己享乐，却让我们百姓流离失所，困顿不堪？我们父子不能相见，妻儿兄弟离散，过着猪狗不如的生活，难道他不知道吗？'百姓之所以发出这种抱怨，没有别的原因，只是因为那位国君不懂得与百姓同乐。"

孟子顿了顿，继续说道："假如大王您在宫中欣赏音乐，百姓听到琴瑟和鸣声，都眉开眼笑地奔走相告：'我们大王一定健康无忧吧，否则怎么会有心情欣赏音乐呢？'假如大王外出打猎，百姓听到您的马车声，看到旌旗鲜亮，随风飞扬，都兴高采烈地说：'我们大王一定非常健康吧，否则怎么会有体力打猎呢？'百姓之所以听到、看到大王的这些举动欣慰不已，没有别的原因，只是因为大王能与民同乐罢了。因此，音乐没有好坏之分，没有雅俗之别。大王若是不能与民同乐，哪怕听的是韶乐[①]，百姓也会怨恨；大王若是能与民同乐，哪怕听的是最低俗的郑卫之声，百姓也会开心不已。大王！您说独自快乐不如与众人同乐，如果大王能做到与民同乐，称王于天下，指日可待！”

这一日，秋高气爽，云淡风轻。齐宣王请孟子到围苑游玩。苑中林木茂盛，野草过膝，五彩雉鸡乱飞，鹿、狐、兔，各种走兽时隐时现。齐宣王心情大好，命侍卫放出猎隼。猎隼如箭般飞向空中，盘旋着，随时等待主人的命令。

齐宣王满意地望着空中的猎隼，招呼侍卫继续遛放。齐宣王回头边走边问身边的孟子：“先生，儒家怎样看待狩猎这件事？”

孟子答道：“儒家不反对狩猎，但要根据时令，有礼有节。孔夫子当年只用鱼竿钓鱼，而不用大网捕鱼；孔夫子也用弓箭射猎，却从不射杀归巢栖息的鸟。”

齐宣王点点头，继而又问孟子：“传说周文王的园林方圆有七十里之大，有这事吗？”

孟子说：“古书上确实有这样的记载。”

齐宣王说：“七十里，是不是有点太大了？”

孟子说：“哪里，大王觉得七十里过分了，百姓却觉得自己君王的园林太小了呢！”

齐宣王不解地问道：“寡人的园林方圆只有区区四十里，与周文王的相比小多了，但齐国的百姓还是觉得大，这是为什么呢？”

孟子笑道：“大王您觉得您的文治武功与周文王相比如何呢？”

“先生这话问的，周文王是圣人，寡人怎么能比得上他呢？”

“周文王虽圣，但并非遥不可及，大王您也可以学。”

“哦？先生说来听听。”

“周文王的园林，虽然方圆七十里，但并非他一人享用，砍柴打草的百姓可以随便进出。百姓还可以在园林中捕野鸡、逮野兔。周文王的园林是与百姓共享的，因此即便有七十里，百姓还是觉得小，这

---

① 韶乐，史称舜乐，是中国古代的一种传统宫廷音乐，起源于五千多年前，为上古舜帝之乐，是一种集诗、乐、舞为一体的综合古典艺术。《史记·孔子世家》记载，鲁昭公二十五年，孔子来到齐国，在高昭子家中观赏韶乐后，大为赞叹，三月不知肉味。

不是很自然的事吗？臣刚踏入齐国边境，先打听了齐国的禁令，了解清楚了才敢往里走。守边人告诫过臣，说临淄城郊外有个方圆四十里的大园林，那是君王的私家园林，凡擅自入园狩猎者，皆以杀人处罪论刑。臣胆战心惊，唯恐不小心踏入，犯下杀头的罪。大王的园林，等于在临淄城外的国土上设下了一个方圆四十里的大陷阱，专门用来坑害百姓。这样的园林，百姓觉得大，难道不是很自然的事吗？"

新谷物酿成的酒，今日出窖。齐宣王请孟子来雪宫①品尝。

三百个乐师齐奏，竽声充满了整个宫殿。齐宣王双手举杯，频频向孟子敬酒。

微醺中，齐宣王问道："贤士君子们也有这样的快乐吗？"

孟子回答说："有。这样的快乐不但贤士君子们有，寻常百姓也有。百姓若得不到这种快乐，他们还会埋怨高高在上的君王呢！但是，得不到快乐就埋怨国君是不对的。人当自食其力，若凡事得不到满足就去埋怨国君，那就是小人所为。然而，国君位居百姓之上而不与民同乐，也是不对的。国君若将自己的快乐建立在百姓的痛苦之上，那更是大错特错。国君若以百姓的快乐为自己的快乐，百姓也会以国君的快乐为自己的快乐；国君若以百姓的忧愁为自己的忧愁，百姓自然也会以国君的忧愁为自己的忧愁。与天下人同乐，与天下人共忧，这样的国君还不能称王于天下的话，是从来不曾有过的事。"

齐宣王惕然，说道："先生是以酒事规劝寡人吧！"

孟子双手举杯，说道："大王圣明！今日大王赐此美酒，臣不胜荣幸，臣先回敬大王。"说罢，一饮而尽。

齐宣王心想，难得见孟老先生饮酒如此痛快。

待齐宣王饮罢，孟子将酒杯轻置案上，拱手说道："臣愿为大王讲讲齐景公的往事。"

齐宣王来了兴趣，身体向孟子这边挪了挪。

"昔年齐景公善于纳谏，以晏子为相国。晏子曾对齐景公说：'周天子去诸侯国寻访民情叫作巡狩，巡狩就是巡视天子所拥有的所有

① 雪宫位于临淄区皇城镇曹村东，因近齐国故城雪门而得名，是战国时期齐王的离宫别馆。

疆土。诸侯前往都城朝见天子，叫作述职。诸侯述职郑重，所述内容没有与政事无关的。周天子的巡狩，并非泛泛而过。春季要视察百姓的耕种情况，补助那些农具和种子不足的农户；秋收时节要视察百姓的收获情况，救济那些劳力和口粮不够的农户。百姓都说，我们大王不巡游，我们怎能有休养生息的机会？我们大王不巡察，我们怎能获得救济补助？大王的巡游视察，足以让诸侯效法。天子仁心仁行，令人动容。现在却是这样，君王兴师动众，粮食调配给军队，导致饥饿的人没有饭吃，劳累的人得不到休养，怨声载道，百姓就不得不为恶了。这是流、连、荒、亡的行为，怎能不使诸侯为之忧愁呢？那什么叫作流、连、荒、亡呢？顺流而下乘舟玩乐而不知返回者，叫作流；逆流而上乘舟玩乐而不知返回者，叫作连；狩起猎来没有厌倦的，叫作荒；喝起酒来没有节制的，叫作亡。古代的圣王是不会进行没有节制的流、连、荒、亡之类的玩乐的。两相对比，现在就看大王选择何种做法了。'齐景公听后大喜，将爱民保民的决心昭告全国，驻扎在郊外开仓济贫，广行恩惠。又把乐师招来说：'替寡人创作君臣共乐的歌曲吧！'这歌曲就是《微招》《角招》。歌里唱道：'制止君王过度的欲望又有什么过错？制止君王的私欲，正是对君王的敬爱呀。'"

战国时期，不光有齐、楚、燕、韩、赵、魏、秦等大国，也有鲁、宋、卫、邹等小国。国与国之间有着频繁的外交往来。就如何与他国打交道，齐宣王和孟子有过一番对话。

齐宣王问道："依先生来看，跟邻国打交道有要遵循的外交原则吗？"

孟子答道："当然。只有仁义之君才能以大国的身份屈尊小国，所以商汤的君王屈尊过葛国[①]的国君，周文王屈尊过昆夷[②]的部落首领；只有有智慧的国君才能以小国的身份侍奉大国，所以周文王侍奉过獯鬻[③]，越王勾践侍奉过吴王夫差。以大国身份屈尊小国者，是以

① 葛国，又称葛伯国，夏代诸侯国之一，位于今河南省宁陵县葛伯屯。

② 昆夷，古代部落名，居住于今陕、甘一带，是古代华夏部落对西边部落的统称，又称畎夷、犬夷、绲夷等。

③ 獯鬻（xūn yù），又称猃狁，是当时北方的少数民族。

天命为乐的君王；以小国身份侍奉大国者，是敬畏天命的国君。乐天者，能持有自己的大天下；畏天者，能保全自己的小国家。”

齐宣王感慨道：“先生的话真是太高明了。寡人没想到单是国与国之间的交往就有这么多道理可言。寡人原以为，国与国之间，除了打仗就是结盟。但是，寡人有个毛病，寡人比较勇敢。有时一冲动，就想与别的国家干仗。”

孟子回答说：“勇敢并不是坏事，但是请大王不要喜欢小勇。有一种人，按剑怒目，大声嚷道：‘你们谁敢惹我？’这种人是匹夫之勇，只能与一人为敌，打得过打不过很难说。请大王将您的勇敢扩充成大勇。周武王冲天一怒，于是整顿大军，干净利落地挡住了入侵莒国的敌人。此举增强了周围诸国的幸福感，这是周武王的大勇。周文王一怒，就使天下百姓生活安定，这是周文王的大勇。”

齐宣王不禁捏紧了双拳。

孟子说：“大王，上天降生了百姓，又替他们降生了君王，降生了师表。君王的责任就是帮助上天来爱护、教化子民。四方之民，他们有罪还是无罪，都由君王一人负责。有罪者诛之，无罪者安之。还有谁敢超越本分，胡作非为？殷纣王横行天下，周武王深感耻辱，他凭己一怒，使天下百姓过上了安定的日子，这就是周武王的勇敢。大王！如果您也凭己一怒使百姓过上安定的日子，那全天下的百姓哪还怕您不好勇呢？”

孟子居稷下学宫期间，孜孜不倦，时刻关注着学宫南边的临淄小城。那片区域，可能会因为国君的一个微小举动，引起一阵躁动。

明堂，是周天子在泰山脚建造的最宏伟的建筑物，据说它上通天象，下统万物。在那里，天子庆赏、选士、朝会诸侯、听察天下、发布政令。明堂又是国家举办祭祀活动的重要场所。但最近，孟子听说，屡屡有人建议齐宣王拆毁明堂。于是，孟子进宫面见齐宣王问问可有此事。

齐宣王说：“确有此事。不少人向寡人建议拆毁明堂。依先生之见，这明堂是拆还是不拆？”

孟子答道：“一来明堂在泰山脚下，那是鲁国的势力范围；二来明堂是天子接见诸侯、发布政令的殿堂。臣不知道那些劝大王拆毁明堂的人是何目的？”

齐宣王说他也纳闷。

孟子说：“且不去管这些人。如果大王仍打算施行仁政，那就不要动拆毁明堂的念头，即使将来有拆毁的权力，也不要妄动。明堂是仁政的象征。”

齐宣王说：“先生可以再把仁政说给寡人听听吗？”

孟子说：“当年周文王还是西伯侯时，治理岐山，宽松仁厚，对耕田的人只抽取九分之一的税；大夫的俸禄，在本人去世后，子孙可以世袭享受；关隘和集市只稽查合法不合法，而不征收任何税金；在湖泊池塘中捕鱼捞虾也没有禁令；对犯人处刑不株连其妻子儿女。年老独身无妻者，叫作鳏(guān)夫；年老死了丈夫者，叫作寡妇；年老无子者，叫作独；年幼没有父母者，叫作孤。这四种人，是世界上最无依无靠的穷苦人，周文王施行仁政，将这四种人作为优先抚恤的对象。”

齐宣王听罢，感叹道：“先生说得太好了！”

孟子马上问道：“那大王为什么不愿意施行仁政呢？”

齐宣王结结巴巴地说：“不……不是……寡人有个贪财的毛病。”

孟子干脆地说道：“这不是问题！贪财是人的本性。从前有个叫公刘[①]的人也贪财，《诗经》中说他‘收拾谷物积满仓，包裹干粮装满囊，百姓安，国威扬，箭上弦，弓开张，干戈戚扬(四种武器)都拿上，浩浩荡荡上战场。’因此，留在后方的人仓里有谷物，出征前方的士兵有干粮，这样他们才能没有后顾之忧，浩浩荡荡地上战场。大王爱财，若能与百姓共享，又有什么坏处呢？”

齐宣王说：“寡人还有个毛病，寡人好色。”

孟子答道：“周文王的祖父也好色，非常宠爱他的妃子太姜。《诗经》中说：‘周文王的祖父为搬家，一早起来骑骏马，沿着西水岸边走，来到岐山才停下。娶妻当地姜氏女，勘察地址建新家。’周文王的祖

① 公刘(生卒年不详)，姬姓，名刘，“公”为尊称。公刘的先祖名叫弃，是帝喾(kù)之子。弃爱好耕作务农，善于观察土地的特点，适合谷物生长的土地就种上谷物，百姓都向他学习，尧帝知道此事后，便提拔他当农师，主管农业。舜帝时，将弃封在邰地(今陕西省武功县西南)，称为“后稷”。

父不只自己享受男女之乐，在那里，内无找不到丈夫的老女人，外无找不到妻子的单身汉。大王好色，若能解决百姓这方面的需求，又有什么坏处呢？”

齐宣王近来学聪明了。

数次闲聊后，齐宣王发现孟子聊天有个特点，他从不直接讲道理，而是喜欢先设计一个看似不相关的场景，再把人引导到他想说的那个问题中去。

一天夜宴中，孟子忽然问齐宣王：“大王，假如您的某个臣子要出使楚国。楚国远呐，一去就是三五个月，他不放心家里的妻儿老小，就托付给他的好朋友照看。他的好朋友答应得很痛快。可等他回来后，发现他的妻儿老小挨饿受冻。大王您说，他应当怎样对待这个朋友呢？”

齐宣王看着面如清水的孟子，心中盘算这里应该不会有坑，于是放心地答道：“当然是立刻与这个朋友断交。这种人，不值得托付。”

孟子又问道：“大王啊，假如您手下的官吏懒政，甚至贪赃枉法，该怎么办呢？”

齐宣王立即回答：“罢免他！”

孟子盯着齐宣王，再次发问：“大王，假如齐国没有治理好，那又该怎么办呢？”

齐宣王不敢直视孟子，扭头与别的大臣谈论赛马的话题去了。

孟子认为，良臣能吏是国君施行仁政的好帮手。君臣之间，应该相互成就。关于这个问题，孟子与齐宣王有过几次对话。

孟子说：“臣所说历史悠久的国家，不是这个国家有高大粗壮的乔木，是有世代为国建立功勋的能臣良将。可大王您现在已没有亲信的贤臣了，过去任用的那些人，如今已离你而去了。”

齐宣王说：“是啊，离去的人都批评寡人良莠不分。先生，寡人该如何识别那些庸才而不任用他们呢？”

孟子说：“国君选择贤才，在不得已的时候，甚至会把原本地位低的人提拔到地位高的人之上，把原本关系疏远的人提拔到关系亲近的人之上，这能不谨慎对待吗？因此，作为一国之君，左右的人都说某人贤能，不能轻信；诸大臣们都说某人贤能，也不能轻信；全国百姓都说某人贤能，要对他进行考察，如果发现他确实贤能再用他。左右的人都说某人不行，不可听从；诸大臣都说某人不行，也不可听从；全国百姓都说某人不行，要对他进行考察，如果发现他确实不行，再罢免他。”

稍作停顿，孟子接着说道：“左右的人都说某人该杀，大王不可轻信；诸大臣都说某人该杀，大王也不可轻信；全国百姓都说某人该杀，大王要派人考察他，确实当杀再杀之。应该由全国百姓共同决定是否处决某人，而不是大王左右的人，不是诸大臣，更不是大王一人的独断。能做到如此，国君才真正是百姓的父母。”

齐宣王问道：“国无大材怎么办？”

孟子说：“以建造宫殿为例。大王要修建一座巨大的宫殿，就一定得派官员去森林里寻找巨大的木料。官员找到了大木料，大王就高兴，认为他能胜任官职。当工匠将大木料分解成小木块时，大王您就发怒，责怪他不能胜任官职。一个人自小开始学习各种本领，等长大要用的时候，大王却说：‘把你先前所学的全部丢弃，照寡人的要求去做！’这将会如何呢？假如大王手里有块璞玉，虽然价值百万，但也一定要由在行的玉工来雕琢它，才不会变宝为废。至于治国，大王说：‘把你先前所学的全部丢弃，照寡人的要求去做！’这与大王要求玉工按您这位外行的指挥去雕琢璞玉有什么不同呢？”

孟子多年来游历各诸侯国，无数次受挫，加之年龄越来越大，性情比年轻时温和了许多。在齐国住下后，孟子的饮食起居有了规律，除了在稷下学宫讲学，与齐宣王的交谈也是日常活动之一。孟子作为不挂职的上大夫，虽不便对具体的政事直接插手，但拥有批评权。虽说与齐宣王的对谈大多是温和的，但有时言语激烈起来，孟子却不惧触碰君王的逆鳞。弟子们有些担心孟子，孟子说：“食人之禄，忠人之事。等哪天我不再任上卿，也许就可以闭嘴了。”

一日，齐宣王问孟子有关卿大夫的事。

孟子说：“大王问的是哪一类卿大夫呢？”

齐宣王不解地问道：“咦？卿大夫还有什么不同吗？”

孟子说：“当然有不同。卿大夫至少有两种，一种是王室宗族的卿大夫，一种是异姓的卿大夫。”

齐宣王说："那先生先说说王室宗族的卿大夫吧。"

孟子说："君王有重大的过错，他们便加以劝阻指正；如果反复劝阻还不听从，他们就干脆改立君王。"

齐宣王听了脸色突变，心跳加速。

孟子拱了拱手，轻描淡写地说道："大王不要怪臣说话直接。您问臣，臣只能直言相告。"

等心跳平稳后，齐宣王又问非王族的异姓卿大夫。

孟子说："君王有过错，他们便出言劝阻；反复劝阻不听，他们便辞职而去。"

齐宣王心想：寡人应该先问异姓卿大夫，这样好有个缓冲。

让齐宣王出一身冷汗的对谈还有如下这段。

齐宣王放下手中的竹简，问孟子："商汤王流放了夏桀王，周武王杀了商纣王，有这回事吗？"

孟子说："古代文献确实有这样的记载。"

齐宣王不满地说道："为臣者杀他的君王，这不合适吧！"

孟子说："毁坏仁的人我们称他为贼，消灭义的人我们称他为残，毁仁灭义的人我们称他为独夫。臣只听说过周武王杀了一个独夫殷纣，没听说他杀过君王。"

齐宣王说："先生认为会有臣子弑杀寡人吗？"

孟子说："仁君从不担心此事，大王也不会担心吧。"

齐宣王问："那该如何与大臣相处呢？"

孟子说："君王把臣子当作手足，臣子就把君王当作心腹；君王把臣子当犬马，臣子就把君王视为常人；君王把臣子当作泥土、草芥，臣子就把君王当作强盗、仇敌。"

齐宣王知道孟子说话耿直，便说道："寡人知道了。这就跟照镜子一样。外面的人什么样，镜中人就什么样。"

齐宣王接着问："礼制规定，臣子要为以往侍奉过的君王服丧。先生，君王生前怎样做才能使臣子甘心为他服丧呢？"

孟子说："大王这个问题问得好！若臣子的劝谏被接纳，进言被听取，并因而惠及百姓；若臣子因故离开，君王派人护送他出国，并派人先到臣子去的地方做好安排；若臣子离开三年不回来，这才收回他的土地、房屋，这就叫作三有礼。这样做，臣子就会为君王服丧。如果臣子的劝谏不被接受，无法惠及百姓；臣子因故离去，君王就立即派人拘捕他的亲族，并故意到他所住的地方为难他；君王在臣子离开当天就收回他的土地、房屋。这就是强盗行为。臣子将视君王为仇敌。君臣之间视若仇敌，还怎么指望臣子为他侍奉过的君王服丧呢？不诅咒他早死就不错了。”

阅读点拨

《孟子》一书中记载了多次孟子与齐宣王的对谈，其中包含孟子与齐宣王之间的政治哲学讨论，二人在多次的思想交锋中产生了很多火花。除了齐宣王外，还有一个对孟子很敬重的君主，他就是滕文公。然而滕国是小国，孟子的很多抱负难以实现。齐国经济富庶，人口众多，在战国时期是超级大国。孟子为齐宣王效力，可能是他离自己实现仁政的梦想最近的一次。齐宣王和孟子对话时，既会坦诚地说出自己的欲望，也会流露出仁爱之心和对错误的追悔莫及，所以孟子非常喜欢齐宣王。在《孟子》中，孟子跟齐宣王的对话最多，孟子对齐宣王讲他有仁性，讲他可以施行仁政，成为一个贤君，也可以成为天下之主。齐宣王也希望孟子来帮助自己实现这个目标。然而最终，二人的目标都没有实现，这不得不令人深感遗憾。

28 孟子愿做不召之臣

这一日，按照事先的约定，孟子要去朝见齐宣王谈谈修订齐国典籍的事。齐宣王一早派近侍来告知孟子说他昨夜受了点风寒，浑身酸痛，今日恐怕无法与孟子交谈了。

“大王问，明天早朝，不知能否见到先生?”近侍恭恭敬敬地问孟子。

孟子回答说：“请回禀大王，可巧臣昨夜也受了点风寒，浑身发紧，明日早朝恐怕无法面见大王。”

第二天一早，孟子整饬干净，要到东郭大夫家去吊丧。弟子公孙丑忙拦住孟子说：“老师，昨天您说生病今日不去朝见齐宣王，今天一大早却去东郭大夫家吊丧，如果让齐宣王知道了，恐怕不妥吧！”

孟子说：“这有何不妥？昨天生病，今天恰巧好了，怎么就不能去吊丧呢?”说完，带着几个弟子，乘车前往东郭大夫家。

孟子一行人刚走，齐宣王就派胡龁来问候孟子。不仅送来了滋补佳品，还派来了太医温常轼。公孙丑出来接待。胡龁说：“大王听说先生病了，很是着急，本想昨天派温太医过来。温太医昨日出了城，回来时已经太晚。先生若还在病中，就请太医诊断；若先生已痊愈，还请先生今日入宫。”

公孙丑尽力掩饰着尴尬，故作轻松地说道：“有劳大王惦记，有劳二位跑一趟，这大冷的天，真是不好意思。我家先生昨日因大王生病，加之也偶感风寒，没能面见大王。今日一早醒来，病好了些，怕耽误了国事，已经上朝去了。这个时辰，应该快到了吧！”胡龁说：“那就好，我这就回禀大王。告辞。”

待胡龁等人走后，公孙丑和几位师弟骑马抄小路，赶在孟子到达东郭大夫家之前将他的车拦住。公孙丑气喘吁吁地将齐宣王派人来问候之事告诉了孟子。“先生，学生说您去王宫面见大王了，请您无论如何不要去东郭大夫家，也不要回学宫，请立即去王宫面见大王吧。”

孟子见公孙丑这副狼狈模样，哭笑不得，又不好训斥他，说：“学宫不回，王宫也不要去了，我的老友景丑家正在附近，不如去他家讨杯水喝吧。”

来到景丑家。说明来意。景丑将孟子一行人引入内堂，嘱咐下人关好门，说今天任何人都不见。宾主落座后，孟子笑着说：“景兄如此小心谨慎，是不是不便留客？”景丑连连摆手，说：“孟兄多虑了，在下是怕走漏风声。大王虽然并非小气之君，但这事传出去，恐怕有损孟兄声望。”

孟子说：“那在景兄看来，轲这事做得不妥？”

景丑说：“你我兄弟并非外人，就容在下直言了。”

孟子说：“但说无妨。”

景丑说：“在家是父子，在外是君臣，这是人间之大伦。父子之间以慈爱为主，君臣之间以恭敬为重。大王对孟兄礼遇有加，听说孟兄生病，特意派人登门，嘘寒问暖。大王对孟兄的尊敬，群臣可见。但群臣却没有见到孟兄对齐宣王的尊重。”

孟子说：“景兄这话说得！好像轲是个刻薄寡恩之人。轲来齐国之前，全国上下，没有哪位大臣曾拿仁义向大王进谏过。是他们认为仁义不好吗？不！他们要么不了解仁义，要么心里认为像大王这样的君王也配谈仁义吗？要说不敬，大概没有比这更大的不敬了。轲对仁义颇有研究，若仁政不是尧舜之道，轲怎敢在大王面前说出来。所以，从这点来看，齐国人远不如轲更尊敬大王。”

景丑说：“不，不，不，在下不是这个意思。《礼记》中说：‘听到父亲召唤，答应一声起身就走；听到君主召唤，不等马车驾好拔腿就走。’这是为子、为臣之道。大王昨日因病无法接见孟兄，已派人向孟兄告假，孟兄却马上佯称有病；今日孟兄痊愈，本应立即进宫面见大王，孟兄却宁愿跑去东郭大夫家吊丧。这似乎和《礼记》中说得有点不相符吧，在下实在想不通孟兄如此行事的理由，还请孟兄指教。”

孟子微微一笑，说道：“景兄与轲的身份一样吗？当然不一样！

景兄是齐国的大夫，是上对君王下对黎民的官吏。轲虽受上大夫之禄，但轲是大王礼聘至稷下学宫的游学之士。无官职，不受君王辖制；劝谏君王，合则留，不合则去。让轲放下身段去见大王，会有趋炎附势的嫌疑。轲不愿为也！”

景丑说：“大王待先生不薄啊，先生不能屈尊去见大王，是因为士人的自尊吗？”

孟子说：“大王待轲的确不薄，但那多半是物质上的供给，使轲在齐国的这些年，衣食无忧，免受奔波之苦。然而，轲来齐国难道仅仅是为了一口饭？曾子说过：‘晋国与楚国物质财富之富有，我是赶不上。但是，他人有他人的财富，我有我的仁德；他人有他人的爵位，我有我的道义。他们并不比我多什么，我也不比他们少什么。’曾子的话不无道理吧，否则他怎么会这样说呢？天下有三样东西最为尊贵，一是爵位，二是年龄，三是德行。在朝中最尊贵的莫过于爵位，在乡里最尊贵的莫过于年龄，至于辅佐君王治国理政，自然是德行最为尊贵。人怎么能凭借爵位高和年龄长而轻视德行呢？因此，有作为的君王，一定不会随便召唤他的臣子。若有要事相商，一定是君王亲自到臣子那里去请教。这就是尊重德行和喜好仁政。如不是这样，便不足以说明他是有为之君。因此，商汤对伊尹，是先向伊尹学习，然后才以他为臣，这才不费吹灰之力便一统天下；桓公对管仲，也是先向他学习，然后才以他为臣，这才一匡天下，九合诸侯。现在，各诸侯国的大小差别不大，各国君王的德行作风不相上下，相互之间谁也不能胜出一筹。为什么会这样？没有别的原因，就是因为他们只喜欢任用听话的人为臣，不任用可以教导他的人为臣。商汤对伊尹，桓公对管仲，就不敢召唤。管仲尚且不愿被召唤，何况轲这种连管仲都不愿做的人呢？”

景丑吃惊地说：“孟兄连管仲管相国也看不上？”

孟子摇头大笑道：“管相国，不过如此！不过如此！”

景丑呆若木鸡。

阅读点拨

儒家认为，君主和大臣是合作的关系，二者之间有一种无形的契约，这便是“道义”。孔子说过：“以道事君，不可则止。”君臣合作共同按照道义来治理国家、造福百姓，让百姓活得有尊严。如果君主违背了这个原则，合作便应该终止。脱离了君臣关系之后，臣可以隐于民间，也可以加入反对这个君主的队伍，甚至可以推翻这个君主，建立新的政权。所以，臣最大的责任，便是引导君主循行道义，包括随时指出他的错误，帮助他提升道德修养。这是对人民、对天道负责，也是对君主负责。如果只是卑躬屈膝地表示对君主的忠心，那就是不称职的大臣，应该辞退。这是孟子关于君臣关系的看法。

29　耳顺年孟子返邹国

孟子终于决定离开齐国。

孟子的话，齐宣王越来越听不进去。虽然齐宣王还是那么有礼貌，每次见孟子，都执弟子礼，但已大不如从前真诚。

那一日，孟子与齐宣王对谈后，与淳于髡一同出了宫门，往稷下学宫的方向走去。孟子说："适才轲为大王讲述古代君王济世安邦的那些过往，大王好像不感兴趣。淳于兄讲的那些纵横捭阖的故事，大王倒是听得津津有味。淳于兄说的笑话，大王更是听得哈哈大笑，前仰后合。真是岂有此理！"

淳于髡笑着说："孟兄，这就是您的问题了。您刚来齐国时，大王听您讲的仁政也是很有兴趣，后来为什么越听越索然无味？髡在背后观察，问题也许出在您这，而不仅仅是大王的不是。楚国的著名琴师瓠巴在河边鼓瑟吹笙，音声之美，就算是藏在深水里的鱼儿都会浮出水面倾听；俞伯牙抚琴弄声，天子銮驾的马儿都会停止咀嚼美味的饲料而抬起头来欣赏。连鱼儿和马儿都知道的好歹，何况是一国的君主呢！"

孟子沉默片刻，说道："话不能这样说。淳于兄可见到过雷电交加的场景？雷电之猛烈，连竹木都能轻松劈开；声势之浩大，足以震破天下。然而，耳聋的人能听得到吗？不能！就算在他们的耳边炸破，他们也听不到。光明如太阳和月亮，天下万物莫不受其光辉照耀，然而失明的人能看到吗？不能！就算在他们眼前放千万道光，他们也看不到。轲的仁政就像天上的雷电、日月，正常人无不耳闻眼见，欣欣然接受，可是您的国君却像耳聋和失明的人，见不到、听不到，这不怪他怪谁呢？"

淳于髡叹了口气，知道他的老朋友心情苦闷，才言辞激烈。在齐国的这些年，孟子话说得越来越多，听的人越来越少；得到的赏赐越来越多，却活得像只宠物。是他说的不对吗？不，是他的话不合时宜。淳于髡不想刻意隐瞒这个事实。实话虽然难听，却能治病。我的这位老兄，你应该认清现实了。

“孟兄，话也不能这样说。过去高商有个叫揖封的人，他歌唱得好，齐国的百姓都喜欢学他唱歌。有个叫杞梁[①]的大夫战死沙场，他的爱妻悲伤哭泣，人们都颂扬她的贞洁。只要声音发出来，无论多么细微，都会被人听到。无论什么行为，哪怕再隐蔽也能留下蛛丝马迹而被人发现。”

淳于髡笑着说：“接下来的话会很难听，孟兄还听不听？”

孟子拱手说：“请赐教。”

“孟兄口口声声说您的仁政如何对症，但您这样的大贤大勇大智慧之人，长居鲁国，却没有使它强大起来，鲁国的国势反而日渐衰落，这又该如何解释呢？是鲁国不行，还是孟兄有问题？髡以为，孟兄应该多从自己身上找找原因。”

孟子哑然失笑。淳于髡可算戳中他的痛点了。其实不只是鲁国，想想这些年走过的那些诸侯国，哪个君王是听了仁政强的国？哪个不是听时笑哈哈，听完该干吗干吗。齐国，孟子已经住了七年，他喜欢这个国家，他从齐宣王和百姓身上看到过希望，但这个希望，虽绚烂如晚霞，却在慢慢消退。消退之后，就是无边的黑暗。是时候离开了，至于去哪，他目前还不知道。

“唉！不能选贤用能的国家，怎么会不衰落呢？能吞下大船的鱼不会在浅水洼里居住，有原则、有德行的人不会在污浊的世间生活。生命力再顽强的葎草[②]，到了冬天也一样会枯萎。唉，不是轲的仁政不好，也不是轲的能力不足，而是我生不逢时啊！”

齐国讨伐燕国的事，让孟子大为光火，也坚定了他离开齐国的

---

① 杞梁据说是孟姜女丈夫范喜良的原型。

② 葎草，桑科，多年生攀援草本植物，茎、枝、叶柄均具倒钩刺。叶片纸质，肾状五角形，掌状，基部心脏形，表面粗糙，背面有柔毛和黄色腺体，裂片呈卵状三角形，边缘具锯齿；雄花小，黄绿色，圆锥花序，雌花序呈球果状，苞片纸质，三角形，子房被苞片包围，瘦果成熟时露出苞片外。花期为春、夏季，果期为秋季。淄博本地称其为“拉拉秧”。

决心。

孟子极力反对齐国趁燕国内乱而入侵，认为这不是君子所为。但齐宣王根本不听，对孟子说："上天赐给寡人机会，寡人若放弃，那是有罪的。"于是悍然出兵，居然势如破竹，很快就讨到了大便宜。齐宣王得意地对孟子说道："有人劝寡人不要吞并燕国，有人劝寡人吞并燕国。以一个拥有万乘战车的大国，去攻打另一个拥有万乘战车的大国，只用了五十天就拿下他的国都，光凭人力不至于如此快速，齐国一定是有神明相助啊。燕国这样的国家，不吞并它，上天必会降下灾祸。如今将它吞并了，接下来会怎么样？"

孟子毫不客气地回答道："如果大王吞并了燕国，燕国的百姓高兴，那就吞并它。周武王就是这么做的。如果吞并了燕国，燕国的百姓不高兴，那就不要吞并。周文王就是这样做的。以一个拥有万乘战车的大国，去攻打另一个拥有万乘战车的大国，若敌国的百姓用筐盛着饭、用壶装着酒来欢迎大王的军队，难道还有什么其他意思吗？是大王的仁义之师救他们于水深火热之中啊！如果吞并后，燕国百姓生活得更差，那他们就会另求贤明的国君去了。"

齐国吞并燕国，引起了其他诸侯国的极大不满，他们不容许齐国一家独大，聚在一起商量着出手救燕国。齐宣王听说后非常不安，召集群臣商议后，又急忙召来孟子，想听听他的意见。齐宣王问孟子："各诸侯国都在谋划攻打寡人，该怎么对付他们？"

孟子回答说："臣听说过，有凭着方圆七十里的弹丸之地而统一天下的，商汤王就是这样做到的。臣没有听说过，一个拥有方圆千里的国君会害怕他国。《尚书》中说：'商汤王征伐，从葛国开始。'全天下人都信任他、尊重他。所以商汤王征讨东面，西夷就有怨言；商汤王征讨南面，北狄就有怨言。他们都说：'为什么商汤王要把我们放在后面呢？'百姓盼望商汤王仁义之师的到来，就像大旱盼望乌云一样。商汤王到来后，集市上的经商者照样做买卖，种地的农民照样下地干活。商汤王只诛杀那些暴君来慰藉百姓，他的到来就像下了一场及时雨，百姓高兴得手舞足蹈。《尚书》中还说：'等待圣王，等待圣王。圣王一到，我们就能活命了。'如今燕王虐待他的百姓，大王您去征伐他，燕国百姓认为您是救他们于水火之中的圣王，所以用筐子盛着饭、用壶装着酒来欢迎王者之师。但是，如今大王您杀死了他们的父兄，抓捕了他们的子弟，毁坏了他们的宗庙，搬走了他们的国家重器，这怎么可以呢？天下各国本来就害怕您一家独大，现在您吞并燕国，国土扩大了一倍，却不及时施行仁政，这不明摆着要招天下各国来攻打您吗？值此危急时刻，大王应该马上下令，遣送抓捕的燕国老少，停止搬运燕国的宝物，将燕国的事交给燕国，帮他们另立一位新君，之后将军队撤出燕国。如果这样做，那么还来得及避免灾祸。否则，就危险了！”

将到嘴的肥肉吐出来是要费一番挣扎的。就在齐宣王犹豫之际，燕国人果然受够了齐国的压榨，群起反抗，加之各诸侯国摇旗呐喊，齐军一时狼狈。孟子的那番预言一一实现。齐宣王后悔当初没有听从孟子的劝导，向他的群臣检讨说：“寡人愧对孟老先生的教诲。”

大夫陈贾说：“大王不必自责！在仁与智方面，大王和周公相比，您说谁更仁更智？”

齐宣王说道：“这是什么话！这是要羞辱寡人吗？寡人怎么敢与周公相比！”

陈贾说：“大王，臣怎敢羞辱您。周公派他的哥哥管叔去督查殷国，结果管叔率领殷国的遗民来造他弟弟的反。如果周公早有预料，却仍然派管叔去督查，那是周公不仁；如果周公没有预料到，那就是周公不智。像周公这样的圣人，仁和智都没能做到，何况大王您呢？臣愿去见孟子，向他好好解释解释。”

陈贾来到稷下学宫，见到孟子，劈头就问：“周公是怎样的人？”

孟子不假思索地答道：“当然是古代的圣人。”

陈贾说：“他派管叔去督查殷国，管叔却率殷人造反，有这事吗？”

孟子说：“有。”

陈贾说：“如此说来，圣人也会犯错喽？”

孟子答道：“周公是弟，管叔是哥，难道做弟弟的还会怀疑哥哥造反吗？周公之错合情合理，不是他的智慧不到、仁义不达。况且，古代的君子，有错就改；今日的君子，却是将错就错，不知悔过。古代君子的过错就像天上的日食、月食，百姓抬头都能看到。改过之后，百姓也能清楚地看到。今日的君子,不仅将错就错,不知悔过,还编造出一套歪理邪说来为他的错误辩护。这是什么世道?这算是什么君子?”

离开齐国的日子越来越近,弟子们有些不舍。临淄城安定,好吃的东西多,好玩的东西也多。特别是弟子陈臻,田家的女子与他交好,本打算月底告知父母,夏至之日成婚,老师这一离齐,打破了他的计划。他不敢向老师言说,每日辗转反侧。孟子知道后,宽慰陈臻说他可以留在临淄城,改日向齐宣王举荐,为他讨个一官半职,好成家立业。陈臻千恩万谢,说将来一定到邹国看望老师。

这几日,孟子辞去稷下学宫的一切事务,与诸好友一一道别。齐宣王很是不舍,亲自来到稷下学宫孟子的住处,诚恳挽留,说道:“先生未到这里前,寡人就盼望着您能来;等先生来到后,寡人很高兴;现在先生又要离开寡人回到邹国,山高水长,人命短促,不知以后还能否与先生相见?”

孟子说道:“感念大王待臣一片赤诚。未来之事,臣不敢奢求,虽然臣很希望将来与大王再次相见。”

过了几日,齐宣王对大臣时子说:“寡人愿在临淄城,选一处风水宝地,给孟老先生另盖一栋大宅子,用一万钟的俸禄来供应他的门下弟子,让我国上下的官吏、百姓都有所效法。你何不替寡人去和孟老先生好好说一说?”

时子不以为然,却不敢反驳。他觉得孟子迂腐,不愿去见,便托陈臻把齐宣王的意愿转告给了孟子。

孟子说:“唉,时子他哪里知道这事是做不得的。如果是贪图财富,轲怎么会辞去十万钟的俸禄,来接受大王这一万钟的赐予呢?轲哪里是为了贪图财富呢?季孙子说过:‘子叔疑这人真的很奇怪,自己要做官,别人不用也就罢了,却又让自家的子弟来做卿大夫。谁不想做官发财、大富大贵,但他却作出垄断专权的行为。’什么叫作‘垄断’呢?古代做买卖,不过是用自己的东西来交换自己没有的东西,并由相关部门管理。有这么一个卑贱的汉子,一定要找一个独立的高地登上去,左看看右望望,恨不得将所有买卖的利润全归自己所有。众人都认为这个人太卑贱,因而抽他的税。向商人抽税便是从这个卑贱的汉子开始的。”

陈臻说："老师莫非是觉得齐国的权力架构有问题？"

孟子说："大王讨伐燕国时，沈同狂妄，擅自作战，胆大妄为；陈贾身为国之重臣，不能指出大王的过错，却一味说好话为大王开脱。这样的局面，不容乐观；若久居这里，恐怕凶多吉少。你随时关注，如果哪天遇到祸端，赶紧举家来邹国。"

陈臻谢过老师，又问道："弟子听说，沈同是听从了老师您的意见才去征伐燕国，有这事吗？"

孟子摇头说道："没有的事！世人都误会了。沈同当时私下问我：'燕国是否可以讨伐？'我回答说：'可以。'他就以为我鼓励他去攻打燕国。假如他再问：'谁可以讨伐燕国？'我一定会说：'只有奉行天命的天授大吏才能讨伐燕国。'譬如有个杀人犯，若有人问道：'这个杀人犯该杀吗？'那么我一定会说：'该杀。'假如再问我：'谁有这个权力杀他？'那我一定会回答：'只有掌管刑罚的执法官才可以杀他。'如今，一个同燕国一样的齐国去讨伐燕国，我为什么要鼓励呢？"

最舍不得孟子离开的是淳于髡。

当年，淳于髡邀请孟子来齐国，说齐宣王既仁慈，又有雄心，或许可以在此实现他的政治理想。这些年，他看到孟子由最初的踌躇满志，慢慢消沉下来，腰也比以前弯了。作为老友，他既是佩服的，又是心疼的。60多岁的老人了，还有几年活头？他只希望孟子能在稷下学宫安稳下来，将平生所学，完整地记录下来。至于政治理想，就不去管了。但淳于髡知道，用寻常言语难以挽留孟子。他那一腔热血，不喷完不算了事，得想个法子。

淳于髡踏入孟子的住处，不等他寒暄，开口便问："男女之间不得亲手传递物品，这是你们儒家认定的一种行为规范吗？"

孟子刚洗漱完，边擦手边说："不错！男女授受不亲，正是我们儒家的行为规范。"

淳于髡问："如果孟兄的嫂子不幸落水，孟兄是看着她淹死还是伸手相救？"

孟子说："嫂子落入水中不伸手去救，那简直是豺狼行为。所谓男女授受不亲，是一种行为规范；但嫂子落入水中，伸手去救，却是一种权宜变通之计。"

淳于髡话锋一转，说道："如今天下百姓都落入水中，孟兄却不伸手相救，这是为什么呢？"

孟子说："天下百姓都落入水中，要想出手相救，得有一定的渠道。嫂子落入水中，只需伸出一只手即可。淳于兄，你是想让轲用只手之力去救全天下的百姓吗？可惜呀，轲没那本事！"孟子苦笑。

淳于髡说："看重声名功业者，是为他人着想；轻视声名功业者，是为了独善其身。孟兄贵为齐国三卿之一，声名和功业均备，上不能辅佐君主，下不能惠及百姓，您就这样拍拍手离开，难道仁人就是这样的吗？"

孟子说："地位卑贱时，不以自己的贤人之身服侍不肖的君王，这是伯夷的作风；五次去商汤那，又五次去夏桀那，这是伊尹的作风；不讨厌昏庸的君王，不拒绝卑微的职位，这是柳下惠的作风。三人的作风虽然不尽相同，但趋向是一致的。这一致性是什么呢？那就是仁。君子只要蹈行仁就可以了，何必一定要相同呢？"

淳于髡说："鲁缪公的时候，公仪子主持朝政，泄柳和子思都是在朝的臣子，鲁国却更加衰败。贤人对国家无用，这就是个很好的例证吧。"

孟子说："虞国不用百里奚，因而亡国；秦穆公重用百里奚，因而称霸。不用贤人即亡国，即便想要割地求生，也做不到吧。"

淳于髡说："卫国人王豹善于唱歌，当年他住在淇水之旁，河西的人都学会了唱歌；齐国人绵驹住在高唐，齐国西部的人都很会唱歌；庄公时的华周大夫和杞梁大夫，讨伐莒国时战死，他们的妻子痛哭流涕，结果改变了一国的风气。里面有什么，一定会在外面有所显现。做了却没有看到成绩的情况，髡不曾见过。所以，要么是没有贤人，如果有，髡一定认识他。"

孟子说："淳于兄越说越远了。孔子任鲁国司寇，不被重用。有一次跟随鲁侯去祭祀，祭肉没按规定送来，孔子连礼冠都来不及脱下便匆忙离开。不了解孔子的人以为他是为了祭肉赌气离开，了解他的人才明白他是因为鲁侯失礼而离开。至于孔子，却是想要背个小小的罪名而走，不想随随便便离开，之所以这样，是为了给鲁侯留些面子。君子的所作所为，岂是芸芸众生所能清楚明了的。"

淳于髡没能挽留住孟子。整个齐国，都没有留住孟子。

齐宣王与群臣送出孟子一程又一程，嘱咐孟子有机会时再来齐国做客。

离开临淄城，孟子一行人赶到齐国西南附近的昼县过夜。孟子对弟子陈臻说："回去吧，在齐国好生为官。"陈臻说他想一直把老师送到邹国。

当晚，客栈来了位不速之客。他说他是昼县的大夫，叫谷升，是主动来替齐宣王挽留孟子的人。谷升恭恭敬敬地坐在孟子的对面，一番漂亮的说辞，说得哑巴开口，顽石点头。孟子未加理会，不住地打瞌睡，不久就伏在几案上睡着了。

谷升很不高兴，敲敲几案把孟子叫醒，说道："升满怀虔诚，在准备见先生的头一天，便斋诚沐浴，整肃身心。今夜同先生说话您却睡着了，是升无礼，打扰先生休息了，以后升再也不敢与先生相见了，就此别过！"说完，拱拱手起身就要走。

孟子说："年轻人，坐下来！坐下来！听老朽给你说道说道。过去鲁缪公①怎样对待贤人呢？鲁缪公如果没有人在子思②身边服侍，就不能使子思安心；泄柳、申详③要是没有人在鲁缪公身边说好话，就不能使自己安心。您能不能替我这个老头子想想，老朽连子思怎样被鲁缪公对待都比不上，④您不去劝劝大王改变态度，却用一番空话来挽留我。这是你要与我绝情，还是逼我与你绝情呢？"

谷升离开后，孟子久久不能入睡。天一放亮，万章整理好行李后

---

① 鲁缪公即鲁穆公，春秋战国时期鲁国的国君，在位三十三年。

② 子思（前483—前402），战国初期思想家。孔姓，名伋，孔子之孙。相传子思曾受业于曾子。孟子又受业于子思的门人，形成思孟学派。

③ 申详，孔子学生子张的儿子，子游的女婿。

④ 这一段是孟子以鲁缪公如何对待子思来对比齐宣王如何对他。鲁缪公为了把子思留在鲁国，有段时间不断派人给子思送去"鼎肉"。"鼎"是权力的象征，把肉放在鼎中，鲁缪公意在希望子思成为鲁国的辅政大臣，但子思并不领情。《孟子》里有记载："今而后知君之犬马畜伋。"意思是，子思认为鲁缪公是把自己当犬马喂养，不是把自己当成真正的贤人。有一次鲁缪公问子思："何谓忠臣？"子思说："恒称其君之恶者，可谓忠臣矣。"意思是，经常指出君王过错的才是忠臣。孟子认为，国君对待贤人，应该像鲁缪公对待子思那样，用事师之礼，而不是摆花架子。

来请孟子出发。孟子说昨天一路劳累,滞留一天吧。万章答应一声,招呼师弟们卸下行装。第二天一早,万章又来请孟子出发。孟子说昨天没休息好,再留一天吧。第三天,万章不等行李打包,先来问孟子今日是否启程。孟子犹豫了一下,说身体乏了,明天吧。明天一定出发。

在昼县滞留了三天后,孟子终于答应动身。

孟子一行人离开齐国后,有个叫尹士的齐国人嗤笑孟子说:"认识不到大王不能成为像商汤王、周武王那样的圣君,是孟老头老糊涂了;明明知道自己那套仁政行不通,还跑来我国骗吃骗喝,那便是孟老头贪求富贵。孟老头大老远跑来我国,不受大王赏识后离去,却又在昼县停了三天才走,为什么要这样做呢?无非是等着大王的召唤罢了。我对他的行为极为鄙视!"

齐国人高子是孟子的学生,听说后,便写信把这事告诉了孟子。

孟子看了高子的信哈哈大笑,对万章说道:"你是不是也一直不明白我为什么在昼县滞留三天才走?"

万章老老实实地说:"是。"

孟子说:"那尹士,区区一介莽夫,岂能了解我?我当年不远千里来见大王,那是我的愿望;不被赏识而去,难道是我乐见的吗?只是不得已罢了。我虽在昼县滞留了三天才离开,但我还是感觉时间过得太快了。那三天,我一直心存幻想,以为大王会改变态度。大王如果改变态度,一定会召我回去继续辅佐他。离开昼县时,我一步三回头,盼望着大王能发一道诏书,召我回去,但他一直没有。我这才毫不留恋、快马加鞭地踏上回乡的路。即便如此,难道我就能弃大王而不顾吗?不!大王虽然不能成为像商汤王、周武王那样的圣王,却也可以有一番大作为。大王假若用我,何止是齐国的百姓得到太平,全天下的百姓都会得到太平。向大王进谏,大王不接受便大发脾气满脸不高兴;一旦离开,就义无反顾,非得走到筋疲力尽也不停步吗?非也,非也!万章,你就这样写封信交给高子,让他知道,这就是我的心声。"

这番话传到尹士的耳朵里,尹士满脸惭愧,说道:"我真是以小人之心度君子之腹了!"

连年的战争，赤地千里，杳无人烟。比起临淄城的富庶，一路南下的凋零、破敝，让孟子接连几天吃下不饭。离家二十多年，东奔西走，苦口婆心，欲救黎民于水火之中，但二十年过去了，水更深，火更炽，自己那套仁政之说，于事无补，徒增白发。是我错了，还是这世间错了？

前方就是休邑，此地距家乡只有百里。近乡情怯，天色虽早，孟子说："今日提前歇了吧。"

早早用完饭，公孙丑整理盘缠，发现所剩不多。离开临淄前，齐宣王赠送礼金给孟子，说穷家富路。孟子拒绝了齐宣王的好意。在路上，陈臻不解地问道："大王送您上等黄金一百镒，您没接受；后来在宋国，宋王送您黄金七十镒，您却接受了。如果过去不接受是对的，那么今天接受就是错的；若今日接受是对的，那过去不接受就是错的。二者之中，一定有一个错的吧。"

孟子说："都是对的。在宋国的时候，我准备远行，知道这一路比较辛苦，因此宋王说：'多带上一些盘缠吧！'我为什么不接受呢？至于在齐国，就没什么理由了。没有什么理由，却又送钱给我，这就等于用钱收买我。君子怎么可以用钱收买呢？"

本就手头拮据，一路见有饥困之人，孟子都会施些钱粮。公孙丑算计了一番，虽然撑到回邹国问题不大，但他不忍老师吃苦，整理完毕后，来到老师的房间，给老师奉上茶，端坐下来，问道："做官不受俸禄，这样做合乎古道吗？"

孟子回答说："不！在崇地时，我见到了大王，回来便有了离开他的想法。大王不想改弦更张，不能接受仁政。无功不受禄，我不想接受他的俸禄。不久，齐国有战事，不便离开，这才耽误了下来。但长久居于齐国，却无所事事，这不是我的心愿。"

离家乡越来越近。按正常速度，今日傍晚就能抵达。弟子充虞见老师似乎有些心情郁闷，小心地问道："先生，您似乎有些不愉快。但是，前日您教导过我们：'君子不怨天，不尤人。'今日您为何如此忧郁呢？"

孟子说："那是彼时，这是此时。情况不同，心情当然不一样。从历史发展的规律推断，每过五百年必有圣人出兴于世，其间还有闻名于世的人才如泉水般喷涌而来。自周朝文王、武王、周公以来，到现在已经过去七百年了，论年岁，早就超过了五百年；论时势，现在正是圣王贤人涌现的时候。上天只是不想使天下太平罢了，如果想使天下太平，当今之世，除了我，还有谁能做到呢？只是没有君王起用我罢了。我有什么损失呢？我有什么办法呢？马上就要到家了，我为什么不开心呢？哈哈哈哈！”

明月半轮，悬挂中天。

孟子连夜修改完淳于髡委托的稷下学宫仪规，揉了揉浑浊的双眼，披衣而起，走出客房。虽说已是春天，但寒意尚未退去。孟子轻轻打了个喷嚏，身后侍立的弟子万章将一件棉衣披在他的身上。“你也睡不着吗？”“听先生房间有动静，就起来了。”“又吵着你休息了。”“哪有哪有，是弟子睡眠轻。”

月光下，万章脸上的沟壑一明一暗。孟子有些心疼，这个身形魁梧的弟子也老了。孟子几次劝他入仕，均被他拒绝。他说愿一生追随老师左右。孟子离齐前告诉了万章他的打算，回到邹国，重新整理《诗经》《书经》这些典籍。万章说，这些年的游历，他和众师弟们都有简记，不如一并整理出来。孟子点头，说：“为师是不是越来越像孔老夫子了？如丧家之犬，哈哈哈哈！”

月光渐渐隐没。客栈前插着的那杆锈边酒旗，在风中呼啦啦地响着。

三声鸡叫，东方微明。

阅读点拨

孟子几次入齐，最后因理想不能实现而郁郁离去。孟子第一次离齐是齐威王时期，第二次离齐已是齐宣王时期。孟子主张儒家仁政，而齐宣王的理想却是成就霸业，虽然齐宣王对孟子是非常尊敬的，但宏图霸业的理想也是他所坚持的。“王道”是儒家思想所追求的君王的治国理念；而“霸道”是法家思想所奉行的治国理念。齐宣王和孟子的思想殊途，导致了他们最后的分道扬镳。孟子在齐国虽然不做官，但尽享厚禄。如果自我宽慰：就算仁政不能实施，但衣食无忧，著书立说，尽享天年也是平常人难得的际遇。可是，这就不是孟子了。孟子看重的，是他坚持的“道”。他说：“天下有道，以道殉身。天下无道，以身殉道。”道不同，不相为谋，万钟于我何加焉。最后的离开，逡巡不去，再三表明自己的心迹，我们看到了孟子身上壮志难酬的无奈悲情，更有一份浩然天地间的士人风骨。孟子一生风尘仆仆，主张却未曾被用，从某种意义上看，这是失败的人生，但从另一种意义上看，他志向如铁未曾有过丝毫动摇，且为了理想奔走一生，他就像《老人与海》中的那个老渔夫圣地亚哥，不管能不能捕到鱼，每天清晨，他还是会摇着自己船桨驶向大海。

30 连环计慎到巧拒齐

人物简介

慎到，尊称慎子。古慎国（今河南省正阳县）人，后来其祖上迁居赵国。齐宣王时曾长期在稷下学宫讲学，是稷下学宫中具有影响力的学者之一。

慎到，赵国人。早年修学黄老道德之术，后来成为法家重要的创始人物之一。齐宣王时他曾长期在稷下学宫授徒讲学，享有盛名，与田骈、接子、环渊等有较多交往。慎到在鲁国做过官，但未曾被重用。后来到楚国，做了楚怀王太子（即后来的楚襄王，也叫楚顷襄王）的老师。

楚襄王，芈（mǐ）姓，熊氏，名横，楚怀王之子。熊横做过两次人质，一次是齐、韩、魏三国联合出兵攻打楚国时，楚怀王为求救兵，派熊横到秦国做人质；另一次是楚怀王二十九年秦国大败楚军，楚怀王派熊横到齐国做人质求和。

熊横在齐国做人质时，他的父亲楚怀王薨了，便向齐湣王提出回国为他的父王送葬的要求。齐湣王舍不得这块肥肉，向熊横提出条件。“太子回去后就即楚国王位，如果许诺割让东地五百里土地给寡人，寡人即刻放你回国；否则，你还是安安稳稳地在这候着吧。”熊横说：“此事重大，臣有老师在，待臣找他商量商量，再给大王答复。”

熊横回到府上找到他的老师慎到，问该如何应对齐湣王提出的条件。

慎到说：“太子，依臣之见，您还是答应齐湣王割让东地五百里地的条件吧。献出土地是为了安身。若因为爱惜土地，而不为父王送葬，这是不合人伦道德的事。所以，臣以为献地对您有利。您就答应齐滑王的条件，赶紧先回国最要紧。”

熊横觉得慎到说得有理，当日再次进宫，答应了齐滑王的要求，并打开地图，立下文书字据：敬献楚国东地淮河以北五百里的土地给齐国。齐滑王这才满意地放熊横回了国。

熊横回到楚国，即位为王，是为楚襄王。齐滑王待楚襄王安定下来，发文书给楚国，说打算派使车五十辆，来楚国索取东地五百里土地。楚襄王想：好你个齐滑王，吃相太难看。寡人这还没坐热屁股，你就上门来讨要，这让寡人如何向臣民们交代。于是急忙召慎到入宫，问道：“先生，齐滑王派使臣来索要东地五百里土地，该怎么办呢？”

慎到想了想，说：“大王，当时答应齐滑王事出突然，现如今，您已经坐在了一国之君的位置，此事大王不可一人独断，也不可只听臣的一面之词，不如明日召见群臣，听听他们的意见，再作定夺。”楚襄王点头称善，传旨群臣，让他们明日在朝堂上献计献策。

第二天一早，上柱国子良第一个来拜见楚襄王。楚襄王说：“寡人不肖，为能回到楚国来为父王送丧，为能见到你们，不得已答应割让东地五百里土地给齐国。现如今，齐滑王派使臣来办理交接手续，这该如何是好？”

子良颤颤巍巍地说：“依臣之见，大王金口玉言，一字千金，您既然亲口答应了拥有万乘战车的强大齐国，就得兑现。如果答应了却又不肯割地，大王就在天下人的面前失去了信用，将来您就很难再和诸侯国谈判结盟了。不如这样，大王先割让东地五百里土地给齐国，然后再出兵攻打齐国，夺回失地。割地，是表示我们守信用；攻齐，是显示我们的强大。因此，臣以为应该割地。”

子良退下后，昭常急忙来拜见。楚襄王说：“齐滑王派了使臣来，要求割让东地五百里土地，该如何是好？”昭常说：“大王万万不能给！一寸也不能给！我们楚国号称万乘之国，是因为土地广博才称得上万乘之国。如今，齐国无礼，想霸占我国东地五百里土地，这一下就活活割让了东地的一半啊！如此这般，楚国虽有万乘之名，却无万乘之实了。因此，臣以为，万万不能给！臣不才，愿带精兵强将，坚守东地！”

昭常前脚刚走，景鲤前来拜见。楚襄王说：“先生应该有所耳闻，齐国派了使臣来索要东地五百里土地，这该如何是好？”景鲤说：“臣以为，这地是不能给的，但又不能不给。不过，靠楚国自己的力量是守不住东地的。大王一言既出，驷马难追。既然当时亲口答应了齐湣王，如果反悔，那么就违背了信义。目前来看，楚国不能靠自己的力量守住东地，臣愿西去秦国，向强秦求救。”

景鲤出去后，慎到求见。慎到问大臣们的意见如何，楚襄王说：“寡人快要愁疯了。”便将子良、昭常、景鲤三个大夫出的主意一一说给了慎到听，“子良说从信义上说不能不给，先给再出兵进攻齐国夺回失地。昭常说绝不能给，他愿去镇守东地。景鲤也说不能给，又说楚国不能靠自己的力量守住东地，他愿意去向秦国求救。寡人一筹莫展，他们三个的主意想想都有道理，却不知道到底该采纳谁的。”

慎到笑着说：“大王，要不就像您纳妃那样，都采用了吧。”

楚襄王不高兴地说：“先生，都啥时候了，您还开玩笑。”

慎到拱了拱手，胸有成竹地说：“大王莫急，臣不是信口开河，请容臣慢慢道来。此事可分三步走。第一步，大王采纳子良的计策，派子良带上兵车五十辆北上齐国，依先前的承诺，进献东地五百里土地；第二步，大王在派出子良的第二天，任命昭常为大司马，带精兵强将，镇守东地；第三步，在派出昭常的次日，大王再派景鲤带领兵车五十辆，带上厚礼，往西向秦国求救。不知大王意下如何？”

楚襄王听了哈哈大笑，连说三个好字。

楚襄王依计行使，先派子良到齐国献地，在派出子良的第二天，又封昭常为大司马，派他镇守东地。第三天，派出景鲤西去秦国求救。

子良到了齐国，捎来楚襄王的问候和割地承诺。齐湣王大喜，派军队来到楚国边境，接受割让的东地。昭常傲慢地对齐国来使说：“在下从来没听说过割让一事。在下是主管东地的大司马，誓与东地共存亡！在下已动员了东地自五尺小儿到60岁的老人全部入伍，共计三十余万人。虽然我们的铠甲破旧、武器鲁钝，但敢有犯边者，愿奉陪到底！”

齐湣王急忙召来子良，呵斥道：“先生来献地，那昭常却固守东地，你们这是在做什么？”

子良装作不知，装出一副无辜的样子说：“臣有所不知，臣是受了楚襄王之命，诚恳地来向您进献东地的。那昭常既然强行守卫东地，就是违命抗上，请大王立即派军队去进攻他。”

齐湣王恨恨地说道：“既然这样，那就休怪寡人不客气了！”于是派兵大举进攻东地，讨伐昭常。大军还未到达楚国东地边界，秦国已经派了五十万大军直逼齐国的西境。大骂道：“贼子！你们扣押了楚国太子，不让他回国，这是不讲仁道；现在又想抢夺楚国东地五百里土地，这是不讲正义。警告你们，立即收兵，否则我们就打一仗吧！”

齐湣王听了非常害怕，立即请求子良回去转告楚襄王，两国讲和，不再讨要东地五百里土地。又忙派人出使秦国，声明不再进攻楚国，两国修好，请秦国罢兵言和。

就这样，慎到巧使连环计，不用一兵一卒，保全了楚国。

阅读点拨

慎到巧用连环计的故事在史书中有记载。楚襄王听从慎到的连环计，三股力量一整合，产生了神奇的结果：一没有结仇于齐，二没有花钱雇秦，三没用武力，竟然保住了东地五百里土地，还没落下不守信的口舌。慎到的智慧与贤能也在此体现得淋漓尽致：首先，他一一听取众臣的意见，集思广益；接着，归纳总结，排列组合；最后，巧施连环计，让三股势力各尽所能，都能为国家出力，为新王立功。结果，终于保卫了楚国的东地，既树立了楚襄王的威信，又增进了朝廷内部的团结，从而减缓了楚国衰落的趋势。一般认为，两军对垒，要么战，要么和，没有第三条路线。可慎到的方案是又战又和又引入第三方力量，这就照顾到了道义立场、本国实力和各诸侯国关系三个层面，相互作用，发挥奇效，令人拍案叫绝。

31 以梦释道慎到启学

清早，晨光熹微，鸟雀已喧。临淄小城尚未全然醒来，稷门外的学宫内已是一派繁忙的景象，远远望去，但见人影穿梭，却是毫无声响。学生们早起更衣洗漱，自身收拾清净。轻手轻脚地为先生准备好盥洗之器，洒扫室屋，摆好讲席。收拾讲席的青年，名为接予，面如冠玉，目若朗星，眉头微蹙，若有所思。昨日的堂课结束之后，他们几个平日里熟稔的学生一直在讨论先生所讲之事，大家聊至半夜三更，也没有理出头绪，想着等今日先生课上，再问个究竟。

一切收拾停当，学堂之上鸦雀无声，弟子们正色恭坐，只等先生入席开讲。

先生慎到端坐台上，仪容严肃，举目庄重。他环顾四周，目光从学子们的身上扫过，这些青年人的眼眸中闪耀着清亮的光芒，这份光芒是他所熟悉的，那是对智慧的强烈渴求，对功业无限期冀的理想之光。他想到年少时，同样怀有万丈雄心，从赵国来到齐国，不觉已过去数年。如今自己已成为享有盛名的稷下先生，身旁学子甚众，内心深感慰藉。而当今时代，群雄逐鹿，曾经不可逾越的贵族门第已然不同往日，且自田氏代齐以来，齐国君主招才养士，那些出身贵族末端的士子们心怀大志，勤勉力学，期待有朝一日宏图大展，位及卿相也未可知。

慎到目光一沉，缓声问道："昨日的功课诸位学子还有什么疑惑之处吗？"

闻及先生此言，座下诸生开始小声讨论起来，一阵窸窸窣窣的声音过后，接予首先站起来，拱手一拜，说："先生昨日言梦境之事，学生还有诸多不解，望先生明示。"慎到微笑，示意他继续。"自殷商来，朝堂之上就有因梦占吉凶的传统，周时设占梦官。《周礼》中将梦分为正梦、噩梦、寤梦、喜梦、思梦、惧梦。梦境不同，所兆有异，此已成为大家的共识。如先生昨日所言，梦乃白日所见，故夜有所梦。那梦就是由人的头脑发出的，是否意味着与将来之事毫无关联呢？”

慎到一直认真倾听，没作任何反应，闻言毕，说道：“我想听听你的想法，你是如何认为的呢？”

面对先生的提问，接予也未有丝毫胆怯，肃身正言：“弟子自小向学，遍读典籍，知殷商时人梦后取龟甲钻孔煅烧，通过观察断裂的纹路来判断吉凶祸福，自古以来，上自国君下至贵族，皆以梦为预兆，循占梦所示，皆行止有则。且梦中之境真实如生却又杂乱无章法，令人心生恐惧抑或欣喜，这难道不是某种预示吗？望先生明言。”

慎到微微颔首，缓语轻声道：“我先给大家讲个故事吧！”

众生侧耳恭听。

"齐景公有一次生了病，卧床十几天不能起，日渐严重。一日他做了一个奇怪的梦，梦见自己和两个太阳搏斗，败下阵来。醒来后，心生恐惧，觉得这梦实属不吉，是不是预示着自己要死了。后来晏子召占梦官前来解梦。占梦官刚到王宫门口，晏子先将齐景公的梦复述了一遍，问占梦人作何解释。占梦人说：'我就说梦是反的吧。'晏子说：'不可不可，你应该说国君的病属阴，太阳代表阳气，一阴怎么能斗得过二阳呢？这说明国君的病马上就好了。'于是，占梦人按照晏子的叮嘱，给齐景公解释了一番。三天后，齐景公的病完全好了。"

故事讲完，大家沉浸其中若有所悟，慎到接着说："有几个问题请诸位学子认真思考，首先，齐景公梦后醒来的恐惧来自何处？再者，让齐景公不治而愈的灵丹妙药又是什么？"

座下议论之声此起彼伏。

有人言："自古天命可畏，景公之疾恐是上天有什么警示吧！故托梦于他。"

有人言："梦见和太阳作战，恐是真有什么预兆……"

有人言："景公无药自愈，说明病之根源不在身体，那病在何处呢？"

此时，慎到看向接予，问道："你是如何理解的呢？"

接予再一拱手，说："景公几日顽疾，因一梦而心更衰，又因占梦官一语而痊愈。几日内变化如此之大，可见梦之预示作用确实巨大。"

"那这个梦的解释是如何而来呢？"慎到紧接着问道。

"占梦官之解并无所遵循，而是晏子的嘱托，而晏子的嘱托是有所指向的。"

"你理解得很好，这正说明了所谓的预兆与现实并没有利害关系，全靠占梦官的解释。而一个正向的解释可以让一个看起来病症严重的患者自愈，更可见心理作用对人的影响有多大。所以，所谓梦中景象预兆未来的说法大抵是人们内心的某种期待和自我安慰吧。而齐景公夜晚的那个梦，大致是由白日对自己病情的过度担忧所致的。正所谓'昼无事者，夜不梦'。"

大家渐渐地不再疑惑，慎到继续循循善诱："以前人们通常认为梦是天神的旨意，那么天果真可以预兆甚至主宰人的命运吗？天有无限光明，不会忧虑人间的黑暗，地有无限财富，不会担忧人间的贫穷。人们想要获得光明和财富，只要主动打开窗，勤劳耕种，自然就会获得。天地自有它运行的道理，人们若能遵守天地之道，积极做事，就会有收获。所以重要的不是天地的旨意，而是个人的努力。”

座下学子纷纷点头称是，顿觉头脑清明。

阅读点拨

慎到生于赵国的国都邯郸。他主张“抱法处势”“无为而治”。在先秦的法家代表人物中，慎到、申不害和商鞅分别重视“势”“术”“法”，都在提倡法治的基础上提出不同的观点。“势”主要指权势，慎到认为：君主如果要实行法治，就必须重视权势，这样才能令行禁止。此篇故事中，慎到对于梦和自然的理解带有唯物主义的色彩，这在当时科学并不发达的情况下显得尤为珍贵。同时，他强调个人的主观能动作用，主张在法治的基础上依照事物的本性，顺其自然，法也必须遵循自然的本性。他的身上有种超越时代的理性精神和人文主义精神。

32　天口骈轶事二三则

人物简介

田骈，战国时期的思想家、教育家，先秦天下十豪之一。又称陈骈，齐国人，与田齐宗室出于同姓，是稷下学宫中具有影响力的学者之一。他与慎到齐名。曾讲学于稷下学宫，雄于辩才，代表作品有《田子》。“天口骈”是时人送给他的外号。“天口者，言田骈子不可穷其口，若事天。”是说田骈讲起他那一套治国安民的理论，从早到晚滔滔不绝，仿佛老天爷的事他都能替着办。

田骈是齐国临淄人，与田齐宗室同姓。因为田、陈二字的古音相同，因此又称陈骈。《吕氏春秋》评价他与老子、孔子等人并称天下十豪。田骈重视齐，所谓“齐生死，等古今”，强调事物的均齐、同一性，不太重视事物之间的差别。田骈的这种观点受到他的老师彭蒙的影响。

彭蒙在稷下学宫讲学时，田骈曾受教于他。彭蒙喜欢跟人掰持。有一次，田骈读着书，读到兴奋处拍案叫绝，说道：“唐尧治下真是太平盛世。”

旁边的宋钘问：“唐尧是圣人不假。但问题来了，凡是圣人治理国家，都能达到那样的程度吗？”

一旁的彭蒙没等田骈回答，抢着说道：“太平盛世是圣法治理国家的结果，并不是圣人治理的结果。”

宋钘说：“圣人与圣法，有什么区别？”

彭蒙说：“圣人是从个人的角度着眼，圣法是从事理的角度着眼。

事理虽然出自个人之手，但个人之见并不等于事理；个人之见尽管能反映出事理，但事理并不等于个人之见。所以，圣人治理国家，是个人独自治理国家，用圣法治理国家，那么国家没有不被治理好的。对万事万物都有利的圣法，只有圣人才能制定它、完善它。”

宋钘听后仍然迷惑不解，转头问田骈。

田骈说：“老师说得很对。”

有其师必有其徒，田骈从老师彭蒙那学到“贵齐”的要领，喜欢认死理。某次，田骈拿道术向齐威王讲述。齐威王说：“寡人不想听那些没用的大道理！寡人所拥有的是齐国，寡人只想知道如何治理好齐国。”

田骈回答说：“臣所说的道术可不得了，虽然不涉及政事却可以用于政事。这就好比树林里没有成材的树木，但却可以培育出好的树木。大王您完全可以根据需要从中得到治理齐国的方法。这还是从小处说，从大的方面看，又岂止是齐国的治理呢！若掌握了道的原理，万事万物的变化均有章可循，均可以顺乎情势而处理得当。像彭祖的长寿、尧舜禹三代的兴盛、五帝的昭明、神农的伟大，都是因为懂得道的原理。懂得了道，也就掌握了治理天下的一般规则和方法，难道还愁治理不好齐国吗？”

后来，有个叫唐子的人在齐威王面前说田骈的坏话，齐威王信其言，想要杀掉田骈。田骈听到消息后，带着他的家眷逃到了薛地。孟尝君听说田骈来到了薛地，就派出车子迎接田骈一行人。田骈安顿好后，孟尝君热情地款待他，一天三顿美味佳肴；冬天送田骈皮衣御寒，夏天送田骈葛麻消暑；出门不是乘牛车就是驾良马。

某日闲聊，孟尝君问田骈：“先生生在齐国，长在齐国，您思念齐国吗？”田骈幽幽地说：“臣思念那位叫唐子的人啊。”孟尝君说：“是那位说您坏话的唐子吗？”田骈说：“是。”孟尝君不解地问道：“唐子害了您，先生为何独独思念这种人呢？”田骈回答道：“不瞒您说，臣在齐国的那些日子过得太差，吃的是糙米，喝的是菜羹。冬天挨冻，夏天受热。自从唐子在齐威王面前说了臣的坏话，臣投奔到您的门下，吃的是细粮，喝的是肉汤，冬有冬衣，夏有凉服，乘的是牛车良马。就凭这些，臣就忘不掉那位唐子。”

田骈对什么都能评论一番。有个前来拜访的客人，服饰合于法式，进退合乎仪规，举止娴静雅致，言辞和顺敏捷。田骈听他说完后，让弟子送客。客人转身离去的时候，田骈一直盯着他的后背。

弟子对田骈说："先生，来客是位士子吧！"

田骈说："这哪里是士子啊！"

弟子不解地问道："刚才那位客人，服饰合于法式，进退合乎仪规，举止娴静雅致，言辞和顺敏捷。这难道不符合士子的标准吗？学生愚钝，请先生赐教！"

田骈笑了笑，说："你们只看到了表相，没有看到实质。刚才那位来客，极力掩藏的地方，正是作为士子应该诉说的地方；而士子应该回避的地方，那位来客却说个没完。由此判断，来客恐怕不是个士子！"

田骈接着给弟子引申道："火光若只照一个角落，就有半边房间没有光亮。骨骼若过早长成，质地就会疏松，个子一定长不高。普通人若不谋求道义，只拘泥于外表，就会谲诈多端。心志如果不正，就不能建立功业。只喜欢聚敛而不懂得施舍，国家再大也不能成为天下之主，灾祸还会天天发生。所以，君子的仪容，纯洁得像昆仑山的玉石一样，挺拔得如同高山上的大树。他们言行谨慎，有所敬畏，不敢自满；他们孜孜不倦，取舍谨慎，心地一片光明。"

田骈善于言语，口才非常好，但也有吃瘪的时候。

有个齐国本地人去稷下学宫拜访田骈，说道："听说先生道德高尚，秉持着不入仕为官，一心只为百姓的理念，不知道是不是这样？"

田骈有些得意，问道："您是从哪里听说的？"

来人笑道："从我邻居家女儿那听说的。"

田骈脸色一沉，问道："您这话是什么意思？"

那人说："我邻居家的女儿从小立志不嫁人，可还不到30岁就有了七个孩子。说是不嫁吧，却和出嫁没什么区别，甚至比出嫁更厉害。先生您口口声声说不做官，却有俸禄千钟、仆役百人，可比做了官的人还富足呀！"

田骈听了后，惭愧地拱了拱手。

阅读点拨

记录田骈的言论及思想的著作早已亡佚。《庄子》《荀子》《吕氏春秋》等书中有数条关于田骈事迹的附带记载，可以从中一窥他的风采。古往今来的学者们都认为田骈属于道家，但据现存文献考证，他博采众家，兼容并包，应该属于杂家。虽然田骈的道家思想与庄子的理论有差异，但道家思想在田骈的理论体系中占有重要地位。因为田骈师从道家代表人物——彭蒙，学习并精通黄老之说，在哲学思想上受老子的影响很大，其理论基础就是道家学说，并以此立足稷下。田骈主张“齐生死，等古今”和“齐万物以为首”，认为“万物皆有所可，有所不可”。要求放弃一切是非考虑，“与物宛转”，而不持己见。荀子称“其持之有故，其言之成理，足以欺惑愚众”。《汉书·艺文志》《史记》等书中都提到田骈著有《田子》一书，共二十五篇，可惜失传。

33　将闾葂受教于季彻

人物简介

季彻，也称季真，齐国临淄人。他的学说崇尚自然之道，不主张人为的干预。生卒年不详。

稷下学宫像一块磁石，不只吸引着远道而来的各国饱学之士，本国士子们近水楼台先得月，除了有人选择入朝为官，还有人进入稷下学宫，做了那不治而议论的稷下先生，比如季彻。

将闾葂是季彻的朋友，近来有些甜蜜的烦恼。鲁国的国君来信向他请教治理国家的方法，这本来是好事，但将闾葂有些纠结，想回复又怕自己回复的有问题，找了几个人，也没给出好的建议。有人建议他去找稷下学宫的季彻聊聊，也许会有些收获。将闾葂说："季彻先生是散淡的人，怎么会管这些俗事。"虽然如此，他还是来到了季彻的堂前。

将闾葂叩门入内。季彻请他落座后，取出一对木制水杯，擦拭后摆放到几案上，倒入新打来的井水，将水杯轻轻推到呆呆发愣的将闾葂面前，说："先润润喉咙吧。"

将闾葂双手端起水杯，轻嘬一口，缓缓放下，说道："先生，学生在外小有名气，鲁国国君前些日子来信，问我如何治理好国家。我自觉能力浅薄，不足以回答这个问题，本想推脱，但是鲁国国君态度诚恳，再次来信，我实在不好再推辞，就讲了些我的看法，但不知道是否妥当，请先生帮我分析分析。"

季彻示意将闾葂说来听听。

将闾菀说道："我告诉鲁国国君，要想治理好国家，必定要恭敬节俭，这样才能选拔出那些爱国忠君的君子，杜绝那些心存偏私的小人，如此，百姓就会服从，国家就会长治久安。"

季彻听完将闾菀的话后，轻咳一声，笑了笑说："您刚才说的方法，从君王的品质层面来看还远远不够，就像螳螂怒气冲冲地举着双臂阻挡车轮，这必然不可能啊！国君如果按您说的去做，就会把自己置于危险之中，这就像高高的观展台附近聚集了很多人，人一多，就会无端生出很多是非。"

将闾菀听后，不禁大惊失色，连忙说道："先生的话，我好像还是无法完全理解。虽然不能理解，但我已经依稀感觉到其中的奥妙，还请先生不吝赐教，再为我讲解讲解。"

季彻说："圣人治理天下，释放人的天性，使之自由不受拘束，使他们在自我教化上各有所成，见自己的过，改自己的错，不需要他人提醒，在不知不觉中，完全依靠本性的驱使完成这些。如果这样做，还需要尊崇尧舜，让他们来对人民施行教化吗？那就不需要了。"

阅读点拨

将闾菀见季彻的故事出自《庄子·天地》，通过二人的对话，展示出庄子道家学派对于国家治理的主张，即"顺应自然，无为而治"的思想。季彻用螳臂当车的故事来说明将闾菀所说的那些对国家的长治久安毫无用处。将闾菀主张任用贤良来治理国家，道家则认为有了选贤任贤，人民会趋之若鹜地竞相投奔，其中难免存在求名求利之人。圣人以民心为己心，人民意志由人民。道家主张清静无为，意味着超脱人世束缚，归隐田园，融于自然。儒家则主张积极入世。入世意味着步入社会，投身于社会，努力实现自我。总体而言，儒家求仁，道家讲柔，皆宣扬道德，有很大的互补性，二者均为中华传统文化长河的主流思想，影响深远。

34　环渊劝王勿相甘茂

人物简介

环渊，也叫娟环、便娟等，尊称蜎子、涓子，楚国人，与詹何齐名，是战国时期的学者，曾讲学于稷下学宫，为稷下学宫的创始学者之一。《汉书·艺文志》著录《蜎子》十三篇，早佚。

环渊与邹衍、淳于髡、慎到、接子、田骈、邹奭一起游学于稷下学宫，是稷下学宫的早期学者之一，也是身份最复杂的一位。他是楚国人，但他却有多个名字，如娟环、便娟等，又尊称为涓子或蜎子，还有人说环渊就是关尹子——老子的弟子，是将老子的道家思想带入齐国的第一人。那么环渊到底是谁？我们也不知道。这个问题得由历史学家去考证，好在我们是讲故事的人。讲故事是根据历史，讲些好玩的故事，说些不大不小的道理。

在讲环渊的故事前，我们先讲个成语“楚材晋用”。

春秋时期，有个叫伍举的楚国大夫，他的岳父犯事后畏罪潜逃。有人造谣说，是伍举利用权力给他的岳父通风报信并帮他逃走的。伍举怕楚王听信谣言后拿他问罪，干脆一不做二不休，带着一家老小逃到了临近的郑国。伍举在郑国过了一段惴惴不安的日子后，还是觉得不安全，准备再次逃跑，这次的目标是晋国。

伍举正要举家再次逃亡的时候，在郑国意外地遇到了他的好友——蔡国大夫声子。巧的是，声子正好要出使晋国。声子问伍举怎么来了郑国。伍举便把自己外逃的前因后果和准备再次逃往晋国的想法告诉了声子。声子听后愤愤不平，问他是否还愿意回楚国。

伍举说当然。于是，声子劝伍举先随他到晋国暂避一段时间，他再想办法让他早日回楚国。伍举道谢，带着一家老小，跟着声子一起前往晋国。

声子出使晋国的任务完成后，辗转来到了楚国，拜见了令尹子木。令尹可不是一般角色。战国时期，其他各诸侯国多以“相邦”为百官之长，只有楚国沿用春秋时期的旧俗，将宰辅之职仍命名为令尹。

闲聊中子木问声子：“先生见多识广，又刚刚出使过晋国，如果拿晋国的大夫和我国的大夫相比，您认为哪国大夫的才能更胜一筹呢？”声子回答说：“依臣之见，晋国本国的人才没有楚国多，晋国虽然有不少大夫很有才能，但他们多半都是楚国人。这些人因为在楚国得不到重用，所以跑到了晋国。就像晋国的杞、梓这两种良木以及皮革等，都来自楚国。有人说，这叫楚材晋用！”

声子顿了顿，接着说：“楚国不重视人才，导致人才外流。与晋国的几次交战，楚国被晋国打败，不就是因为有不少楚国人在为晋国出谋划策吗？”子木听后大吃一惊，说：“细细想来，的确如此。”声子又说道：“现在就有这样的情况。伍举大夫受到别人的诬陷，已经逃到晋国了。可惜啊，楚国又一个人才将被晋国重用。当然，楚国人才多，也不在乎一个两个的！臣告辞！”

子木听了声子的一番话后，马上下令恢复伍举的职位，并派人立即接他回楚国。

甘茂，下蔡（今安徽省颍上县甘罗乡）人，幼而好学，曾师从史举。史举不是一般人物，虽说只是下蔡的一个看门人，却酷爱读书，自负所学不弱于云梦山的鬼谷子，唯一觉得比不上鬼谷子的是他一直找不到满意的弟子，直到发现了甘茂。甘茂跟着史举，学问大有长进，对老师的学识非常佩服。甘茂曾问老师为何不去谋求一官半职，守着下蔡的城门，一来俸禄极低，二来无用武之地，可惜了一身本事。史举也不客气，说他的学识当然不错，但懒得去侍奉那些沽名钓誉的君王。史举对人苛刻，骂过纵横学派的代表人物、曾任魏国犀首[1]的

① 犀首是官名，战国时魏国的官衔。

公孙衍，但他对甘茂却很满意，认为凭甘茂所学不应该困于下蔡这个小地方，鼓励他到齐、楚、秦、魏等强国一试身手。

甘茂听从了史举的建议，踏上了西行入秦之路。经张仪、樗里疾引荐于秦惠文王，获得任用。前312年，甘茂协助左庶长魏章略平定汉中地。后遭向寿、公孙奭谗毁，在攻打魏国蒲阪时投向齐国，又在苏代的引荐下，被齐王拜为上卿。消息传到秦国后，秦王赶紧免除了甘茂全家的赋税徭役来同齐国争着招揽甘茂，却未获应允。前305年，甘茂为齐国出使楚国。楚国刚刚与秦国通婚结亲，两国关系亲密。秦昭王听说甘茂正在楚国，趁机想让楚国送还甘茂，这才有了下面的故事。

齐国派甘茂出使楚国，楚怀王刚刚与秦国通婚结亲，对秦国亲密得很。秦昭王听说甘茂正在楚国，就派人对楚怀王说："寡人希望您把甘茂先生送还秦国。"楚怀王拿不定主意，不知道把甘茂送还秦国是好事还是坏事，于是找来环渊。又不好直接问，拐弯抹角地说："寡人想在秦国安排一个相国，先生看谁可以？"

环渊知道楚怀王说此话，心中一定早有安排，便说："臣能力不足，无法为大王推荐如此重要的人选。大王是否有了合适的人选？"

楚怀王说："寡人打算安排甘茂去做相国，先生觉得合适吗？"

环渊直截了当地回答："不合适。"

楚怀王摸了摸嘴角，说："先生能说说理由吗？"

环渊说："大王有没有听说过史举？史举是甘茂的老师，下蔡的一个城门看守。此人上不能侍奉国君，下不能安顿家庭，苟且低贱，以节操不廉闻名于世，可是作为弟子的甘茂却视他如父。大王，甘茂的确是位大贤才，但不能到秦国担任相国。秦国若有贤能的相国，对楚国来说可不是什么好事。大王是否还记得，先前把召滑推荐到越国任职，他暗地里鼓动章义发难，使得越国大乱，我国趁机开疆拓土，把边塞推到了厉门，把江东变成了我国的郡县。臣以为大王之所以获得如此大的功绩，原因就在于趁越国大乱，抓住了机会，才得以如此。大王如果只知道把这种谋略用于昔日的越国却忘记用于今日之秦国，那就是为我国埋下了祸患。因此，臣认为您派甘茂到秦国任相将的决策将是个重大的过失！"

楚怀王捋着胡须，连连点头。

“话说回来，大王如果非要在秦国安置相国，不如举荐向寿这样的人更为合适。向寿是宣太后[①]的娘家亲戚，年少时与秦王同穿一件衣服，长大后又同乘一辆车子，能够直接参与国政。因此，大王一定要举荐向寿为秦国相国。此事若成，那就是我国的重大利好了。”

楚怀王听从了环渊的建议，派使臣向秦昭王祈请，让向寿任秦国相国，说他才是秦相的不二人选。秦昭王竟然答应了。向寿担任相国后，甘茂未能再回到秦国，最终客死魏国。

阅读点拨

环渊既是战国中后期的重要学者，也是齐国稷下学宫的重要代表人物。司马迁的《史记·田敬仲完世家》《史记·孟子荀卿列传》等都曾提到他，但语焉不详。自汉唐以来，学人多认为环渊与蜎子(蜎渊、蜎蛾、便蜎)、玄渊(涓子)为一人。至近代，钱穆、郭沫若、冯友兰、张岱年等都有考证。1997年，湖北荆门郭店一号楚墓出土了大批文物和简书，引起了学术界对楚简文献研究的热潮。饶宗颐先生曾结合该墓中出土的一件七弦古琴，对环渊其人其事作了新的考辨。饶先生的研究较前人有了新的进展，补充了环渊的事迹和老子门下的音乐思想史料，为楚国学术文化史的研究填补了一片空白。我们一般认为环渊是老子的弟子，是将老子的道家思想带入齐国的第一人。

① 宣太后，称芈八子，本是楚国人，后成为秦惠文王的姬妾，秦昭王之母，是中国历史上第一个被称为“太后”的人。

35 王斗能意盛气劝谏

人物简介

1. 王斗，齐国人，稷下先生，生卒年不详，约活动于齐宣王时期。

2. 能意，齐国人，稷下先生，其他不详。

齐宣王喜欢游学之士，稷下学宫到了他这一代，有了更大的发展，除了七十六位上大夫外，还有千百位稷下学士。他们讲学授徒，著书立说，议论时事。君王若有不合乎道义、有悖为君者德行的举动，都会招来他们的进谏。这已经形成了传统，也是当初田午建立稷下学宫的初衷之一。在这些进谏中，有淳于髡的隐语曲折式进谏，也有王斗、能意的盛气直入式进谏。

王斗是齐国人，以直言正谏名扬稷下学宫。

这日清晨，王斗没有去稷下学宫，而是径直来到了王宫，对门外的守卫说要面见齐宣王。

齐国经过发展，国力强盛，外来人口众多，有做生意的，有游学于稷下学宫的，用现代话说，临淄属于国际化大都市。来见齐宣王的人操着各种口音，齐宣王有令，不管来者何人，都可觐见。

守卫听来者的口音知道他是临淄本地人，看样貌打扮，高冠博带，脸颊白净，眉底一双青眼，胸前三缕银须。再问说是稷下学宫来的王斗，守卫不敢怠慢，忙进宫通报。

齐宣王正在宫中闲坐，听说稷下先生王斗来了，吩咐一声："快快有请。"

守卫一路小跑，传达完齐宣王的口谕，做了一个请进的动作。王斗站立不动，捻着长须，不发一言。

守卫奇怪，问道："先生说要面见大王，为何却不入宫？"

王斗笑道："老朽此番进宫本是有利于社稷，并非为稻粱谋，若是摇头摆尾地跑去拜见大王就有趋炎附势的嫌疑；若大王亲自到宫门口迎接老朽，老朽赚不到好名声，倒是大王落得个礼贤下士的美名，到底哪种情形对大王更有利呢？"

守卫想想有理，跑进宫将王斗的一番话禀告给了齐宣王。齐宣王忙站起身，整了整衣冠说："前头带路。"远远看到王斗，齐宣王快步迎到宫门口，深施一礼，说道："先生，适才多有得罪，请先生不要介意。"王斗回了一礼，说道："老朽冒犯了。"

二人来到宫中，君臣落座后，齐宣王说："今天下混乱，群雄并起，寡人即位以来，殚精竭虑，不敢有丝毫懈怠，这才广建学宫，礼聘天下贤良之士。寡人早就听说先生直言正谏，从不隐讳。寡人一直想向先生请教，谁料琐事缠身，拖到今日，惹得先生亲自登门……"

王斗不等齐宣王发完感慨，挥手打断，说道："大王您听到的都是众人对老朽的过分夸赞。老朽生逢乱世，侍奉的是乱世之君，怎敢直言正谏呢？再说，老朽也没见得大王有多勤政。"

齐宣王脸色突变，刚要发火，忽然想到王后钟无艳平时的告诫，便合上双眼，忍住怒火，用左手食指在袖内画圈。一时气氛十分尴尬。

钟无艳是齐国无盐邑钟离信的女儿，相貌丑陋却极有见识。一日听父亲谈起刚即位的齐宣王，说他沉迷酒色，不理朝政，齐国的贤士纷纷奔走他国。钟无艳只身来到临淄城，待齐宣王外出游玩之际，拦住车驾，举目、张口、挥手，拍腿高喊："危险啊！危险啊！"做完这套动作，扭头就走。齐宣王同他的父亲齐威王一样，喜欢隐语，对拦驾女的行为 大惑不解，追着要她说个明白。钟无艳说道："大王，民女举目是替大王观察诸侯国的境况；张口是规劝大王要听贤臣的进谏；挥手是替大王赶走那些阿谀奉承的小人；拍腿是要大王停止在后宫的淫乱。民女听说，君王身边若有敢进谏的忠臣，就不会亡国；父亲有敢提意见的儿子，家族就不会败亡。现在我国，西边有秦国的长期威胁，南边有强楚的虎视眈眈，大王一旦松懈，社稷必将不安，这是第一重危机；我国徭役繁重，百姓苦不堪言，若不对治，官逼民反，这是第二重危机；贤达之士藏匿山林，善于谄谀的小人围绕大王左右，这是第三重危机；大王沉迷酒色，夜以继日，对外不去与诸侯修好，对内不理朝政，这是第四重危机。民女冒死规劝大王，当此危机四伏之际，您还在醉生梦死，岂是为君之道？民女说完了，请大王治罪。”齐宣王听闻此言，幡然醒悟，封钟无艳为无盐君，立她为王后。钟无艳知道齐宣王性情急躁，教他从礼贤下士开始，若遇忤逆，要压住怒火，用左手食指在袖内画圈，待心气平和后再发话。

齐宣王不说话，王斗也不开口。

王斗的妻子文氏，知道他说话容易冒犯他人，教他见对方变脸后，不要急于再说激烈之词，说他吃亏就吃在话赶话不看火候，只需用右手在袖内书空十字，待心平气和后再发话，或者听对方说话。

这俩人，一君一臣，低头各用各的招。过了好一会，王斗轻咳一声，拱拱手，开口说道：“老朽见过三朝君王，也听说过先王的事迹。想当年，先王雄才大略，九合诸侯，一匡天下。先王有五个喜好，如今大王您有四个喜好与先王相同。”

齐宣王面露喜色，心想等等就会有好听的话，嘴上却说道：“寡人愚笨，谨守我国社稷，如护双眼，唯恐失去，怎么能与先王相比，又怎能有四个喜好与先王相同呢？”

王斗捋着胡须说：“大王且听老朽道来，看是否如老朽所言。先王喜欢赛马赌马，大王您也喜欢赛马赌马；先王喜欢斗鸡走狗，大王您也喜欢斗鸡走狗；先王喜欢彻夜长饮，大王您也喜欢彻夜长饮；先王好色，大王也好色；先王好士，大王您却不好士。”

齐宣王不以为然地说：“先生此言差矣！谁不知道寡人求贤若渴，可当今世上根本就没有士，叫寡人怎么办呢？”

王斗反驳道：“这世上像骐骥那样的好马极为少见，但大王您的车驾用的却都是千里马；这世上少有韩子卢那样的名犬，但对大王您来说却不是什么稀罕物；这世上很少有毛嫱、西施那样风华绝代的美女，但大王您的后宫嫔妃有如此美貌的却排成队。因此说，大王您根本就不喜好士，怎么能说没有贤良之士呢？”

齐宣王回答说："先生这话寡人就听不懂了。寡人广开言论，大建稷下学宫，不正是希望吸纳各方人才，怎么能说寡人不爱士呢？况且寡人忧国忧民，当然需要贤良之士辅佐。"

王斗说："大王您说您忧国忧民，依老朽看来，倒不如您对区区一尺素纱来得关心。"

齐宣王不解地问道："先生拿一尺素纱来类比，寡人着实不知道先生此话从何说起。"

王斗说："若大王手里有一尺素纱，想做顶漂亮的冠冕，您找谁来做？"

"当然找裁缝来做。临淄城做冠冕手艺最好的是城南的薛云氏。"

"大王为什么不找后宫的嫔妃和身边的侍卫来做呢？"

齐宣王哈哈大笑道："先生您开玩笑吧，他们唱个歌跳个舞，舞枪弄棒的可以，哪里干得了这种穿针引线的细致活。"

王斗说道："大王做顶冠冕，知道找城南的薛云氏，知道那些唱歌跳舞的嫔妃、舞枪弄棒的侍卫做不了，但大王治理国家，为什么找了些只会阿谀奉承、毫无治世能力的宠臣来做呢？由此可见，大王所谓的忧国忧民，可比不上对这一尺素纱来得重视。"

齐宣王听完王斗的一席话，立刻站起来，深施一礼，诚恳地说道："寡人对国家有罪啊！若不是先生直言，寡人还自以为治国有方。"

王斗说道："知错能改，善莫大焉。大王应当遴选能臣干吏，使之充斥到国家各个部门。明确他们的职责，做得好就奖励他们，做得不好就惩罚他们。亲近贤良，小人自然远离；职责清晰，赏罚分明，官吏自然知道分寸在哪。宽以待民，严以律官。减轻百姓的赋税，不到万不得已，不要伤害他们。内修法度，外交善缘。等待时机，必能再现辉煌。"

齐宣王激动地直搓手，说道："先生说得太好了！先生能否走出稷下学宫，帮寡人治理朝政？"

王斗摆摆手，说道："老朽只是耍耍嘴皮，若真要治理朝政，大王需要的是堪当大任的人才。大王如果信得过，老朽愿为大王推荐五位贤人。”

齐宣王大喜，礼聘了王斗推荐的五位贤士，果然个个德才兼备。

能意是临淄城的富户，年少时喜欢斗鸡走狗，尤其擅长蹴鞠，还跟着游侠学了一身本领。他脾气火爆，专爱打欺男霸女的恶少。据说有墨家的弟子在稷下学宫作过短暂停留，能意曾受过教。后来，能意长期在稷下学宫住了下来，学百家之长，渐渐有了些名气，但性情并没有随着年龄的增长而改变，还是直言快语，疾恶如仇。

齐宣王即位之初，重用贤良，发展经济，国力逐渐强盛。前314年，齐宣工趁燕国发生内乱之际，突然发兵丁涉燕国内政。燕人无心恋战，齐军只用了五十天就攻占了燕国的都城蓟，使得燕国几乎亡国。齐宣王志得意满，觉得自己仿佛桓公再生，一匡天下，指日可待。又想到这些年励精图治，苦日子一天接一天，现在国力昌盛，诸侯屈服，得拾起以前的爱好，好好享受一番。于是前些年停工的苑囿重新动工，广罗犬马，多置美酒，与一众嫔妃整日嬉戏玩乐。

能意听说后，怒火中烧，急匆匆地来到王宫，听守卫说大王不在宫内，又跑到城外的苑囿。能意说要面见大王，守卫见来的这位黑脸粗须的大汉面带凶相，伸手阻拦。能意哪听他们招呼，左一拳右一脚，放倒了众守卫，直冲到齐宣王的面前。

齐宣王正欣赏着刚刚得来的千里马，见有人风一般地冲进来，先是一惊，心想来者若是刺客，寡人的性命不保。听能意自报家门，来自稷下学宫，这才稍安。齐宣王斥责了身边的侍卫后，对能意擅闯进来打断自己的兴致本就不满，没好气地说道：“先生急匆匆地面见寡人，是有什么要紧的事吗？”

能意说道：“听说大王礼贤下士，原来见面不如闻名，不动粗恐怕连门都进不来！”

齐宣王鼻孔朝上，说道：“先生这话就说得没道理了。谁说寡人不礼贤下士？寡人广建稷下学宫，不管何种身份，只要有真才实学，一律聘为稷下先生，高屋厚禄，锦衣玉食。连大儒孟老先生都是寡人的座上客，怎能说寡人不礼贤下士？”齐宣王斜眼看了看能意说：“学宫凡有名望者，寡人无不知晓。寡人听说先生喜好直言，有这样的事吗？”

能意拱手说道："臣哪里能做到直言，臣只听说喜好直言的士人，家不安在政治混乱的国家，不见德行污秽的君王。如今臣来见大王，家又安在齐国，哪里能做到直言呢？"

齐宣王愤怒地说："真是个粗野无礼的家伙！"齐宣王召来侍卫，打算拉能意出去。能意傲然地说道："臣年轻时任性好侠，喜欢直来直去，成年以后依然如此，大王您为什么不能听听鄙野之士的言论呢？"

齐宣王摆手示意侍卫退下，说："说来听听！"

能意说道："为君王所尊重的莫过于贤能之士。贤能之士之所以受到尊重，是因为他们敢于直言，不怕冒犯君王。正直进谏，邪恶的东西自然无处藏匿。一国之君身处高位，最容易受到蒙蔽，要时时处处有忠贞之士提醒。如果君王不想被蒙蔽，却又厌恶直言，这就好比堵住了水源却希望得到活水，痴心妄想，必然大祸临头！"

齐宣王默然。

能意继续说道："大王，忠言无不逆耳。现如今，天下纷乱，攻下区区一个燕国，大王何至狂妄若此。燕国多豪杰，未必没有卷土重来之日。另有秦、赵、楚、魏诸国，无不虎视眈眈。大王却耽于玩乐，沉迷酒色，岂是明君所为？大王口口声声说广建学宫，礼贤下士，若不听规谏，这学宫只是大王炫耀的资本和摆设，要它何用！臣讲完了，请大王治罪吧！"

齐宣王叹了口气，自知理亏，将能意放了。

阅读点拨

王斗谏齐宣王的故事出自《战国策·齐策》，能意谏齐宣王的故事出自《吕氏春秋·贵直论》。战国典籍中记载了很多稷下先生向齐王进谏的故事，以齐宣王最多，这从侧面反映了齐宣王真是一个爱才之人。君王愿听真言，士子才愿吐心声，这是种良性互动。《孔子家语》记载着孔子说过的一段话，"忠臣之谏君，有五义焉：一曰谲谏，二曰戆谏，三曰降谏，四曰直谏，五曰风谏。"实际上，不管是直谏还是婉谏，毕竟都是指责君主的过失，仍然要冒很大的风险，历代君臣围绕着谏诤与纳谏上演了许多慷慨激昂的故事。无数忠直骨鲠之士，为了国家的治乱安危，为了兴利除弊，义无反顾地把谏诤作为责无旁贷的使命，前者赴，后者继，使得这一传统成为中国古代政治文明中的重要内容和宝贵遗产。

36　颜斶力辩士子之贵

人物简介

颜斶(chù)，战国时期齐国人，隐居不仕，齐国时的稷下先生。因提出“晚食以当肉，安步以当车，无罪以当贵”而著称于史。

又是一个清正和明、艳阳普照的日子。

端坐大殿之上的齐宣王衣着谨严，鹰眼如炬，远望确有大国国君之威。近日，国君颁布新法，赐稷下学宫中七十六位稷下先生士大夫之位，同享大夫之禄。还在宫城最好的地段为先生们盖楼架屋，尽享荣华富贵。各国贤士皆闻名而来，趋之若鹜。一时之间，四方之士汇聚于齐，众星闪耀。

今日前来拜访的是位名不见经传的隐士，名曰颜斶。

等候多时，齐宣王望向殿外，一位身披麻衣，步履轻缓的先生已立门边，便挥手亲切招呼：“颜斶，上前来！”

听闻此言，颜斶却站立不前，反倒一句：“大王，您过来！”

齐宣王一愣，面露不悦之色。

殿下群臣见此番情势，已是面如土色，义愤填膺地说道：“休得无礼！无名之辈，一介草民，竟敢口出狂言！”

颜斶镇定自若地说道：“我到大王跟前去，人们会说我为了名利趋炎附势，大王到我跟前来，人们则会称赞大王礼贤下士，求贤若渴。在下以为，与其让他人嘲讽我，不如让他人称赞大王。”

此番言论并未使齐宣王信服，齐宣王贵为天子，从未有人敢以如此态度对他，即便他再有肚量，此时定是无法释怀。于是正颜厉色道："寡人倒想请教先生，敢问是国君尊贵还是士人尊贵?"

听到这个在所有人心中早有答案的问题，颜斶给出了一个令人虚汗尽下的回答："当然是士人尊贵！国君不尊贵!"

此言一出，无疑在朝堂之上扔下一个重磅炸弹，在每个听到的人的心中炸开一个洞，殿上群臣不敢妄言。

齐宣王亦觉心脏一阵轰鸣，此番言论早已够鼎烹之刑，但想起前朝几位国君秉持"设庭燎以待士"的观点，又念及自己的宏图伟业和那日夜萦绕心中一统江山的帝国之梦，他清楚地知道要动员一切可以助他实现这一目标的力量，这也正是他颁布一系列优待士人法令的初心。于是，他压下刚刚燃起的怒火，压着舌头缓缓说出一句："你倒给寡人说说看是何道理。"

颜斶轻整衣衫，正色而言："大王应该熟知一段往事，当年秦国出兵攻打齐国，秦王曾向秦国将士下了一道命令：'有敢到柳下惠先生坟墓周围五十步的地方砍柴者，杀无赦。'同时又下了一道命令：'有能砍下齐王头颅者，封万户侯，赏金万两。'由此可以看出，国君之头颅不如死去的名士之坟墓啊!"

齐宣王一时语塞，气头已弱，却也并非心悦诚服。

此时殿下群臣已愤慨多时，看大王隐忍不语，便纷纷指责："大王有着足以称霸天下的土地、财富，普天之下有志之士接踵而至，四方诸侯、上下民众无不臣服。士子中的高尚之人也不过是匹夫而已，而你这乡野村夫、无知狂徒，还不赶紧上前来!"

面对众人责难，颜斶面色不改，临风而立，说道："此言差矣！我听闻上古大禹之时，有万国诸侯，皆因重用贤士才能有此成就。而舜就是起于田亩之中，出身鄙陋，终为天子。及至商汤时代，还有诸侯国三千余。当今之世，能自立成王者不过二十四位。这么一比较，难道还不够说明今天的统治政策有问题吗?"

一直未曾发言的齐宣王此时脸色稍正，侧身探头继续听颜斶说下去。

"所以，居上位之人，若没有与之相匹配的才德，只沉浸于虚名之中，必定会越来越傲慢奢靡，灾祸便会随之而至。那些贪于虚名却无实才的人，运势会越来越弱；那些身无德行却总想好事的人，一定不会有什么好结果。”

闻及此，齐宣王的神情渐渐严肃，眉头紧蹙。

颜斶的脸微微发红，情绪有些激动，说道：“正所谓好大喜功者终不能长久，心意不诚者愿望永不能达成。历史上，辅佐尧的人有九位，舜身边有七位好友，禹设了五个丞相，汤有三个辅佐大臣，古往今来，能成大事者，莫不如此。所以真正的国君不会因为经常向别人请教就觉得丢人。向上能看清事物发生的本源，向下能通晓事物变化的规律，这正是古之贤君扬名于后世的根本原因啊！”

话音刚落，一阵熏风自南而入，朝堂之上，鸦雀无声。

颜斶意识到方才有些失态，稍作停顿，调整一下身姿，心中之语，不吐不快，还是继续讲下去：“老子说：‘贵者以贱为本，高者以下为基。君主们懂得了贵贱高下能相互转换的道理，都不敢自视甚高，所以都自称孤、寡。’当年尧传位于舜，舜传位于禹，周成王任用周公旦，正是因为他们明白士之可贵，后世都称颂他们是贤明的君主。”

颜斶一番义正词严的陈述，令朝堂上下陷入一阵沉默，有人目光灼灼似有所虑，有人低头沉思若有所得。而此时的齐宣王早已没了开始的震怒，脸上浮现一种莫可名状的欣喜，方才笼罩着黑云的心情如雨后新晴，云销雨霁。不由地感叹：“先生说的正是，君子怎么能侮慢呢？是寡人不识抬举，自找没趣了，还请先生谅解。听君一席话，醍醐灌顶，更想以后有机会日日聆听教诲，望先生能收下寡人这个学生。先生若答应，自此以后衣食无忧，出门有专车陪侍，家人亦可尽享荣华。想必先生也有所耳闻其他稷下先生现在享有的广厦华服，此番诚意还望笑纳。”

颜斶嘴角浮过一丝不易察觉的轻笑，拱手回应：“大王厚爱，却之不恭，然而生长在深山中的玉，如果加之斧凿，则定本色尽失。并非经过雕琢的玉就不宝贵了，而是这块玉失去了最初宝贵的本真。生长在村野的士人，经人推荐选拔享有厚禄，并非享有荣华就不尊贵了，但他失去了最宝贵的自我。”

殿上众人被这个回应惹得一阵骚动，心中暗语：“刚才是不知天高地厚、不怕死，现在是面对金山不想好好活啊。”

颜斶的语气更加沉静悠远，话从他口中说出，似水自山间流出，不激烈却叮咚有声，不容置疑。“我想回到原来的生活，饿了才吃饭，那感觉就跟吃肉一样满足；出门悠闲散步，心情和乘车一样愉快；不惹是非安稳生活，便是神仙一样的好日子，平平淡淡的生活便是我心所向。大王您的职责就是发号施令，而鄙人的职责就在于竭尽忠心直言进谏。今天我的职责完成了，希望得大王准许，让我平安归家，完成我的心愿。”

该说的已说尽，颜斶再行拜谢，转身离去，毫无留恋。

从朝堂之上望出去，此刻正值日落，漫天霞彩，为颜斶的一袭布衣镀上了七彩的金边。

颜斶回到了自己马踏湖湖畔的茅庐，自此安度流年，布衣蔬食，清净自持，保其天真，一生不曾受辱。

阅读点拨

齐宣王与颜斶的故事出自《战国策·齐策四》，这段对话在典籍中表现得很有戏剧张力，不同人发言时的神色、语气展现了各自的个性、品格及变化中的思想感情。颜斶妙用典故、旁征博引，又用非常巧妙的比喻辩证地阐述了王和士的关系。颜斶面对君王时那种不卑不亢的从容，有理有据、进退自如的论证，都令我们印象深刻。齐宣王在此过程中情绪随着论证的深入而起伏波动，最终心悦诚服，让此番进谏过程除了生动的描述之外，也更加令人信服。

故事的最后，颜斶表达完自己的观点后潇洒转身，只留下一个令齐宣王目瞪口呆的背影，这表现了一个清贫士子内心无欲则刚的傲骨。成语“安步当车”即出自这个故事，后来宋代大文人苏轼在一首诗中也写道：“不贪为我宝，安步当君车。”

37　田过匡倩对答齐王

人物简介

1. 田过，齐国人，稷下先生，其他不详。
2. 匡倩，齐国人，稷下先生，其他不详。

齐宣王喜欢与文人交谈，各国游学之士凡是到稷下学宫，他都会找机会跟他们聊聊，有时是问政事，有时纯粹闲扯。稷下学宫的这些先生们大多说话直来直去，几乎从不考虑君王的脸面。齐宣王经常吃瘪，甚至被激怒，但他的优点是虽然颜面扫地，却不降罪于人。因此，有人说这时是中国知识分子的黄金时期，他们有尊严、有胆识、有良知，是命运最好的一代。

田过是齐国的宗亲，若论起辈分，齐宣王是他的大侄子。到田过父亲这一代，他家这支田氏宗亲有些落没。为了养家，田过不得早早出来做事。虽然自小受过儒家良好的教育，但田过无意功名。田父对他说："你去稷下学宫吧，那里不用担任实职，却也有国家俸禄。"田过听从了父亲的安排，来到稷下学宫。起初的身份是弟子，不久便脱颖而出，再后来名气越来越大，引起了齐宣王的注意。齐宣王与田过交谈后，便觉得他谈吐不凡。

某日，齐宣王请田过到宫中用膳。席间，齐宣王说道："今日之宴，我们只论叔侄，不论君臣。寡人听说，信奉儒学的人，父母亡故的时候，孝子当守孝三年，以报父母养育之恩。那么，君王和父母，哪个更重要呢？"

田过想了想，说："君王大概不如父母重要吧。"

你吃寡人的喝寡人的，总得给点面子，恭维几句吧！齐宣王有点不高兴，没好气地说道："那你为什么离开双亲来为寡人效力呢？"

田过咽下口中的肉，拱拱手说道："这有什么难以理解的呢？如果没有大王赐予的土地，臣就没有地方安养父母；如果没有大王赐予的俸禄，臣就没有钱粮孝养父母；如果没有大王赐予的爵位，臣就没有办法让父母尊贵显赫。臣不过是从大王这得到这些，再转送给臣的父母罢了。如果从大王这得不到这一切，那臣就设法从别处获得。所以，哪有什么为大王效力，都是为了父母而已。"

齐宣王虽然心里不痛快，却也无话可说，只好拼命喝酒。

同是稷下学宫儒家学派的人物匡倩为人拘谨，恪守儒家礼节，一丝不苟。

某日，齐宣王在王宫召见匡倩。

匡倩到来后，齐宣王与侍臣正在棋盘上"厮杀"。齐宣王示意匡倩稍等，他这方的局势不太妙。

六博是中国象棋的前身，在春秋战国时期就已流行。早期的象棋，棋制由棋、箸、局三种器具组成。棋子用象牙雕刻而成。箸相当于骰子，在下棋之前先要投箸。局是一种方形的棋盘。比赛两方各有六子，分别是枭、卢、雉、犊各一枚，塞两枚。比赛时，"投六箸，行六棋"，斗巧斗智，相互进攻逼迫，而置对方于死地。春秋战国时的兵制，以五人为伍，设伍长一人，共六人，当时作为军事训练的足球游戏，也是每方六人。由此可见，早期的象棋，是象征当时战斗的一种游戏。在这种棋制的基础上，后来又出现一种叫"塞"的棋戏，只行棋不投箸，去除了早期象棋中侥幸取胜的成分。

齐宣王沉着应战，侥幸获胜，大为高兴。赏赐侍臣后命他退下，这才招呼匡倩上前。

"先生久等了。"齐宣王还沉浸在赢棋的喜悦中，说道："你们儒家学者也玩博弈吗？"

匡倩说："回大王，儒家不玩博弈。"

齐宣王说："哦？这么好玩的游戏，你们儒家怎么不玩呢？"

匡倩老老实实地回答说："博弈以枭棋为贵，胜利的一方必然要杀掉对方的枭棋。杀枭棋，是杀掉尊贵的东西。儒家认为这有害礼仪，所以不玩博弈。”

齐宣王说：“不对吧！孔老夫子不是说过：‘整天吃饱了饭，什么心思也不动，这种人难成圣贤！’不是还有博弈的游戏吗？哪怕干这个，也比闲着好。”

匡倩说：“我们儒家人闲不住。在成圣成贤的路上，马不停蹄。”

齐宣王又问：“你们儒家用弋[①]射鸟儿吗？”

匡倩回答说：“回大王，儒家不做用弋射鸟儿的事。弋，是从下面伤害上面，就像臣民从下面伤害君王。儒家认为这有害礼仪，所以不用弋去射鸟儿。”

齐宣王又问：“你们儒家弹奏琴瑟吗？”

匡倩说：“回大王，儒家不弹奏琴瑟。弹奏琴瑟是弹小的弦发出大的声音，弹大的弦发出小的声音，这是大小颠倒，次序混乱，改变了贵贱的位置。儒家认为这种演奏有害礼仪，所以不弹奏琴瑟。”

齐宣王打了个哈欠说：“先生说得很好，但那种生活似乎很无聊。”

阅读点拨

《说苑·修文》和《韩诗外传》都记载了齐宣王与田过的此番对话，田过与齐宣王辩论“君与父孰重”，不是从正面直接回答问题，而是运用不确定的语气作答，故意引起对方的争辩。果然，齐宣王对田过如此回答表示不满，于是再次诘问，田过便连用了三个排比句，以严密的逻辑，层层推论，以理服人，非常清晰地阐述了君与臣、父与子的关系。

齐宣王与匡倩的对谈记载于《韩非子·外储说左下》，可以看出先秦儒者对于下棋、射箭、弹奏琴瑟等基本是持否定态度的。由此可见，儒家在贵贱、上下、大小的关系中，注意维护贵者、上者、大者的地位，特别强调秩序与礼节。

---

① 弋是指用带有绳子的箭射鸟，或者用来指射鸟的带有绳子的箭。

38　年十八闾丘勇自荐

人物简介

闾丘印，生卒年不详，战国时期著名的齐国大夫。他18岁时，在路上拦住齐宣王，以家贫亲老为由，要求担任小吏。齐宣王认为他年纪小，不许。闾丘印遂指出尺有所短，寸有所长，年轻者和年老者各有其优点和不足，还强调齐宣王身边有谗人，最终被齐宣王任用。

闾丘印，齐国本地人，家境贫寒，父老母衰，早早扛起了生活的重担。然而，在几亩贫瘠的土地里干活，虽费心劳力，生活却常常捉襟见肘。闾丘印知道，不能再这样生活下去了。在他18岁那年，在齐宣王出行的路上，闾丘印拦住齐宣王的车驾，高声说道："臣闾丘印，今年18岁，双亲衰老，家境贫寒，请大王授臣一名小吏，给些俸禄，以养家糊口。"

齐宣王听了，觉得好笑。下了车驾，来到闾丘印面前，见他一脸稚嫩，笑着说道："闾丘印啊，你太年幼了，不能当官，等你长大成人，再来找寡人吧！"说罢转身就要走。

闾丘印向前一步，不慌不忙地说道："大王您这话说得不对。古早时期，颛顼高阳氏12岁就能治理天下。如果您觉得太久远，往近处看，秦国人项橐7岁就当了孔圣人的老师。由此可见，难道臣闾丘印就冥顽不化了吗？若论年岁，比起前面两位，18岁的我早已不再年幼了。"

齐宣王说："话虽如此，颛顼和项橐毕竟罕见。年龄太小，虽说是宝马良驹，也不能负重载、跑长途。马尚且如此，何况是人。纵有才干，也得等到头发花白略显秃顶的老成之年，才可以担当大任。”

闾丘印紧追不舍，继续说道：“大王，万事万物不完全是这样吧！尺有所短，寸有所长。驰骋天下，没有比骅骝跑得更快的骏马，若让它来和狸鼠、黄鼬在锅台上赛跑，骅骝未必能跑得过狸鼠、黄鼬；扶摇直上，没有比天鹅、白鹤飞得更高的禽鸟，若让天鹅、白鹤与燕雀在草堂庑下、庐室之间比飞，天鹅、白鹤未必能超过燕雀；若论锋利，阖闾的辟闾、巨阙是天下最锋利的宝剑，砍石不缺，刺石不折，若拿它们与细草秆同去挑翻眼皮取出眼中的微尘，辟闾、巨阙的功用未必能超过低贱的草秆。由此可见，拿头发花白、头皮微秃的人同我相比，和上述例子有什么不同呢？”

齐宣王抚掌大笑道：“好啊！说得太好了！你虽年纪轻轻，却满腹善意嘉言，可为什么这么晚才来见寡人呢？”

闾丘印昂首说道：“鸡啼猪嚎，压倒了钟鼓的乐音；云沉雾绕，遮盖了日月的光辉；嫉贤妒能的奸臣在大王身边，因而使臣见到大王太晚。”

齐宣王摸着车驾前的扶手，感慨道：“这都是寡人的过失啊！”说着就拉起闾丘印的手，和他同车而坐。回到朝中后，亲授闾丘印官职。

还有一则闾丘印的故事。这个故事里的闾丘印是秃顶的老年闾丘印。

秋高气爽，齐宣王带着一行人马，来到临淄城西南外的社山狩猎。射兔逐鹿，箭无虚发。登高远望，民务稼穑，一派熙熙然。麾下众随从，交口称颂齐宣王的功绩。

齐宣王心情颇佳。满载猎物回程，山脚有十三个老人立在路边，手端粟米、肉脯，慰劳齐宣王一行人。齐宣王大喜，忙接下，命护卫从猎物中挑选几只，分别赠予老人。“老人家，您们辛苦了。寡人一点心意，请笑纳。”并命随从记下老人的姓名，免除他们今年的田租。老人们拜谢。只有一位叫闾丘印的老人不拜。

齐宣王奇怪，见此人相貌不俗，问道：“闾丘印先生，您是嫌少么？”又命令随从，免除他们的徭役。老人们再拜谢。闾丘印还是不拜。齐宣王说："各位老人家请回吧。闾丘印先生，请借一步说话。"老人们拜谢而去。

齐宣王望着他们走远后，问闾丘印："寡人今天来社山狩猎，感念父老乡亲的慰问，免除了他们的田租。别的老人都拜谢，唯独先生不拜。寡人以为先生嫌少，这才又免除了父老乡亲们的徭役。别的老人都谢，先生又独不拜。寡人是否有过失？请先生直言相告。"

闾丘印拱了拱手，回答说："老朽听说大王来游社山，所以跑来慰劳，希望从大王那得到寿，得到福，得到贵。"

齐宣王笑道："寡人哪有那本事！人的生死由天来定，寡人不能给您增寿；国库虽然充实，要备灾备荒，寡人不能给您增富；大官没有空缺，小官又太卑贱，寡人不能给您增贵。"

闾丘印说："这确实不是老朽敢奢望的。老朽只希望大王从良家子弟中遴选有道行的人做官，做到公正无私，这样老朽或许可以长寿些；一年四季，只在适当的时候差使百姓，平时不要烦扰他们，这样老朽或许可以富足些；愿大王昭告天下，教少年人敬重年长者，年长者敬重年老者，这样老朽或许可以尊贵些。现如今大王给我们免了田租，这样仓廪就会空虚；为我们免了徭役，这样官府就找不到可用之人。这实在不是我等敢奢望的。"

齐宣王说："说得好！寡人要拜老先生为相。"

闾丘印拱手说道："老朽哪有那本事。齐国人才济济，定有贤相在等着大王。"说完，长施一礼，转身离去。

齐宣王感叹地说道："此真道德之士也。"

阅读点拨

少年闾丘印与齐宣王对话的故事出自汉代刘向的《新序·杂事五》，家贫无资的少年敢于在国君面前自荐，且以巧言思辨获得国君的认可，果真后生可畏，这是少年的胆识。当齐宣王嫌他年幼时，他就用具体的历史事实，形象比喻，引经据典，类比推理，阐明了自己的人才观、用人观。让齐宣王不得不惊服这位脱颖而出的后起之秀。这从侧面也可以看出，齐宣王果真是“喜文学游说之士”，单凭这位少年的言辞便可授以信任，所以史料中有很多稷下先生与齐宣王的对谈。只要他认为别人说得有道理，不管是什么样的出身，有无名气，都诚心以待。也正是这样没有区别心地招贤纳士，稷下学宫才能迎来百家争鸣的盛景。当然也有类似“滥竽充数”这样的故事，讽刺他只讲排场，不求质量的人性弱点，与孟子的多次对话也凸显了其人性的弱点。但与其他国君相比，齐宣王性情宽容，善于听取不同的意见，是历史上少有的厚道君主。人无完人，综合充分的历史资料，加以辩证地分析，才能作出相对客观的评价。

39 公孙龙智辩孔子高

人物简介

1. 公孙龙（前320—前250），字子秉，赵国邯郸（今河北省邯郸市）人。名家派的代表人物，诡辩学的祖师。

2. 孔穿，字子高，鲁国人，孔子的后人。

3. 平原君，赵胜（？—前251），赵国贵族，战国四公子之一，司马迁称他为“翩翩浊世之佳公子”，系赵武灵王之子，赵惠文王之弟。

公孙龙和孔穿二人都能言善辩，曾在赵国公子平原君府上有过一次辩论。

二人问候过后，孔穿首先发难。“在下在鲁国时就经常听别人聊起先生，说公孙先生风度翩翩、道德高尚，在下十分仰慕，早就想拜在您的门下，只是完全无法同意先生‘白马非马’的那套学说。如果您能放弃那套学说，在下现在就拜您为师。”

“白马非马”是公孙龙的成名之作，来自当年他与某人的辩论。那场辩论，公孙龙发挥得淋漓尽致。孔穿一见面就要他放弃，这不是要砸他的场子吗？平原君饶有兴趣，想看看公孙龙如何反驳。

公孙龙毫不客气地回绝道：“先生您这是什么话！龙之所以出名，就是靠这‘白马非马’的学说罢了。你这一见面，二话不说就要龙放弃它，那龙就没有什么可教你的了！”孔穿脸色一白，平原君看热闹不嫌事大，说道：“孔先生的拜师之心也是一片赤诚嘛。”

公孙龙接过平原君的话说道：“一片赤诚却是一团火！想要拜龙

为师的人，总是因为智慧与学问不如龙。孔先生口口声声说要拜龙为师，又要龙放弃龙引以为傲的学说，这不是打龙的脸吗？您这是先来教训龙一通，再来拜龙为师。龙哪敢做您的老师，还是您来当龙的老师得了。来来来，孔先生，请受龙一拜！”公孙龙作势就要下拜。孔穿慌忙拦住，说道：“开个玩笑，开个玩笑。公孙先生不要介意，不要介意。”平原君哈哈大笑。

公孙龙接着说道：“‘白马非马’的说法，也是仲尼先生所赞同的。”

孔穿和平原君同时咦了一声。

公孙龙对着半空拱了拱手，说道：“当年楚王曾经张开繁弱弓，装上忘归箭，在云梦山的场圃驰骋狩猎，结果把弓弄丢了。随从们请命去把楚王心爱的宝弓找回来。楚王摆手说：‘不用，楚国人丢了弓，楚国人拾了去，又何必寻找呢？’仲尼先生听到了说：‘楚王仁义啊！但是应该说人丢了弓，人拾了去就好，何必要强调楚国呢？’仲尼先生这就是将楚国人与人区别开来。若说仲尼先生将楚国人与人区别开来是对的，反过来却说龙的‘白马非马’是错的，这不矛盾吗？”

公孙龙将杯中的水喝完，向孔穿拱了拱手，说道：“先生您遵奉儒家的学术，却非议仲尼先生所赞同的观点；想要跟龙学习，又要龙放弃所要传授的东西。提出这样的条件，即使有一百个龙这样的人，也根本无法做您的老师啊！”

孔穿默然无应。出来后，孔穿的门下弟子问他为何不回应。孔穿说道：“公孙先生的话，旁征博引却立论错误，巧言善辩却一片歪理，所以我懒得回应他。”

过了几天，平原君宴请宾客，将孔穿也请了去。酒酣之际，平原君又来挑事，戏谑道：“孔先生是仲尼先生的后人，不远千里而来，没待几天就想走，我心中不舍。况且前日您与公孙先生的‘白马非马’论的争辩，还没有分出对错，我的心中越来越迷茫，先生这时走，恐怕不太合适吧！”

孔穿呵呵一笑，心想：你这点小心思我还不知道？不就是想看我和公孙龙辩论吗？可不能让你得偿所愿。孙穿说道：“公孙先生智慧高，德行好，我的确佩服，也是真心想拜他为师。哪怕他抛弃‘白马非马’的悖论，我照样会尊他为师，并不像他所说的那样，‘白马非马’是他能当我的老师的资本。”

“至于公孙先生所说的仲尼先生的典故，是他理解错了。”孔穿看了看觥筹交错的热闹场景，举杯敬平原君。平原君一饮而尽，等着孔穿往下说。

“按楚王的话说，楚国人丢了弓，楚国人捡到，不必再找。楚王的胸怀已经是博大了，但仲尼先生的那番话，其实是批评楚王做得不够，所以才说：‘不管是不是楚国人，只是要人，谁捡到都好。’请平原君注意，仲尼先生强调的重点不是楚王说的‘楚国’，而是‘人’字。明白这一点，把这个典故当作佐证的案例，才是合适的，否则就是曲解。平时我们说的‘人’是人的总称，也就是说，平时我们说的‘马’是马的总称。‘楚国人’这个词的范围是狭隘的，如果要扩大人的范围，把‘楚国’去掉即可。而‘白马’也是‘马’的一种，怎能说‘白马非马’呢？明白了这个道理，公孙先生的理论，不攻自破。”

平原君说：“先生的话，听上去很有道理。”便转身问左右侍从：“若公孙先生听了孔先生的话，能应对吗？”燕国客人史由说道：“这很难说。”

孔穿和公孙龙二人很有意思，一个能言，一个善辩，且都好认死理。平原君喜欢看二人论争，时不时地提供二人同时在场的机会，就等着看热闹。二人也不负期望，曾在平原君府上讨论过“奴婢有三只耳朵”的话题。

话题是公孙龙提出的，他的辩解十分精妙。孔穿无言以对，一会儿就告辞了。公孙龙很得意。

次日，孔穿再到平原君府上。平原君又来挑事，故意问道：“昨天公孙先生的一番论述，言语精妙，头头是道，我差点都信了。说实在的，先生觉得如何？”

孔穿回答说：“是的，公孙先生的确是论辩的好手，他的那番论证，几乎能让人相信奴婢就是长了三只耳朵。话虽如此，毕竟不是事实。我想向您请教，论证奴婢长了三只耳朵十分困难，却又并非事实；论证奴婢长了两只耳朵十分容易，而确属事实，不知道您将选择容易、真实的，还是选择困难、虚假的？”

平原君无话可说。

孔穿又说起了公孙龙的一件趣事。“公孙先生的‘白马非马’论难倒了不少大儒。据说，有次公孙先生过关，关吏拦住他说：‘按照通关条例，人可以过关，但是马不行，要付通关税。’公孙先生便说他的这匹白马不是马。一番言辞，说得关吏频频点头，随后关吏便说：‘先生的话非常有道理，现在请为您的马儿付税吧。’”

平原君听了哈哈大笑。

次日，公孙龙来平原君府上做客。平原君想起昨日孔穿讲的事忍不住笑了，对公孙龙说道：“您以后不要再和孔先生辩论了。孔先生的道理胜过言辞，而您的言辞胜过道理。二位各有所长，您的言辞虽然暂时胜过他的道理，但最后肯定占不了上风。”

阅读点拨

公孙龙是春秋战国时名家的代表人物，提出了“白马非马”和“离坚白”（认为一块白石，石头的坚硬、白色两种属性可以离开石头独立存在）等论点，其中“白马非马”是古代思想史上的著名命题。他们的辩论，“不法先王，不是礼义”，纯粹是某种哲学的思维方式，与古希腊的智者派相似。名辩学派和智者派大约同时在东方和西方以几乎相同的诡辩式的理论活动，参与了当时历史性的社会大变动，并使人类的思想认识大为深化。这是人类文明史上引人注目的现象之一。公孙龙与孔穿辩论的故事出自《公孙龙子》的第一章“迹府”。当时的学者是不太认同公孙龙名家派的诡辩学的，庄子认为公孙龙“能胜人之口，不能服人之心”。近代学者从哲学的角度出发，认为公孙龙构造了一个相当丰富的关于语言本身的哲学理论，并不比亚里士多德逊色。

40 尹文与齐湣王论士

人物简介

齐湣王(? —前 284),妫姓,田氏,名地,战国时期田齐的第六位国君,齐宣王之子。在位十八年。

齐湣王今日心情大好,召稷下先生尹文进宫喝酒行乐。

宫内灯火辉煌,齐湣王闭着眼,微微晃动着身体,右手拿着一根象牙筷子轻轻敲打着几案。一段轻柔曼妙的竽乐后,齐湣王放下筷子,睁开眼,说:“赏!”挥手让乐师退下。

齐湣王望着乐师的背影说道:“公孙瞳是那三百名乐师中技艺最高的。他的吹奏能吹散寡人心头的郁结,增加寡人的欢乐。”

尹文拱手说道:“公孙瞳的吹奏虽好,臣佩服的却是大王当年一个举措就让公孙先生脱颖而出,也顺手捉出了个滥竽充数的南郭先生。”

齐宣王除了喜欢玩蹴鞠,也非常喜欢听人吹竽,不过,他喜欢的是许多人一起合奏,人越多越好。齐宣王向全国发出告示,凡是精通竽乐者,皆可入选宫中乐师,待遇优厚。如是,组成了一支多达三百人的大型王家吹竽乐队。临淄城的南郭先生,游手好闲,听说有这等好事,买了把竽,在家练了几天后就不耐烦了。他决定冒个险,于是买通宫人,让他在齐宣王面前为自己吹嘘,博得了齐宣王的欢心后编入了乐师班,也得到了一份好的待遇。

南郭先生自知不会吹竽。每次吹奏时,混在队伍最后,学着其他乐师的样子，十指按动，摇头晃脑，摆出一副卖力的样子。三百人一起吹奏，齐宣王根本听不出异样。乐师越靠前，待遇越高。一段时间下来，南郭先生不但没有露出一丝破绽，且模仿的动作越来越惟妙惟肖，后来竟大胆地排到了第一排，排在公孙疃之前。他的待遇自然也排在了第一。

齐宣王死后，他的儿子田地即位，号齐湣王，是田齐的第六位国君。齐湣王不喜欢合奏，而是喜欢乐师单人独奏。南郭先生得知这一消息后，当晚就溜之大吉了。

齐湣王摆了摆手，难掩得意地说道："先生过誉了。一来寡人喜欢单人独奏，二来三百人的乐队，开支浩大，寡人无福消受。"

"寡人即位以来，不忘先王遗志，无一日不想开疆辟土，饮马黄河，再现桓公五霸的辉煌。"齐湣王继续说道："如今各诸侯国无不虎视眈眈，我国正是用人之际，却苦无志士良才可用。"

尹文说："大王所说的志士良才是什么样的人？"

齐湣王想了想，没有作答，说："愿听先生教诲。"

尹文说道："臣试着为大王作答。现在有这么一个人，对君主忠贞不二，对父母极尽孝心，与朋友交往很讲诚信，与乡邻相处谦让和顺，有这样四种品行的人，是大王所说的志士良才吧！"

齐湣王说道："不错！不错！正是寡人所说的志士良才。"

尹文问道："大王如果得到了这样的人才，肯用他做您的臣子吗？"

齐湣王说："那是自然，寡人求之不得。"

尹文又说道："假如此人做了您的臣子，却在大庭广众之下受到侵害、欺侮，始终不敢雄起反抗，大王还会继续用这样的人做臣子吗？"

齐湣王年轻气盛，孔武有力，鄙夷地说道："士首先要有血性，这样的人，遇到欺侮却不敢反抗，胆小如鼠，如果也算士的话，那真是士的耻辱！寡人是不会让他做寡人的臣子的。"

尹文笑道："大王，那人只是被欺侮而不敢反抗而已，并没有因此失去他的四种品行呀。而他的那四种优良品行，就是他能被大王称为志士良才的根据,但是大王一会儿要让他做您的臣子,一会儿又不让他做您的臣子,这该如何是好?刚才大王您所说的可以称为志士良才的人,现在还能称为志士良才吗?”

齐湣王不知如何回答,也不知道尹文的用意何在。

尹文接着说:“大王,如果有个君王在治理国家时,臣子犯错就惩罚,没有犯错也惩罚;有功就奖赏,无功也奖赏,却抱怨说大家不理解他,这样可以吗?”

齐湣王摇头,说:“当然不可以。”

尹文说:“臣观察大王治理国家,用的就是这样的方法。”

齐湣王急了,连忙说道:“先生何出此言?寡人治理国家,虽然比不上尧舜禹汤,也不至于昏庸无道。即便如先生所言,众臣虽然不理解寡人,但寡人也不敢抱怨。难道这还不够吗?”

尹文笑道:“大王别急,臣这些话不是随口乱言,请容臣慢慢道来。大王的法令规定,杀人者要判死刑,伤人者要受惩罚。百姓害怕违抗大王的法令,遭受侵侮也不敢反抗,这是遵守大王的法令啊,但大王却说遭受侵侮不反抗是耻辱、是错误的。百姓没有错而大王以为他们有错;同样,臣子也没有错,大王却不让他们做臣子。这是没有错而被大王惩罚。而且大王以为不敢反抗的人是耻辱的,那么一定以为敢反抗者是光荣的;以为敢反抗者是光荣的,对他给予肯定,想必会让他做臣子。用敢于反抗的人做臣子,这是奖赏他。此人无功大王却奖赏他。大王所奖赏的,正是官吏所要铲除的;大王所肯定的,正是法律所否定的。在赏罚是非上,产生这么多谬误,即使有十个黄帝,也不能治理好国家吧。”

齐湣王无话可说,端起酒杯,默默地喝了一口。

尹文见齐湣王不语,诚恳地说道:“大王胸怀大志,宅心仁厚,需要做的只是分清名实。名分正当,就天下太平;名分败坏,就天下大乱。我国有位黄公,为人谦卑。他有两个女儿,都是国色天香。因为她们长得美,黄公常常自谦地对人说女儿生得丑,久而久之,大家都以为他的女儿长得丑。黄公女儿丑的名声传开后,无人敢来求亲,结果过了出嫁的年纪还待在家里。卫国有个老光棍,冒险娶了黄公的长女，结果发现非但不丑，反而是国色天香。此事传播开来，人们都说：‘黄公谦卑，故意说自己的女儿丑，未出嫁的小女儿肯定也很漂亮。’于是远近的人都争着来求亲，结果发现小女儿果然也是国色天香。黄公女儿的美是实情，丑陋是名声。大王，这是违背名声却得到实利的一个例子啊。”

齐湣王的脸色渐渐晴朗起来，命令侍从为尹文斟酒。

尹文继续说道：“魏国有个农夫，在田野耕作时捡到一块玉石，但他不知道这是一块玉石，便将此事告诉了邻居。邻居知道他手中的玉石是块宝物，暗中起了歹心，对农夫说：‘这是一块诡异的石头，如果放在家里，对你的家庭不利，不如把它放回原处，以消灾免难。’农夫虽然感到疑惑，但还是把玉石带回家中。农夫没敢将玉石带进室内，而是放到了房廊下面。当夜，玉石通体放光，照亮了整个房子。农夫全家惊恐万分，把发生的事告诉了邻居。邻居说：‘你看看！都怪你不听我的劝告。这就是鬼怪的征兆，赶快丢掉吧！丢掉它，灾祸即刻消除。’农夫赶紧把玉石严严实实地包起来，丢到很远的地方。回到家后，农夫又是沐浴又是祷告。折腾一番，心里才舒服些。哪知他的邻居悄悄尾随，待他把玉石扔掉后立即把玉石取回来，献给了魏王。魏王让玉工鉴别。玉工打眼一看，连忙向魏王说：‘小人恭贺大王，大王得到了一块天下至宝，这样的稀世玉石，小人从未见过。’魏王问玉工玉石的价值。玉工说：‘此玉无价。就算有国君拿五座城池来换，也只够让他看一眼。’魏王大喜，立即赏赐给献玉人千斤金子，准他永远享受上大夫的俸禄。”

故事讲完，尹文拱手说道：“大王，您只要名正法顺，赏罚分明，则国家可治。”

齐湣王如梦方醒。

阅读点拨

虽然《史记》中所列稷下先生中没有尹文，但有史料记载尹文在稷下学宫“不任职而论国事”“议执政之善否”。齐宣王、齐湣王与之讨论治国方略时，称尹文为“先生”，不仅证明尹文颇受尊重，而且说明尹文是当时稷下学宫十分活跃的人物。齐宣王曾向尹文请教过“人君之事”，尹文提出了赏罚分明这一治吏核心。齐湣王即位后，穷兵黩武，四面树敌，百姓苦不堪言，稷下先生纷纷进谏。尹文与齐湣王论“士”的故事，对如何“为君”、如何“养士”、如何“执政除弊”均有陈述，确实起到了稷下先生不治而议论的作用。尹文著有《尹文子》一书，其中的形名论思想，为研究中国逻辑思想史者所重视。此书虽短，却记载了不少善寓，且文字简朴，含义深长，耐人寻味。

41　孔子高为齐王谏士

人类的那些聪明才智不只用在改善生活环境、让自己活得更舒服上，还用在惩罚异己、消灭不同的政见上。人类在惩罚同类的历史中，发明过各种残忍的刑法，比如车裂。

春秋战国时期，车裂之刑相当普遍。车裂，就是把犯人的头和四肢分别绑在五辆车上，套上马匹或者牛，分别向五个不同的方向拉，硬生生地把人的身体撕裂为五块，场面非常血腥，所以叫作车裂。有时执行这种刑罚不用车，而直接用五头牛或五匹马来拉，俗称五马分尸。

齐湣王执政时，决定在本国实行车裂之刑。群臣纷纷劝阻，齐湣王不肯听从。孔穿来见齐湣王，说道："大王，车裂是无道之君才实行的刑罚，而您却打算实行它，臣以为，这都是大王您属下臣子的过错啊！"

齐湣王说："国人喜欢违法作乱，寡人以为是刑法太轻，没有震慑力的原因，故加重惩罚力度。车裂之下，寡人看哪个不怕。但是，先生为什么说这是寡人属下臣子的过错呢？"

孔穿说："大王问得好。大王真是用心良苦啊！仁、义、礼、智、信是人的五种美德，喜怒哀乐是人的本能。本能如果没有节制，就容易犯法。百姓容易犯法，不是因为刑法过轻，而是因为刑法过重，百姓不知如何是好。如今天下纷争，士子们择良木而栖，有德的君王就投靠他，无德的君王就远离他。大王您胸怀大志，想成就一番霸业，如果滥用酷刑，就会失去声望，天下的士子们不敢前来效力，百姓也将背叛您。这样下去，国家就危险了。而您的臣子们明明知道此事关乎国家的前途命运，却不敢直言纳谏，怕违背了您的意旨，招来龙逢被斩首[①]、比干被剖心[②]那样的惨祸，这就是为了保全自身而不惜使君王成为桀纣那样的昏暴之君。为人臣者，不是勇于指出君王的过错，而是陷君王于危难，这真是罪大恶极。因此，臣以为是他们做臣子的错。”

齐滑王听出孔穿话中有话，说道：“这是寡人的过错。”于是取消了使用车裂之刑的决定。齐国上下，齐声称赞齐滑王圣明，也对孔穿的勇气和智慧赞叹有加。齐滑王见孔穿为他收获了不少民心，心中高兴，恰好临淄城缺少一名太宰，就召孔穿入宫，问他能否担任临淄城太宰一职。

孔穿连连摆手，说道：“臣是懒散之人，难当此职。臣倒是可以为大王推荐一人，此人定能胜任临淄城太宰之职。”

齐滑王问是何人。

孔穿说：“管穆先生能当此职。”

齐滑王一听，摇着头说道：“先生若是说别人，寡人可能印象不深，这管穆之丑，在临淄城可是出了名的。他哪里像个当官的，分明是个杀猪的屠户嘛。做官之人，不说如先生这般轩轩霞举，得有最起码的相貌和威严吧！否则百姓是不会尊重他的。”

孔穿笑道：“官员受到百姓的尊重，一定是因为德行。恕臣不敬，先王后钟无艳可不是因为容貌被先王宠幸。大王听说过晏子和赵文子吧。前朝的相国晏子，身不满三尺，相貌丑陋，然而全国上下无人不尊敬他；那赵文子弱不禁风，结结巴巴，不只长相难看，话都说不溜，但是他出任晋国的相国，四海清宁，诸侯敬服。这两位老先生，都是凭借德行和能力，辅佐君王，建不朽之功业。若拿相貌来比对，管穆先生可比他们二位强多了。大王如果想要长相好看的，临淄城有

---

① 龙逢又称关龙逄(páng)、关逄、龙逄。相传为董父之后裔。龙逢是夏桀的臣子，见夏桀荒淫无道，多次进谏，后被夏桀囚而杀害。

② 《史记·殷本纪》记载，纣王的叔父比干，为人忠诚正直，他见纣王荒淫失政，暴虐无道，常常直言劝谏。有一次劝谏时，纣王大怒道：“听说圣人的心有七窍！今天我倒要看看你的心是不是有七窍！”比干自己将心摘下，扔于地上。传说比干虽然没了心，但因吃了姜子牙给他的灵丹妙药，并没死去。因为没了心，也就无偏无私，办事公道，所以受到百姓称赞。于是人们把他作为财神供奉了起来，以示做生意、买卖公平，童叟无欺。

个屠夫叫祖龙始，身高八尺，五官端正，面红须长，但是街头往来的男女老少，没有一个尊敬他的。为什么呢？此人奸诈残忍，举止粗俗。人人避之不及，哪有人说他一句好呢？大王如果想要长得好看的人做临淄城太宰，那非祖龙始莫属。”

齐湣王听从了孔穿的举荐，任管穆为临淄城太宰。果然，在管穆的治理下，临淄城路不拾遗，夜不闭户，百姓交口称赞。

孔穿逗留齐国期间，大半时间都居住在稷下学宫。稷下学宫的环境好，齐湣王给的俸禄够用，虽然没有显赫的官职，但也不会有公务缠身。孔穿与云游到此的各国士子交流着天下的大事，交换着各自的看法。孔穿喜欢辩论，逮住机会就滔滔不绝。得罪过人，也交了不少朋友。孔穿虽然不喜欢做官，却爱向齐湣王推荐人才，大有得天下英才而成全之的快感。孔穿德高望重，推荐的人才大都得到齐湣王重用，不负孔穿的举荐之功。当然，也有例外，比如司马乂。

孔穿交往的多是文人，司马乂是少有的武人。孔穿推荐他做了齐国的将军，不料司马乂在与燕国的战争中大败而归。齐湣王不满地说：“寡人因为先生贤明，有识人的能力，这才相信了先生的推荐，不承想这司马乂一战就败，也太不给先生面子了吧。”

孔穿没有正面回答，问道：“大王觉得，臣与周公谁更有智慧？”

齐湣王说道：“先生虽说是仲尼先生之后，但怎能与周公相比。周公是连仲尼先生都佩服的圣人，先生虽说不差，但也只能算是位贤者。”

孔穿说：“那就对了。臣当然比不上周公。以臣对司马乂的了解，若是和周公对他弟弟的了解相比，哪个更深呢？”

齐湣王说：“当然是兄弟之间的了解深过外人之间的了解。”

孔穿说：“大王所言极是。以周公的圣明和他对弟弟的了解，还是招来了管叔和蔡叔的叛乱，说明知人不易啊。臣与司马乂交往多次，听其言，观其行，看他的履历，知道他的才能之高，全国上下无人能比，这才向大王举荐。《尚书》中说：‘能识别他人的智愚善恶，才算明智，这一点连尧帝也难以做到。’臣有什么好惭愧的呢！”

齐湣王说：“先生这话，似乎有些道理。”

孔穿继续说道：“鲁国将军曹沫，曾三次败于齐军。鲁国与齐国于城下会盟时，那曹沫跳出来，手持三尺剑，拉住齐桓公的衣袖，要回了鲁国的失地。君子的失败，犹如日月有蚀，人人都能看到。人各有所长，也有所短，怎能因为司马乂的一次失败，就弃之不用呢？况且，燕国是使诈才打败了司马乂。司马乂这人不会使诈。臣之所以举荐他，是因为他的忠勇和才干，不是因为他会使诈。司马乂虽然败了，但臣还是一如既往地举荐他。”

齐湣王听了，自觉理亏，不再追责司马乂。

阅读点拨

孔穿谏士的故事，记载于《孔丛子》一书之中。这是一部记述孔子及其后代言行的一部书。孔穿是孔子的后人，史书中说他“笃志博学，沉静清虚，有王佐之才”，在当时有“天下之高士”的美誉。孔氏家族号称“天下第一家”，是我国延续时间最长、声名最显赫的家族。自孔子开始，孔氏子孙积极入世，读书教学，传承着自孔子而下的家学。孔氏家族逐渐成为经师多有、独具特色的文化世家。其中，以孔伋、孔穿、孔谦、孔鲋为代表的孔子后裔，是孔子思想和儒家学说的忠实继承者和发展者。中华民族是一个具有悠久家学传统的民族，在古代知识分子的认知里，家族文化的传承是非常重要的，而华夏民族的文化血脉也在这代代传承中得以流传广大。

42 孔子高旅赵二三事

平原君喜欢饮酒，门下食客数千人，每日宴席不断。孔穿旅居赵国邯郸期间，经常到平原君府上做客，顺便见些异人，听些奇闻趣事。平原君是个爱唠叨的人，孔穿肚子里的故事多，熟络起来后，两人无话不说，经常开些无伤大雅的玩笑。

这一日，赶上平原君大宴宾客，孔穿也在被邀之列。孔穿问平原君是何理由大摆宴席。平原君说："见天气晴朗，桃花如霞似火，满心欢喜，正适合饮酒作乐。"孔穿听后大笑。

席间，平原君频频举杯，答谢众来客。见孔穿不怎么动筷子，也不怎么喝酒。平原君端着酒杯来到他的旁边，令监酒官为孔穿斟满。平原君仰口干了杯中酒，说道："先生，如此美景，怎能不饮酒？来来来，请干了这杯。"

孔穿说道："平原君，老朽身体单薄，不胜酒力。"

平原君哈哈大笑道："先生矫情了！听说尧帝、舜帝能喝千钟酒，孔老先生能喝百觚[①]，连子路这样的人，都能喝十榼[②]。古来圣贤，没有酒量小的。先生也是大贤之人，何必推辞杯中酒呢？来，请饮此杯！"

孔穿平静地说道："老朽孤陋寡闻。老朽只听说过，圣贤是因为道德高尚为人所称道，没有听说是因为善于饮酒。"

平原君醉眼惺忪地说："就算先生说得对，那圣贤善于饮酒的故事是怎么来的？"

---

① 觚(gū)，中国古代的酒器，青铜制作，盛行于商代和西周初期，具喇叭形口，细腰，高圈足。

② 榼(kē)，中国古代盛酒的器具。

孔穿说:“是你们这些嗜酒之徒瞎编的吧!”

平原君哈哈大笑道:“在下就不逗先生了,那些事是我瞎编的。”

笑罢,平原君又问:“听说孔老先生当年亲自拜见过卫国夫人南子。又听说孔老先生南游到了楚国,在阿谷河,挑逗过浣纱女。敢问先生,有这些事吗?”

孔穿心想,这人一喝上酒,就忘乎所以,于是断然说道:“正人君子听到流言是不会相信的,原因是什么呢?他们会根据流言中的主角过去所行之事来推断事情的真伪。当年孔老先生在卫国,卫国国君向他咨询军旅之事。孔老先生厌恶讨论战争,拒不回答;再问,甩袖而去。孔老先生连国君都能拒绝,何况是国君夫人。古时天子祭祀,夫人是参与的。现在的祭礼虽然废弃,但依然有践行者。卫国夫人南子宴请孔老先生,但孔老先生并没有到场。至于阿谷河浣纱女,是近世才有的传闻。如此荒谬之说,一定是假借此事欲行不轨的人编造的吧。”

平原君嘿嘿一笑,自顾自喝了一杯。

李寅在平原君面前极力推荐曹良,说他品行端正,是治世之能臣。平原君拿不定主意,找来孔穿商量能否起用曹良。孔穿说:“我不认识曹良。”

平原君不解地问道:“我经常看到曹良跟先生在一块,先生怎么说不认识他呢?”

孔穿说道:“现在的人喜欢夸夸其谈,爱在国君面前夸海口,说有治国安邦之策,若任用他,则天下太平。对于国君来说,用其才智不如先观其行为。即便如此,还是会有看走眼的时候。所以说,用人要慎重,否则会招来祸端。”

平原君说:“曹良是否会招来祸端,暂不清楚。但是看一个人的居家治理之法,可以推及他的为官之道。据我所知,曹良这个人善于积货生财,因此,想给他个官当当。”

孔穿说:“假如有人有修养、有才智却贫困不堪,那他的志向就不存在了;如果有人道德败坏却大富大贵,那这一切若不是盗窃所得,还真难解释。”

孔穿在赵国游历的时间虽然不长,却交了不少好朋友。除了平原君，他与门下的邹文、季节关系都不错，三人经常在一起，指点江山，高谈阔论，大有相见恨晚之情谊。孔穿说："将来著书一定要把他们二位写进去。"邹文说："那你可得多说些好话，否则将来给你撰写墓志铭时，不会饶过你。"

在赵国的游历告一段落，孔穿择一良日准备回国。朋友听说后，都来提前向他告别，请吃饭的请吃饭，送礼物的送礼物，光平原君就连着请他吃了三天饭。公孙龙也宴请他，说只吃饭，不辩论，彼此留点想头。孔穿一一笑纳。

离开前的这些日子，邹文和季节天天陪着孔穿。早晨一睁眼，二人已经来了。晚上要聊到一头栽在榻上睡着，二人才依依不舍地离去。

离开那天，平原君与众人送孔穿一行人出了邯郸。平原君嘱咐孔穿一路平安，有机会再请他来府上讲掌故、说笑话。邹文、季节二人说再替平原君送送孔穿。平原君说了声好。

二人一路陪同，不知不觉送出好几十里。孔穿说："二位请回吧。"季节说："前面是替平原君送的，我们自己再送送老兄。"说话间，又送出十几里。孔穿再次说："二位请回吧。"邹文说："前面是季节兄的提议，我也提个议，再送老兄最后一程吧。"如是，又送出十几里。孔穿说："二位请回吧，再送天就黑了。"最后要分别了，邹文、季节二人泪流满面，拉着孔穿的手，舍不得松开。孔穿安慰了他们几句，拱手告辞。二人在后面不停地挥手，孔穿喝令赶车的弟子高不留快马加鞭，速速离开。

待看不见二人的身影，孔穿松了口气，说道："唉，真是一场漫长的告别！"

高不留再也忍不住了，放缓车速，回头笑着说道："真羡慕先生您和邹文、季节二位的感情。看他二人恋恋不舍，送了一程又一程。也不知道将来你们什么时候才能再见面，真想看着他们这样一直送下去。可弟子不明白的是，临别之际，他们二位都流泪了，弟子再愚钝也看得出来那眼泪是真诚的，而先生您就大模大样地站着，拱拱手作个揖就算道别了，说话比平时声音还要大，还要弟子快快离开，好像有点不耐烦。您就是这样对待与朋友的分别吗？"

孔穿敲了敲车梁，说道："邹文和季节当然是为师最好的朋友，他们的不舍为师也懂。为师以前以为他们两个是大丈夫，今日分别才知道，俩女人啊。自古虎豹少群居，大丈夫生来就要志在四方，哪能像猪鹿一样经常堆聚在一起呢？"

高不留说："像您这么说，他们两个哭哭啼啼是不对的了？"

孔穿眼睛望向远方，说道："为师的这两个朋友，人当然是好人，有血有肉，有情有义。但是把感情用在分别这种小事上，那就算不上什么了。"

高不留问："凡是哭泣都一无所取吗？"

孔穿说："也不尽然。有两种哭泣要注意，大奸之人，以哭泣骗取他人的信任。妇人和懦夫，以哭泣表达爱意。"

阅读点拨

"志在四方"这个成语就出自孔穿与朋友离别的故事，可以看出孔穿是一个心有理想、胸怀天下之人。当时，楚、魏、赵三国国君都想将其招至麾下，孔穿均不就，不知孔穿这四方之志是志在何处，或许只有他自己最清楚。从与公孙龙辩论到与平原君交往，以及对齐湣王的直言进谏，可以看出孔穿有着典型的稷下先生的学识与品格，且极其理性。与人争辩时看重事实，不作无谓之争。在酒席上保持仪态，情浓之时不忘志向，随时随地保持清醒的头脑，让人心生敬佩。

43　列精子高窥井自察

人物简介

列精子高，战国时的贤士。无详细资料。

列精子高是稷下学宫后期有名的贤士，品行出众，且极有才华，受到了齐湣王的信任。齐湣王对他言听计从，打算拜他为相国。此事传扬出去后，亲朋好友们纷纷向他道喜。列精子高本来无意仕途，只想在稷下学宫做做学问，顺便教些弟子，空闲时再向国君提些建议，像当年的孟子那样，做个不治而议论的君子。然而，不知为何，名声就传了出去。齐湣王几次召见他后，被他的一套治国策略大为折服，三番五次地想拜他为相国。列精子高起先是拒绝的，后来见这位刚刚即位的国君很有抱负，而且礼贤下士，这才答应下来。

这一日，列精子高打算进宫拜见齐湣王。如往日那样，寅时刚至，列精子高已一身短打扮，先在院中打一套拳，待身上微微出汗，勒紧腰上的束带，双腿叉开略宽于肩，膝盖微曲，双手抓牢，深吸一口气，大喝一声，将手中的方鼎举过头顶，向前走三步，再轻轻放下，如是重复三次。每日半个时辰的操练，使列精子高保持一天的精神头。这才洗漱完毕，穿上熟帛做成的衣服，戴上缟素做成的帽子，蹬上尖端隆起的鞋子，撩起衣服，在堂前走来走去，左看看，右看看，回头对侍从说："我这副模样怎么样？能见大王吗？"

侍从说："先生您真是太英俊了。这身衣服配您，真是绝了。"

列精子高呵呵一笑。

出了稷下学宫，沿着簧阳大道，过稷门，进入临淄城。临淄街头早早就热闹起来。列精子高见时间尚早，下了车，迈着大而缓慢的四方步，边走边四下观望。路上有认识列精子高的，热情地打着招呼，都夸他丰姿伟岸、翩翩若仙。

忽然风起，吹来一片乌云，一阵急雨哗啦啦落下。路人四下逃窜，只有孩童在雨中嘻嘻哈哈地玩耍。列精子高来不及躲避，浑身湿透，帽子歪了，鞋上也满是泥土。雨来得快，去得也快，太阳出来，拉出一道道七彩的光线。列精子高抖抖身上的雨水，问侍从们："我这副模样能去见大王吗？是不是很寒酸？"侍从们使了个眼色，齐声说道："先生风流一派，光彩照人。"

列精子高呵呵一笑，问路过的熟人，都夸他玉树临风，如神仙下凡。树下玩泥巴的小孩抬头瞅了他一眼说："像只落水的鹌鹑。"孩子的父亲听了，巴掌劈头盖脸地落下来，边打边说："列精子高先生是要做相国的，你这孩子瞎说啥！"

列精子高哈哈大笑，忙拉住孩子父亲的手，从袖子里拿出一只荷包，送给抹泪的孩子。

列精子高来到井边，井水清澈，倒映出一个狼狈的中年男子的形象。他感慨道："侍从因为大王信任我，就昧着良心迎合我。朋友和路人因为听说我将被大王委任为相国，就说假话讨好我。只有孩子说了真话。只有这口井能照出真实的我。"

列精子高边走边想，我一个未上任的相国尚且如此，对一国之君来说，周围人的阿谀奉承，岂不更厉害？想到当年齐宣王，他明明只能拉开三石的弓，近臣却吹捧他的弓有九石。齐宣王至死都以为他的臂力惊人，能拉开九石的弓。如果一国之君都无法看见自己的缺点，无人敢进谏，那么这个国家离灭亡就不远了。谁能成为国君的镜子，能时时指出国君的过错呢？大概只有贤士君子才能做到吧！普通人只喜欢用镜子照出自己美丽的形象，却厌恶贤士指出自己的缺点。镜子虽然能照出自己的形象，功绩却很小；贤士能指明自己的缺点，那才是功德无量。如果只知道得到小的功绩而丢掉大的功德，那就是不懂得类比啊。

我要将今天所想到的道理，告诉齐湣王，希望引起他的警惕。列精子高加快了脚下的步伐，仿佛晚到一步，齐湣王就会堕入万丈深渊。

阅读点拨

《列精子高窥井》的故事出自《吕氏春秋》，关于列精子高本人的记载，历史上资料甚少，只知道他是战国时的贤士。但从这一个流传下来的故事，我们能从中得出一些值得深思的道理，那就是“认识自己”这件事情的难度。古人常说：“知人者智，自知者明。胜人者有力，自胜者强。”在这个世界上，最难看懂的人可能就是自己，最难战胜的人也是自己。常人惯听好话、溢美之词。位高权重的人更是如此，因为听惯了他人的迎合之话，长久之后，连自己也欺骗了。以镜为鉴，可以正衣冠，故事中的井水也是镜子，可以让人照见真实的自己。照见是第一步，敢于正视并加以警示是勇敢的第二步。所以，雨果说：“被别人揭下面具是一种失败，自己揭下面具却是一种胜利。”不要在他人的言语和自我的错觉中迷失自己。

44　鲁仲连意气辩田巴

人物简介

鲁仲连(约前305—前245),又名鲁连,尊称为“鲁仲连子”或“鲁连子”,战国末期齐国人。《史记》记载“鲁仲连者,齐人也”。

自田午在临淄稷门立稷下学宫已近百年,历经齐威王、齐宣王,几代君主倾财厚礼以待,来往稷下学宫的学者络绎不绝,天下贤士汇聚于此著书论道、争辩诘难、高议阔论、竞相献策。稷下学宫以它博大的包容性兼收百家之学,各种思想学术流派荟萃交融,成为天下士子仰望朝拜之所。

近期,稷下学宫内影响力最大的先生是田巴,这位以善辩著称于世的稷下先生,不光能说会道,不时有惊人之语,甚至对三皇五帝也常有毁议,高谈阔论,巧言辞令,其诡辩之术无人能敌,据说最高纪录是一日之内令千人折服,是辩论者中的“战斗机”。

今日辩论之战尚未开始,闻讯而来的观众早已等候多时,里三重外三重地将稷下学宫包围得水泄不通。辩论的另一方是徐劫,这位儒学大师自是满腹经纶,是无数人崇敬的大儒。此番辩论必是一场精彩异常、火花四溅的思想交锋。所有人都屏住呼吸、翘首以待。辩论开始,徐劫似连珠炮般抛出了五十个学术问题,令人应接不暇,围观者早已目瞪口呆、云里雾里。没想到田巴气定神闲,如化骨绵掌般将问题一个接一个驳倒。人群开始骚动,议论之声不绝:

“田巴先生果真名不虚传啊,徐劫大师的这么多问题竟然一个也没有难倒他。”

“这徐劫大师的学问到底行不行啊？”

…………

再看辩论台上，田巴正手捋髭须，洋洋得意。而徐劫也并未因此乱了方寸，失了阵脚。二人四目相对，空气似乎凝固住了。

“田巴先生！学生想请教！”

只听一个清亮的声音从人群中发出，大家循声望去，一个12岁左右的少年，容貌清朗如松风水月，他是鲁仲连，徐劫的学生，方才一直站在老师身后，躬身而立。此时仰头直视田巴，一点惧色也无。

田巴先是一惊，很快便点头示意道：“但说无妨。”

“请教先生，我听人家说过，如果厅堂上的垃圾没有处理，就没有精力铲除郊野的杂草。在与敌人短兵相接、近身肉搏之时，就无法提防远处射来的暗箭。这是因为事情有轻重缓急，必先就急而为。现在，楚国的军队驻扎在南阳，赵国的军队攻打高唐，燕兵十万围困聊城，我国的形势已是十分危急，敢问先生有何应急之计吗？”

此番陈述有礼有节，音量不大却如穿林之声。更让众人叹服的是，鲁仲连小小年纪却对国家时事有如此了解，真是少年意气不可轻视。田巴一时无言以对，方才的志得意满瞬间烟消云散。

鲁仲连见田巴没有应答，瞬间言辞激烈：“国家紧急关头想不出拯救之法，百姓危亡之际提不出安抚之计，只日日在此喋喋不休，高谈阔论，凭三寸不烂之舌坐享锦衣玉食，如何算得上真正有学问的先生？现在我倒是可以用计赶走南阳的楚兵，击退高唐的赵军，解除聊城的包围。”

此时的田巴已是满脸通红，无地自容。

鲁仲连的情绪愈发高涨，出言毫不客气：“先生您现在只会口若悬河，像猫头鹰一样喋喋不休叫得让人心烦，希望您以后不要陶醉于口舌之快，斟酌好自己的言行吧！”

少年义正词严的演说令在场观众一时语塞，今天这场辩论，大家的感受如乘急流过险滩，情绪起伏太大，更受触动的是，鲁仲连小小年纪竟有如此认知和高见，慷慨激昂，挥斥方遒，大家纷纷感叹后生可畏，有此少年，乃齐国之幸啊！

翌日，徐劫大师府上有人来访，正是昨日输了辩论的田巴。田巴先生此番前来，专程对鲁仲连表达了赞扬之情，心悦诚服地坦言："您的弟子何止是小马驹啊，那应该是追风万里的骏马啊！昨日少年之言令我心中如噎，回去思虑半宿，更为此前的大言无当倍觉汗颜，实在羞愧至极。自此以后，我必不再复出，只专心做好我的学问便足矣。"

田巴先生此言亦让徐劫感佩万分，作为闻名已久的稷下先生，此番专程前来为一初出茅庐的少年不吝赞美之辞，且躬身自省，谦以自牧，不愧为稷下先生之风范！

念及方才田巴所言的"千里驹"，徐劫的嘴角忍不住浮起一丝笑意。

几日前，日课时，徐劫与学生们谈及当下善于论辩者，鲁仲连愤而起身，请求说："这位田巴先生日日空谈不务实事，老师就让我去跟他辩论一番，把他驳倒，让他知道收敛锋芒不再夸夸其谈，好吗？"

于是，便有了故事刚开始的那一场少年与大师之辩。

这位年少时便离开父母，从茌平老家来到临淄求学的少年，师从名家徐劫专攻"势数"之学。几年下来，他的博闻强识、勤学善思早已深得老师的认可。今天他这份初生牛犊不怕虎的耿直与豪气让徐劫深受震动。

由此，被誉为"天下真名士"的鲁仲连，以其强于"识人断事"的机敏与豪气放任的旷达步入了这乱世舞台。

阅读点拨

鲁仲连与田巴辩论的故事出自《太平御览·鲁连子》，诗人李白有首《送王屋山人魏万还王屋·并序》："辩折田巴生，心齐鲁连子。西涉清洛源，颇惊人世喧。"说的也是这个历史故事。初出茅庐的鲁仲连与早已闻名的雄辩大才田巴直面对峙，凭借少年的意气风发与凛然正气，将田巴辩驳得哑口无言，这一故事畅快淋漓，鲁仲连身上的那种敏虑多才与直言无畏的气概已在此时初现端倪。

这个故事令人感慨的另一处在于当时的稷下先生对青年学子的厚爱与倚重。田巴能与少年当庭辩论，且真心觉得后生可畏，这份度量与谦逊实属大师风范。徐劫对学生十分爱护与支持，不顾虑学生取代老师的风头，为学生的个人发展铺路，毫无私心。鲁仲连日后成长为一方国士，当然取决于个人的资质与努力，但也与这些先贤前辈的引领与不挟私心的启发密切相关。

45 仲子与孟尝君论士

战国末期，养士之风日盛，各国贵族倾尽家财，礼贤下士，招揽天下名士。其中尤以齐国孟尝君田文、楚国春申君黄歇、魏国信陵君魏无忌、赵国平原君赵胜为佼佼者，谓之“战国四公子”。

而四公子中，好贤养士名声最盛者为齐国的孟尝君。孟尝君是靖郭君田婴的儿子，他继承了父亲的领地做了薛公（今山东省滕州市一带），后来做了齐国的相国。孟尝君广罗宾客，名声闻于诸侯，门下食客三千人，其中不乏鸡鸣狗盗之徒，甚至有出狱的犯人，孟尝君不分出身贵贱，全都招致麾下，助他成就一番伟业。其诚心待士、用士之名也成为美谈。孟尝君每当接待宾客时，总是在屏风后安排侍史，负责记录他与宾客谈话的内容，记载所有宾客亲戚的住处。宾客一离开，他就派使者到宾客的亲戚家里抚慰问候，献上礼物。当然，这份海量容人的胸怀也非一日练成，在这胸怀养成修炼之路上，鲁仲连亦功不可没。

一日，孟尝君因府上一个门客办事不力，意欲把他赶走，正在气头上。鲁仲连前来拜访，看孟尝君神情不对，便拱手说：“素闻公子爱才，宾客盈门，天下景仰。今天我想跟公子讨论一下什么是真正的爱才。”

孟尝君对这个问题并不在意，心想自己门下食客众多，远远超过其他公子贵族，要说爱才，还有比他更甚者吗？看孟尝君并不为所动，鲁仲连继续说道：“公子可知，得士容易，倾尽家财或可得，而难的是知士、用士啊！”

知士？用士？这个说法，孟尝君从未想过，忍不住说道：“先生请赐教，愿闻其详。”

“当年，雍门子供养贤士椒，阳得子供养贤士子养，他们的饮食、穿衣都与贤士一样，于是，贤士也都愿意为他们卖命。现在您可比当年的雍门子、阳得子两人富裕得多，但却没有贤士能全心全意地对待您。这是为何呢？”鲁仲连一针见血，一点也不客气。

“那是因为我的身边没有椒、子养这样厉害的人，假如我能得到像他们那样的贤士，我怎么会不倾心以待，他们又怎么可能不为我竭尽全力呢？”田文觉得自己的理由也很充分。

对于这番辩驳，鲁仲连没有继续反驳，而是说起了其他事。

“公子，您的马厩里有上百匹马，它们都身着华丽的绣衣，吃着豆子、小米，难道它们都是汗血宝马吗？您的后宫里有众多姬妾，都穿着鲜色细麻布，吃着白米、精肉，难道她们都是毛嫱、西施那样的美女吗？既然美女、良驹都是当代的，为何贤士要往古代去选呢？您若真的爱才，又何患无才可用呢？”

这番话令孟尝君有点轻微出汗了。

“今天这位门客没有如您的要求完成任务，这是很正常的事情。您想，猿猴如果离开树木在水里游泳，那肯定不如鱼鳖的游泳技术好。再好的马也比不过狐狸攀爬山岩的能力。善于作战的曹沫，他拿长剑战斗，整支军队都不是他的敌手，但要是让他放下剑，拿起锄头去耕田，那他还不如一个农夫干得好。这又是为何呢？”

几个隐喻让孟尝君不禁开始了自我反思，招揽士人的这些年，来往的宾客数以千计，只是以数量取胜，实在没有真正了解过每个人的专长，没有关注过具体的人，又何谈知其长短之处呢？确实是有所错失，才会发生今天这样的事。

鲁仲连接着说：“每个人都有各自的长处和短处，能使他人发挥他人的长处才是一个善于用才的人。非要用他不擅长的短处去做事，即便是尧舜再世也办不到啊！如果因为这个而被赶走，是不是有失公平呢？况且这样的做法难免会让人怀恨在心，将来说不定会对您有所不利，这实在不是治理国家、教化百姓的好方法啊！”

言已至此，孟尝君亦不是冥顽不灵之人，早已深知鲁仲连的话中真意，且鲁仲连如此这般情真意切的真知灼见并非为自己谋取任何好处，纯粹是出于一个有胸怀的先生的涵养与气度，这更是令孟尝君肃然起敬，不禁感叹道：“鲁仲连果真名士也！”

阅读点拨

“士”这一阶层出现在春秋战国时期。西周时期，统治者为了保证自身政权的稳固，制定了非常严格的身份等级制度，奴隶主等级从上至下依次为王公、大夫、士，士是处于最低一等的贵族奴隶主。他们虽没有丰厚的家产，却受过“六艺”的良好教育，他们有的依靠武艺充当军队的下级军官，有的依靠知识作为卿大夫的家臣。到了春秋末期，“士”这个阶层的人就已经相当有影响力了，如孔子及其门徒就是这个阶层的杰出代表。到了战国时期，随着贵族垄断教育被打破，私人教育不断发展，这个阶层里掌握知识、掌握技能的人越来越多。各国君主为了自己的宏图霸业，礼贤下士，四处寻访贤才，为己所用。“仁人也者，国之宝也；智士也者，国之器也；博通士也者，国之尊也”，一时间，养士之风兴起。整个社会对士的认可程度非常高，甚至一个士能够同时在多国担任要职。最为出名的便是苏秦，一人得佩六国相印，前古未有，如此成就，大概也只会在战国时期出现吧。当然，稷下学宫的出现也并非偶然，有人说稷下学宫就是齐国三百年养士传统和政策的最终产物。

46　鲁仲连义不帝强秦

前258年，秦王为达到开疆扩土、称霸中原的目的，派重兵将赵国首都邯郸团团围住。两年前，长平之战中，秦军大将白起大败赵军将领赵括。经此一役，赵军元气大伤，已完全失去与秦军抗衡的能力。此次秦军兵临城下，赵国已到生死存亡的关头，眼看就要城破国灭。

赵王心急如焚，束手无策，紧急召平原君赵胜前来商议。情急之下唯一的办法就是合纵他国联合抗秦了。平原君带领门客毛遂前往楚国，说服楚国出兵，在春中君黄歇的带领下，楚国出兵援赵，魏王同时派将军晋鄙带十万大军前去支援。

秦王看情况不妙，手书一封给魏王："寡人攻下赵国就在旦夕之间，谁敢前来营救，等寡人攻下赵国，第一个打的就是它！"

这赤裸裸的威胁令魏王闻风丧胆，六百里加急通知晋鄙："别打了，赶紧就在汤阴驻扎吧！停下来看看风景，就当给将士们放假了，让大家放松放松！"

不仅如此，魏王还派遣客籍将军辛垣衍，从小路偷偷进入邯郸，面见赵王，言辞恳切地对赵王说："大王，秦军此次如此急于围攻赵国，正是因为此前和齐王争强称帝，不久又取消了帝号，如今齐国国力已不比从前，能称雄天下的唯有秦国。故此次围困邯郸，并非贪图此一城，而是想要重新称帝，要的就是个面子。大王若能派遣使臣尊奉秦王为帝，秦王的目的达到，一时高兴，定会撤兵。"

听闻此言，赵王一阵沉默，虽然对魏王出尔反尔的气愤还未平，又隐隐觉得辛垣衍的话有道理，最重要的是，现在赵国的实力实在是左支右绌，毫无选择的余地，于是心里基本有了盘算。

此时，鲁仲连正游历至赵国，作为一个不求官、不求财的名士，一介布衣，周游列国，潇洒任性，别人都当他是自在神仙，各国纷争不会入他的眼。殊不知，鲁仲连虽无官无职，来去自由，但对这乱糟糟的天下之事，却有着清晰的认知。一直以来，他极度痛恨虎狼一般的秦国，其不仁不义、毫无节操的手段尤令他不齿，即便当时列国人才争相投奔这最有前途的朝阳之国，鲁仲连的态度并未有丝毫动摇。听闻赵王有对秦王称帝之意，鲁仲连直接找到平原君，当面直问："这事要如何办？"

面对直言厉声的鲁仲连，平原君面露难色，长叹一声道："唉！我能怎么办呢？前不久长平之战我国已损失了四十万大军，现在秦军兵临城下，而我们毫无退敌之计。魏王又派辛垣衍前来游说。眼下大王已被说动，我实在是无可奈何啊！"

鲁仲连没有片刻犹豫，拜请平原君即刻带他面见这位魏国的来客。

平原君前去报请辛垣衍："齐国有位鲁仲连先生，眼下正在此处，我想介绍你们认识一下。"

辛垣衍一听鲁仲连的名字，心里一惊，对这个以善辩著称的齐国高士当然早有耳闻，只是不知他在这紧要关头出现，是何用意，自忖还是不见为好。便回复说："鲁仲连是齐国知名的高士，而我是魏国的臣子，卑职奉命出使有要务在身，怕是不便相见。"

平原君说道："可他现在已经在屋外等候了。"

辛垣衍没有办法，只得一见。

鲁仲连入得门来立于一侧，丰神俊逸宛若天外来客，气宇轩昂更是令人不可直视，站了一会儿却不言一语。辛垣衍决定先发制人，便说："如今留在这城中之人，都是有求于平原君的人。不过我看鲁先生不像是有求之人，为何还长久滞留于此，迟迟不肯离去呢？"

借这个话由，鲁仲连终于开口："周时，鲍焦不满时政，不向天子称臣，廉洁自守，宁愿遁入山林，抱木而死。世人都觉得他的死是因为他缺乏博大的胸怀，常人无法理解他耻居浊世的心意，以为他不过是只为自己打算，才有如此举动，我不敢苟同。"

辛垣衍一阵迷惑，这鲁仲连一上来就扯古人之事，是何企图？这鲍焦和他又有什么关系？虽然如此，但他决定还是按兵不动，继续听下去。

“当今之秦国，是个罔顾礼仪只崇尚战功的国家，只会权诈之术，薄待士卒，奴役百姓。这几十年来，哪个国家没受过秦国的凌辱？上次秦、赵长平之战，秦军一次就活埋了赵国四十万士兵，这血淋淋的情景犹在昨日，将士的哭嚎声仿佛还在耳畔，难道你们这么快就忘记了吗？如果有朝一日秦王称帝，列国定会沦为其蹂躏的对象，我鲁仲连就算跳进东海一死，也不能做秦国的奴隶。难道你们愿意吗？”说到秦国，鲁仲连忍不住有些激动。

“那先生有何高见？”辛垣衍很好奇。

“齐、楚两国本来就站在赵国这边，所以只需要联合魏国和燕国，大家合力相助，秦国定会有所忌惮，不敢轻举妄动。”当今形势，鲁仲连早已心中有数。

“燕国嘛，我相信你能游说成功，至于魏国，我身为魏国人，请你现在就说服我。”辛垣衍的气势亦不落人下。

鲁仲连说道：“魏国正是因为没有看清秦国称帝后会带来的一系列祸患，所以才想以奉秦为帝的方法换来一时平安，如果魏国能将眼光放长远，看得更清楚的话，就一定会联赵抗秦的。”

“那我倒想听听秦国称帝会有怎样的祸患呢？”辛垣衍的话中带了点不屑的嘲讽。

鲁仲连重整神情，刚才的萧散一扫而空，代之以沉郁顿挫之声：“此前，齐威王奉行仁义，率领天下诸侯拜见周烈王。当时周烈王的孱弱天下皆知，已没有诸侯前去拜见，唯有齐国前去。此后一年多，周烈王逝世，齐威王赶去奔丧，路上耽搁，迟了些。刚即位的周显王大怒，派人到齐国报丧说：‘天子逝世，这天崩地裂般的大事，新即位的天子也得离开宫殿居丧守孝，睡在草席上。东方藩国的臣子田婴(齐威王的名字)居然敢迟到，当斩！’齐威王听了，勃然大怒，破口大骂，最终被天下传为笑柄。齐威王之所以在周烈王活着的时候去拜见，死了却破口大骂，实在是因为忍不了新天子苛刻的要求。你看，若秦国称帝，身为天子，如此德行早已成习惯了。”

这番说辞并未说动辛垣衍，辛垣衍反问道：“先生见过奴仆吗？十个奴仆侍奉一个主人，难道是因为力气和智力都不如他才侍奉他吗？是因为害怕他啊！”

“难道魏王是秦王的奴仆吗？”鲁仲连诘问道。

“是！”辛垣衍的回答十分干脆，毫不扭捏。

“既然如此，那我就让秦王把魏王剁成肉酱！”鲁仲连步步紧逼。

“先生这番话就过分了吧，你怎么可能让秦王把魏王剁成肉酱呢？真是信口雌黄，无法无天！”辛垣衍开始血往头上冲，气也有些不顺了。

“当然能！接下来我说的话，你一定要听仔细了！我先说一个‘尊帝’的故事。殷纣时期，九侯、鄂侯、文王为三个诸侯。九侯有个女儿生得娇美，九侯就把她献给了纣王。奈何纣王却觉得她实在丑陋，就把九侯剁成了肉酱。鄂侯刚诤言进谏，纣王就把鄂侯杀死做成了肉干。文王听闻此事，一言不发只是叹息许久，纣王将他囚禁在牢狱内一百天。三位诸侯，为何最后落得如此结局呢？这就是讨好有野心的帝王的下场。”

辛垣衍听完心里一虚，表面却看不出丝毫反应。

鲁仲连接着说：“那我再说一个‘不尊’的故事。齐滑王称帝后前往鲁国，夷维子赶着车跟随。夷维子问鲁国官员：‘你们准备怎样接待我们国君？’鲁国官员回答：‘我们打算用太牢的礼仪来接待您的国君。’夷维子生气地指责：‘你们这是哪门子礼仪？我们国君贵为天子，天子各处巡查，诸侯应该迁出正宫，移居别处，交出钥匙，撩起衣襟，安排饭食，站在堂下伺候天子用膳。天子吃完后，方可退回朝堂听政理事。’鲁国官员闻言，就锁上城门，不让齐滑王入境。此路不通，齐滑王打算借道邹国前往薛地。正值邹国国君逝世，齐滑王想入境吊丧，夷维子对邹国的嗣君说：‘天子来吊丧，你们必须把灵柩转换方向，在南面安放朝北的灵位，天子要面向南吊丧。’邹国大臣们闻言纷纷表示：‘非要这样折腾我们的话，我们宁愿自刎而死！’所以，齐滑王也没能进入邹国。邹、鲁两国的臣子，国君生前没能力尽心侍奉，国君死后又不能礼仪周全地准备丧仪。齐滑王还想在邹、鲁之地行天子之礼，怎么可能有人接受？你看，连邹、鲁这样的小国都敢对抗实力更强的齐国呢。”

辛垣衍微微颔首，开始思索起鲁仲连故事中的隐喻。

“当今之世，秦国是拥有万辆战车之国，魏国也是拥有万辆战车之国，同是万乘之国，国力相当，又各有称王的名分。只看到秦国打了一次胜仗，魏国就要毫不反抗地顺从它称帝，这让三晋（赵、魏、韩）的大臣如何自处呢？这还比不上邹、鲁的奴仆卑妾呢！况且秦王的狼子野心世人皆知，如果他取了天下，对臣子有生杀予夺的大权，让你早上死，你就活不到晚上。且一朝天子一朝臣，他一定会换掉诸侯大臣，在重要的位置安上自己的心腹。并且把自己的女儿和善于搬弄是非的小妾嫁给诸侯做妃妾，居住在魏王的宫廷里搅弄风云，你觉得魏工能生活得安稳吗？将军你又会落得一个怎样的下场呢？”

一番鞭辟入里的分析让辛垣衍听得汗出如浆，内心暗暗自责怎么目光如此短浅，奉秦称帝不是自寻死路吗？相比之下，鲁仲连的见识与气度令他由衷地佩服，从心底生出敬意，他一改起初的傲慢，拱手一拜，说道：“原来我以为先生不过是平常之人，今日有幸听到先生痛陈时弊，先生的高义令吾等羞愧至极，请容许我就此返回魏国复命，再也不敢妄言尊秦为帝的事了。”

此消息不胫而走，很快就传到了秦军主将的耳朵里，为保安稳，秦军退兵五十里，驻扎汾水，以待时机。恰此时，魏公子无忌（信陵君）夺了晋鄙的军权，率领军队赶来营救，赵、魏、楚联合，最终击败秦军。（这就是历史上著名的信陵君窃符救赵的故事。）

此次力挽狂澜，救赵国于水火之中，鲁仲连自是居功甚伟，平原君当然感激不尽，立封鲁仲连高官厚禄，都被他再三推辞了。于是，平原君在相府设宴款待这位救国恩人，宴席之上推杯换盏，在酒酣耳热之际，平原君起身向前，献上千金以表酬谢。鲁仲连爽朗一笑道：“天下名士之所以受人追崇，是因为他们替人纾忧解困却从不要求报酬。如果做了事就要收取酬劳，那是生意人的做派，不是我鲁仲连所为。君子重义，万钟于我何加焉。”说完起身一拜。

宴席未毕，在众人的错愕与议论中，鲁仲连辞别平原君，如来时那般，粗缯大布，轻盈地离开了这世间的欢乐场，挥手而去，二人终生不再相见。

阅读点拨

鲁仲连义不帝强秦的故事，在《战国策·赵策三》和《史记·鲁仲连邹阳列传》中都有记载。司马迁称赞他："在布衣之位，荡然肆志，不诎于诸侯，谈说于当世，折卿相之权。"鲁仲连以一介布衣之身，凭三寸不烂之舌，能够扭转战局，救一国于水火之中，这是战国时特有的一种现象，如纵横家苏秦、张仪，也都留下了传奇的故事。战国大乱世，风云际会，诸国争雄，百家士子或纷纷入仕，选择一国之君辅助，如李悝、商鞅、吴起之辈，他们个个才华横溢，成为士子阶层的佼佼者；或周游列国，宣传政治主张，而鲁仲连绝对是最特立独行的一个，除了士子的家国情怀，更彰显出一种侠义精神，让我们想起金庸先生笔下"侠之大者，为国为民"的形象。这也许是在群星璀璨的战国时期，只有鲁仲连被后人尊为真正的"国士"的原因吧。

47 鲁仲连妙计下聊城

前284年，燕、秦、韩、赵、魏五国组成联军，以燕军为主力，以燕将乐毅为统帅进攻齐国。联军与齐军的主力在济水西岸大战，齐军大败。燕军继续进攻齐国，占领临淄。在接下来的六个多月里，燕军兵分五路，横扫齐国，攻下七十多座城邑，只剩莒和即墨两座城市还在死守。齐湣王仓皇逃路，后被楚将淖齿虐杀，整个齐国土崩瓦解，自此，战国七雄之齐国，从大国的宝座上轰然跌落。

莒和即墨这两座城市整整坚持了五年，终于等来绝地反击的机会。燕昭王薨，新即位的国君燕惠王不信任乐毅，替换了他的将军之位。于是，即墨城内的齐国宗室田单抓住时机，集结士兵，以火牛阵大败燕军，展开了反攻，之前丢失的城池一个一个被收复，就在形势一片大好之下，田单遇到了两块难啃的硬骨头。

这第一块骨头是狄邑，早在攻打狄邑之前，田单就拜访了鲁仲连，请教此次出兵之计。

鲁仲连毫不客气地给出答案："你是打不过他们的。"

实话不好说也不好听，这让一路过关斩将、自信心满满的田单翻了个白眼，他心中暗想：当年自己困守孤城，以区区五里、七里大小的城郭为支撑，能够大败燕军大敌，区区狄族小邑，怎么可能攻不下？这鲁仲连也真是太小瞧我了。于是，田单一句话也没说，气冲冲地离开了。

果真，这仗一打就是三个月，丝毫没有进展。田单在朝夕之间完全失策，甚至后方也传来消息，说齐国的孩子最近都在吟唱一首童谣：

军帽高又大，
巍巍像畚箕；
长剑当拐杖，
垂头又丧气；
攻狄攻不下，
营盘扎在坟堆里！

这让本来就心神不宁的田单更是心生恐惧，只好回来向鲁仲连请教。

鲁仲连不假辞色，说出了自己的看法。当年在即墨之时，田单与前方将士一道，坐着编织草筐，站着挥舞铁锹，跟士卒们一起唱歌，将兵一心，视死如归，那时的田单有必死之心，将士有必胜之志。而如今的田单东边有封地，西边有游猎场所，腰缠万贯，锦衣玉食，养尊处优，久享安乐丝毫不敢涉险，怎么可能取胜呢？

听君一席话，醍醐灌顶。田单立即回到战场，身先士卒，亲自到前线指挥作战，在敌军弓箭射程之内擂起战鼓，士卒们看将军有如此决心，奋勇杀敌不遗余力，一举攻下狄邑。

而另一块更硬的骨头便是聊城。聊城守将正是当年攻下齐国的燕将乐毅的侄子乐英，受乐毅牵连，乐英也遭到了燕惠王的猜忌。乐英担心自己回燕国会被杀，也不想投奔他国，只能死守聊城，誓死不降。这收复聊城之战打了一年多，将士死伤累累，可依然毫无进展。两军相持，城内长期困守，粮尽柴绝；城外因屡攻受挫，士气锐减。

在战势胶着之际，田单只能再次请教鲁仲连。鲁仲连精通势数，对当下局势和双方人物的处境和心理早已有过透彻的分析。于是，鲁仲连修书一封，绑在箭矢之上，射进城中。

此信正是写给燕将乐英的，信中说："我听说，明智的人不会违背时势而放弃有利的机会，勇敢的人不会因为怕死而毁了一生清誉，忠贞的臣子不会只顾自己不管君主。如今您因一时之愤，不顾与燕王的君臣之义，是为不忠；聊城被围，终将被攻破，您战败身死，威名不彰于齐，是为不勇；功败名灭，不能留名于后世，是为不智。不忠、不勇、不智之人，君主不用，史籍无传。当下正是关系将军生死荣辱的关键时刻,现在燕国不可能派出救兵,齐国的援军却源源不断,将军只有两条路可选,一是撤军回国,二是向齐国投降。望将军慎重决断。”

这封信言辞恳切,切中肯綮,乐英反复阅读,大哭三日,自忖已是无路可退。若是回燕国,自己在燕王面前已经失去了信任,难免被杀;要是向齐国投降,自己杀了那么多齐人,已是树敌无数,降后必然受辱,思来想去,终无第三条路可选。于是对天长叹道:“与其死于他人之手,不如就此自我了断,以绝后患!”遂拔剑自刎。

首将已逝,燕军方阵大乱,聊城不攻自破。

此战告捷,未动一兵一卒,只凭一封书信便轻易拿下一座城池。一箭书退敌百万兵,此番非凡才智,淡定从容非真名士鲁仲连莫属。田单感恩戴德,欲对其封官赐爵,鲁仲连坚辞不就,后归隐东海。

“用兵之道，攻心为上，攻城为下；心战为上，兵战为下。”鲁仲连并非善于用兵，而是高谋远略，深知人心，掌握天下攻心之利器，本可借此飞黄腾达，财富地位位极人臣，权倾一时，当时有无数这样的人，如李斯之流，前赴后继，立誓要当粮仓里的老鼠。然而鲁仲连才学冠绝当世，却从不以自己的头脑学识为货，四处售卖。每次出山救危扶困，皆源于匡扶正义的一身意气。若得富贵必屈身侍奉于人，若贫贱则能无视世俗恣意任性，鲁仲连无比清醒地自知亦知世，他坚定地选择了后者。

作为乱世浮萍中的一介布衣平民，鲁仲连一定没有料想到，千年之后，大唐盛世中一位光耀万代的诗仙——李白，把他认作异代知己，写诗以示赞赏之情，称其侠士之风独立于天地之间，气度犹如清风飘洒香雪：

古风·齐有倜傥生

唐　李白

齐有倜傥生，鲁连特高妙。
明月出海底，一朝开光曜。
却秦振英声，后世仰末照。
意轻千金赠，顾向平原笑。
吾亦澹荡人，拂衣可同调。

别鲁颂

唐　李白

谁道泰山高，下却鲁连节。
谁云秦军众，摧却鲁连舌。
独立天地间，清风洒兰雪。
夫子还倜傥，攻文继前烈。
错落石上松，无为秋霜折。
赠言镂宝刀，千岁庶不灭。

阅读点拨

史书上关于飞书下聊城这段故事的记载略有不同，主要在于鲁仲连信中的内容有所出入以及燕将乐英的结局，有的人说他是看信后拔剑自刎的，有的人说他是就此投降的。但这样的不同都不影响对鲁仲连人物形象的刻画。我们都知道李白恃才傲物、狂放不羁，这样一个狂傲才子对鲁仲连有如此高赞，他身上最打动这位千古才子之处是什么呢？鲁仲连自幼勤奋好学、博闻强识、思维敏捷、口若悬河、胸藏甲兵、腹有奇谋，不过他性格孤傲，连孟尝君都不放在眼里。从这点来看，两个人的孤傲倒是非常相似，李白应该是从他的身上看到了些自己的影子。同时，鲁仲连身上那种不为权势财富所动，“事了拂衣去，深藏功与名”的侠客义士精神，也是李白深深仰慕并极力践行的人生准则。独立的人格和自由的意志正是这两位异代知识分子身上共有的品性特质。“学成文武艺，货于帝王家”是当时很多人的认知，鲁仲连的选择却如此不同，你对他的人生选择有何看法呢？

48 关门人荀子离稷下

人物简介

1. 荀子（约前 313—前 238），名况，字卿，战国末期赵国人，著名的思想家、哲学家、教育家，儒家学派代表人物，先秦时代百家争鸣的集大成者。

2. 范雎（jū），生卒年不详，魏国芮城（今山西省芮城县）人，战国时期著名的政治家、纵横家、军事谋略家、战略家、外交家，秦国宰相，因封地在应城，所以又称为“应侯”。范雎辅佐秦昭襄王上承秦孝公、商鞅变法图强之志，下开秦始皇、李斯统一帝业。他是秦国历史上继往开来的一代名相。

3. 秦昭襄王（前 325—前 251），嬴姓，赵氏，名则，又称秦昭王。中国历史上在位时间较长的国君之一，在位五十六年间，发生了著名的伊阙之战、五国伐齐、鄢郢之战、华阳之战和长平之战。

稷下学宫历经桓公午、齐威王、齐宣王几代君王的倾力营造，无论是在规模建制上还是在人才拥有量上，已成前无古人后无来者之势，诸子横议，百家争鸣，国家开明，群星闪耀。齐国已成当时各国学子们心中仰慕的文化圣地，无数贤人才士慕名而来。

这一日，有个 15 岁的少年，稚气刚脱，风尘仆仆地从赵国来到这朝圣之地。他走过当年孟子走过的那条大街，在孟子歇息过的那棵大槐树下歇息。他径直走到稷下学宫，敲开了学宫的大门。他，就是被誉为“后圣”的荀子。

15 岁的荀子来到齐国，正是齐宣王后期，稷下学宫的学术氛围浓厚，学子们来去自由，可以聆听每一位先生的讲学，拜读每一家学派的著作。睿智风趣、博闻强识的淳于髡令他神魂颠倒，善讲阴阳五行之学的邹衍，让他见识阴阳之变神州之大……学宫内每位先生的渊博宏阔，日常上演的精彩论战争辩，使意气风发的荀子像一头不知餍足的饕餮巨兽，接受着各家各派的文化滋养。

其中，让他最有共鸣的是孔子创立的儒学。孔子对"礼义"的维护是他内心深深认同的。荀子尊孔子为"大儒"，非常推崇孔子的思想，并以孔子的传人自居。延续孔子的"至圣先师"、孟子的"亚圣"称号，荀子的"后圣"之称也由此而来。

然而，荀子的思想却并非对孔子思想的全盘继承，而是在孔子儒学的思想之上加入了自己的见解和认知。他继承发扬了孔子的思想，提出了"天行有常"和"明于天人之分"的观念，与传统儒学所坚持的"性善论"不同，荀子提出了与之相对的性恶论，人性本恶，故需要礼乐教化重塑人的道德。在重"礼"的基础上，他又提出要隆礼重法，提倡礼仪，也信奉霸道，以上种种，也成为他日后被后世斥为儒学异端的理由。

如果能有时空穿梭机，荀子大概愿意看到，约七千千米之外，几乎同时期的古希腊，出现了三位有师承关系的哲学家——苏格拉底、柏拉图、亚里士多德。亚里士多德那句"吾爱吾师，吾更爱真理"，一定会引起荀子的强烈共鸣。对一个人的尊敬并非全盘接受，而表达并坚持自己的理念也并非对先贤不敬。站在巨人肩上的每个人，必也是他自己。荀子思想的形成就是建立在批判和吸收前人的思想上，在各种思想的洪流中，他凭借自己的勤奋好学、敏锐才思、不畏先贤的勇气走出了属于自己的道路。

战国末年，随着各思想流派逐渐走向融合，荀子博采众长、汇通百家，最终确立了自己的学说。这位当年的少年一步一步成长为一代宗师，随着齐国一步步走向衰亡，他也成为稷下学宫的最后一位大师。

就在荀子逐渐自成一家之时，齐国开始出现危机。齐湣王即位后，穷兵黩武，四处征战，灭掉宋国后更是骄横，一心想要吞并周王室，齐国成为众矢之的，成为各诸侯国征伐的对象，外患不断。对内，齐湣王自恃勇力，早已失去了先王们的诚意纳才之心，他拒绝纳谏，令齐国的贤士们心灰意冷，四散而去，此时曾风云一时的稷下先生亡的亡，散的散。田骈到了薛地，邹衍游历魏、赵、燕。40多岁的荀子也清醒地看到了齐国危亡的处境，离齐适楚。

荀子离齐不到一年，便发生了鲁仲连故事中燕军伐齐，连下七十二城的故事。齐湣王兵败身死，辉煌几代的稷下学宫亦无法幸免于难，被迫停办。后经大将田单的奋力收复，齐国重建，齐襄王继任，成功光复齐国。新君肩负着兴国重任，总结经验教训，想到往昔几代君主广揽人才、从谏如流而铸就的伟业，再看如今这满目疮痍的一切，新君把希望寄托于已经荒废的稷下学宫。他决定重拾祖辈招贤养士的传统，重建稷下学宫，重现当年的兴旺与辉煌。听闻齐襄王此番光复壮举，荀子义无反顾地去楚返齐，重回稷下学宫，这个曾给予过荀子无限滋养的家园，是他精神上的故乡。

而此时的稷下学宫早已风流云散，淳于髡、田骈等老一辈的贤士早已故去，荀子既成了稷下学宫资历和造诣最深的文士，也成了最受尊敬的老师，当仁不让地成为学宫之长，执掌学宫的一切活动。荀子勉力务进，在他的一力操持下，恢弘的高门大屋逐渐恢复了往日的活力，四下流散的学子在荀子的感召之下，重新回到学宫，实现了短暂的中兴。当然，此时的中兴与当年的鼎盛相比，自是不可同日而语，曾经千人济济一堂的场面终究是一去不复返了。

荀子年少入齐，人生大部分的时间都在稷下学宫度过，他三入稷下，三为学宫“祭酒”，主持学宫事务。祭酒是古人祭祀宴席上饮酒的习俗，人们喝酒前要由席中地位最尊者举酒祭神以开席，所以叫作祭酒，后来演变成一种职务名称，代表某机构中的地位最高者。荀子不仅继续发挥不治而议论的职能，为齐襄王筹谋划策，同时以一派宗师的身份主持稷下学宫的活动，并开设讲坛，传道授业。

如是又过了十余年，齐襄王空有抱负，却乏真正的治国之力，对待人才养而不用，且世易时移，此时的局势亦非当年可比，荀子空有救国之心，却无用武之地，无奈之下，在他62岁这年，他第二次离开了齐国。

此番游历，他来到了当时正处于鼎盛时期的秦国，此番入秦，也是当时儒家学派的一件大事。春秋时期，“儒者不入秦”已是儒家不成文的规定。儒家视秦国为蛮夷未开化的地方。秦地苛政繁税，民风彪悍，不接受礼治，不讲究仁义，孔子及其以后门生确实无一人踏足过秦地。而荀子能突破先例，不顾他人妄议，不畏前人之言，这正是他不与人同的勇气与胆识。

此时的秦国国君秦昭王任用范雎为相，解除了“四大家族”干政的危机，驱逐了穰侯魏冉、华阳君芈戎、泾阳君公子芾、高陵君公子悝“四贵”；实施了著名的“远交近攻”战略，逐渐分化瓦解了各国。军事上任用白起为将，直接将秦国的军事实力拉高了几个段位。文治武功，可谓傲视群雄。秦国以法家思想作为立国之本，凡事讲实用，不喜空谈理论。在法家的光辉之下，儒家学者的主张无一被用。

荀子在秦国首先见到了秦国宰相范雎。范雎问荀子来到秦国有什么见闻，荀子如实答道：“秦国要塞险峻，地势便利，山林河谷非常秀美，上天赐予了丰富的物产，拥有优越的地理位置。一路走来，我也细心观察了风土人情，当地的百姓淳朴，音乐无靡靡之音，服饰也不轻佻艳丽，对官员十分敬畏且顺服，简直是上古时代的良民。大小城镇的衙门官府，官员们都很严肃，无不谦恭节俭、敦厚谨慎、忠诚守信，就像上古时代的官吏一样。秦国的士大夫，离开自己的家门就进入朝廷的衙门，走出朝廷的衙门就回到自己的家门，明智通达、廉洁奉公，绝不结党营私，就像上古时代的士大夫一样。我也看到了你们的朝廷，政务处理得井井有条，安闲得好像无所治理一样，这就是上古时代的朝廷啊。因此秦国四代以来国家强盛并非侥幸，这是必然的结果。正如我所见，国家安闲而又治理有方，制度简约而又周详，不烦乱而能有功绩，这正是政治治理的最高境界。秦国已经很接近这一境界了。”

这番自下而上细致的观察分析令范雎深感佩服，当然也不免有些洋洋得意，眼前这位学宫祭酒眼光精准、见识宽达，果真是大家气度。

荀子对目之所见秦国的好并没有丝毫隐瞒，亦无故意夸大之辞。对于不好的地方他也不隐藏，于是继续说：“即便如此，也还有让人担忧的地方。这是为什么呢？大概是因为秦国没有儒者的缘故吧。要知道，治道纯粹就能王于天下，治道驳杂就能称霸诸侯，两样都没有国家就会灭亡了。这恰恰是秦国欠缺的东西。”

范雎将荀子的这番话禀告给了秦昭王。秦昭王很快便召见了荀子。

一见面，秦昭王就开门见山地问荀子：“儒者对于国家有什么用处呢？”

荀子回答说：“儒者效法先王，尊崇礼义，谨慎地遵守臣子的本分。君王如果任用他们，他们在朝廷上执掌事务可以处置得宜；君王如果不任用他们，他们就作为百姓恭谨而顺从，即便穷困受冻挨饿，也不会依靠歪门邪道取利来满足自己的私欲。他们即便没有立锥之地，也能明白维护国家社稷的大义。他们通晓让百姓安居乐业的道理。他们居高位时，具有足以成为王公的才能；居下位时，则是国家的栋梁，国君的重宝。”

为了证明自己的观点，荀子举出了孔子的例子。

他说：“孔子担任鲁国司寇的时候，奸商沈犹氏不敢在早上把自己的羊喂饱了水以欺骗买主，公慎氏休弃了自己淫乱的妻子，一贯胡作非为的慎溃氏逃出了国境，甚至鲁国市场上卖牛马的人也不敢再抬高价格，这是因为孔子以正道来对待他们。孔子居于阙里的时候，阙里的子弟捕获的猎物不分彼此，家里亲戚多的人就分得多点，这是因为孔子以孝悌来教化他们。也就是说，儒者的作用是在朝廷之中美化朝政，在朝廷之外美化风俗。”

秦昭王接着问：“那么儒者居于人上时会怎么样呢？”

荀子回答说：“儒者居于人上的作用可就大了！他们内心意志坚定，用礼节治理朝廷，用法度整治官府，以忠信仁爱为天下作出示范。做一件不仁义的事情，杀一个无辜的人，即便能因此得到天下，他们也不会去做。他们的信义被百姓接受，传遍四海，于是天下的人都会响应他们。他们高贵的名声传遍四海，天下便可得到大治。离他们近的人，会用音乐歌颂他们；离他们远的人，会不顾一切地想要投奔他们。四海之内如同一家。这样的儒者被称为人师。《诗经》中说：‘自西自东，自南自北，无思不服。’就是这个道理。儒者无论居于人上或人下，都能有如此大的作用，怎么能说儒者对国家没有用处呢？"

此番言论令秦昭王点头称善，然而在以强力治国的秦国，这番儒家治国的效用只存在于想象之中，秦昭王并未重用荀子，从商鞅变法起，秦国就依法治国，抛弃了儒家王道，形成的传统是难以撼动的，识时务的荀子也很快认清了现实离开了秦国。对别人真实存在的好，他没有让主观偏见先入为主，即便天下人都有异议；对自己不认同的主张，他也不会因为任何压力而苟同，即便因此能得到最大的利益。他不会刻意迎合某一学派，只凭自己的思考说话。这种独立不迁的人格光芒在后世中国不同时代的文人身上也常闪耀着。

前 265 年，齐国最后一任君主齐王建即位。之后，年迈的荀子第三次来到齐国的稷下学宫。烈士暮年，壮心不已，或许是齐国复国成功让荀子再次看到了一线希望，他准备在有生之年为儒学、为齐国作最后一次努力。这一次，他游说齐相，阐述强国之策。

荀子认为，君主应做到爱民如子、礼贤下士，推行礼法道义、忠信辞让的教化；相国应当明辨是非、举荐贤者，辅佐齐国统一天下。如果做不到，朝廷就会出现后宫干政、奸臣当道的乱象。鉴于齐国当前的形势已经非常危急，前有庞大的楚国对峙，后有强盛的燕国紧逼，西边有强劲的魏国牵制，东边还有楚国的窥视。一旦三个国家联手对付齐国，齐国就会被瓜分得四分五裂。此番治国之道，高屋建瓴的分析与痛陈时弊，若得赏识重用，或许历史将会是另一番面目吧。

然而有人的地方就有江湖，学宫亦非清静之地，同样充满了权力的争斗。荀子为学宫的振兴苦心造诣，他的一片真心，却换来齐人的猜忌和谗言。荀子非但没能感化周围的人，还遭人嫉妒，有小人到处进谗言，一定要将他排挤走。此时的荀子早已不是当年那位年轻气盛的少年，这些年来，他看惯了政治斗争和人心的波云诡谲。这位德高望重的学者对齐国国政彻底失望，不过才两年多，荀子第三次离开齐国，而这次离开，就是与学宫彻底分别了。

稷下学宫，终究因为荀子的离去而彻底走向了衰落。前 221 年，秦国灭齐，稷下学宫也随着齐国的覆亡而走向命运的终点。这座成立了一百五十余年的学宫，经历了齐桓公时期的萌芽、齐威王时期的壮大、齐宣王时期的鼎盛、齐湣王时期的衰落、齐襄王时期的再度中兴，至齐王建时，与国并亡。思想自由争鸣的盛世，亦不复存在。它与田齐政权相伴始终，不仅见证了田齐的兴亡史，也见证了整个战国时期的风云变幻及其文化思想的争鸣和交融。

“齐王乐五帝之遐风，嘉三王之茂烈，致千里之奇士，总百家之伟说。”这是司马光在《稷下赋》中对这段光辉的赞颂。即便稷下学宫不复存在，但其养成的学风却从未消逝。它像蒲公英的种子，随着稷下先生的讲学和著作，向天下传播开来。秦王朝在成立之初，设立了七十员博士官制度，相传正是沿用了稷下学宫的传统。秦国著名的博士叔孙通，在汉朝制定礼仪典章制度。高祖刘邦为之惊叹：“吾乃今日知为皇帝之贵也！”而叔孙通被赐封号“稷嗣君”，正是对他继承了稷下学宫流风余韵的赞美。稷下学宫的几位大师所向往的王天下理想和仁义理念，也在中华大一统王朝的传续中变为现实。

晚年的荀子赴兰陵（今属山东省临沂市）任县令。在那里，荀子度过了他的晚年，他尊崇的孔子曾言“道不行，乘桴浮于海”。那江海之思或许是每位有志知识分子向往的自由之境，但我们很清楚，那也只是一种文学化的表达。和孟子一样，荀子安居乡里，将平生所学著述成书，完成了数万字的著作《荀子》，留于后世。后来，在历史上，我们也看到了很多有着相似命运的儒家之士，他们勉力苦学，有匡扶天下之志，有“致君尧舜上”的政治理想。有机会入世时，便投入全部的热情，不取巧，不谄媚。若不得用，便回归自身，不愤怨，不堕坠。他们坚定地在自己的身上活出一道思想的光，在人类思想的宇宙中成为一颗永不褪色的恒星。

最后，不得不提荀子对后世的另一重要影响，荀子在晚年著书的同时还不忘教学，教出了在随后的历史舞台上搅动风云的两名学生——韩非和李斯。韩非集法、术、势于一身，成为法家思想的集大成者；李斯从秦国客卿一直做到秦朝丞相，助秦始皇统一六国，以郡县制取代分封制，确立了中华帝国两千多年的中央集权制度。两人随荀子习儒，最终抛弃了老师秉持的最根本的仁义理念，却在“法”的道路上越走越远。这真是有点戏剧化的历史故事，当然这定不是荀子希望看到的，更非他所料。

不断有人登场，不断有人谢幕，或许这正是历史的铁血轨迹。正如稷下学宫从萌生、盛大到湮灭，为我们展示了一幅壮阔的思想文化图卷，也留下了许多徒唤奈何的感叹。往者不可谏，来者犹可追。

阅读点拨

荀子的一生与稷下学宫有着很深的联系，可以说是见证了稷下学宫从兴盛到衰败的全过程。年少时荀子汲取当时最广博的知识，博观约取，晚年著书教学，创立了自己的思想体系，他的思想主要呈现在《荀子》三十二篇中，涉及哲学、逻辑、政治、道德等许多方面。在自然观方面，他反对信仰天命鬼神，肯定自然规律是不以人的意志为转移的，他曾说："天道有常，不为尧存，不为桀亡。"强调应该由人来主宰自然，同时也应顺应自然规律。在人性问题上，他提出"性恶论"，主张人性有"性"和"伪"两部分，强调后天环境和教育对人的影响。在政治思想上，他坚持儒家的礼治原则，同时重视人的物质需求，主张发展经济和礼治法治相结合。在认识论上，他承认人的思维能反映现实。在有名的《劝学篇》中，他集中论述了他关于学习的见解。他强调"学"的重要性，认为博学并时常检查、反省自己则能"知明而行无过"，同时指出学习必须联系实际，学以致用，学习应当精诚专一，坚持不懈。

荀子不仅对世界有客观辩证的认知，还有积极的务实精神，不空谈理论，而是尽己所能地去观察、去思考，这种积极的精神，启发和引导了后世很多知名人物。